KB130031

저자 이석규

후예 1

시산군

이석규
역사소설

도서출판
청어

후예 1 시산군

이석규 지음

발행처 도서출판 청어
발행인 이영철
영업 이동호
홍보 천성래
기획 남기환
편집 이설빈
디자인 이수빈 | 김영은
제작이사 공병한
인쇄 두리터

등록 1999년 5월 3일
(제321-3210000251001999000063호)

1판 1쇄 발행 2024년 4월 30일

주소 서울특별시 서초구 남부순환로 364길 8-15 동일빌딩 2층
대표전화 02-586-0477
팩시밀리 0303-0942-0478
홈페이지 www.chungeobook.com
E-mail ppi20hanmail.net

ISBN 979-11-6855-241-8(03810)

후예後裔 1

시산군

이석규 지음

시산군 세종대왕의 증손으로 유년 시절에 시산 부정이라는 벼슬이 제수될 만큼 지식과 지혜와 덕이 컸었다. 그리고 조광조와 도학으로 의리를 맺어 친히 사귀었다. 그 이후 관계에 진출하여 유교를 정치와 민생 그리고 백성들의 삶 속에 뿌리내리는 일에 앞장섰으나, 기묘사화 때 삭탈관직 되었고, 신사무옥 사건에 휘말려 죽임을 당하며 살신성인하였다. 그 이후, 선조 대왕 때인 1593년 신설(伸雪)을 베풀어 벼슬과 문민공 시호를 받았다.

조광조 1482년~1519년. 호는 정암(靜庵)이다. 감찰 조원강(趙元綱)의 둘째 아들로 한성에서 태어났다. 회천에 유배 중인 한훤당(寒暄堂) 김굉필(金宏弼)에서 수학해 관계에 나가기도 전에 사림파의 촉망받는 선비였다. 1510년(중종 5) 29세 봄에 진사회시에 장원으로 합격한 후 그는 뛰어난 학문과 인격으로 중종의 신임을 두텁게 받았고, 사류들의 명망을 한 몸에 받았으나, 그의 정책은 급진적이어서 끝내 뜻을 이루지 못하고 반대파의 중상모략으로 유배된 후 사사되었다.

경빈 박 씨 1509년(중종 4)에 중종의 맏아들 복성군(福城君) 이미(李嵋)를 낳았고, 그 뒤 혜순옹주(惠順翁主)와 혜정옹주(惠靜翁主)를 낳아 왕의 총애를 받았다. 1527년에 김안로의 사주를 받아, 왕세자(후의 인종)를 저주하기 위하여 꾸민 작서(灼鼠)의 변에 연루되어, 1528년(중종 23) 복성군과 함께 폐출되어 곧 사사되었다가 뒤에 신원되었다.

명월이(설정 인물) 매안이 구터, 만석꾼 한웅의 후처가 3살 때 데리고 온 딸이다. 그런데도 한웅은 명월을 자신의 호적에 입적시키고 아주 예뻐했는데, 명월의 이복 오빠가 부친 유산을 독차지하기 위하여 남원 기생집에 3살 때 팔아버렸다. 그 후 김 참봉을 만나 정읍 영화루 기생에서 일약 개성 거상 대방이 된 그녀는 정읍 칠보에서부터 시산군의 중용과 유학에 매료되어 그 사업을 적극적으로 후원하다가 끝내 시산군을 위해 죽는다.

남곤 중종의 측근 중의 측근인 남곤(南袞, 1471~1527)은, 그의 정적 조광조를 제거하기 위해 심정과 홍경주를 포섭해 중종에게 조광조의 전횡을 알렸으며 주초위왕(走肖爲王)과 같은 글을 유포시켰다. 그런 그를 실록뿐 아니라 '연려기술' 등 모든 기록에는 남곤이 기묘사화의 주모자임을 직시하고 있다.

박상담양부사 박상(朴祥, 1474~1530), **순창군수 김정**(1486~1521), **무안현감 유옥**(1487~1519) 세 사람은 국모의 위중한 지위를 강조하면서 중대한 이유와 명분 없이 신 씨를 폐출한 것을 지적하며, 장경왕후의 죽음으로 비게 된 왕비의 자리에 부당하게 폐출된 신비를 복위시켜야 한다고 상소했다가, 박상은 남평에, 김정은 보은에 유배되었다.

김오리(설정 인물) 부잣집 장손이며 성균관 학유인 그는 시산군으로부터 유교와 중용(中庸)의 도(道)를 배웠으나 늘 표리부동한 지식인이다.

김두서 성균관 학사로 한때 정치에 염증을 느껴 낙향했으나 훗날 왕실의 비호와 그 이익을 대변하는 궁금 세력의 한 일원이 된다.

김식 김식(金湜, 1482년~1520년 5월 16일)은 1501년(연산군 7) 진사가 되어, 성리학 연구에 몰두하다가 성균관과 이조판서 안당의 천거로 출사하였고, 중종 때 현량과에 급제하여 홍문관직제학, 홍문관부제학, 대사성에 이르렀다. 성리학에 밝았으며 조광조와 도의 정치를 추구하다가 훈구파 및 온건 사림파의 반격에 희생되었다.

주기회(설정 인물) 명월이를 사모하는 그는 매관매직으로 벼슬에 오른다. 그리고 시산군을 늘 시기하고 괴롭히나 끝내 회개하고 명월을 구하다가 죽는다.

한우성(설정 인물) 매안이 구터, 만석꾼의 손자이며 명월의 조카다.

서문

"노인이 숨지면 역사의 한 부분이 사라진다!" 이 구절은 아프리카 부족의 속담이다. 이는 문자가 없기에 구전으로 조상의 삶이 전승된 까닭이다. 그런데 세종대왕은 위대한 한글을 창제하셨고, 후손인 필자는 문헌에 실리고, 구전으로 전승된 세종대왕 증손 '시산군' 이야기를 이두어(吏讀語: 삼국시대부터 한자의 음과 뜻을 발려 우리말을 적던 표기법) 대신 한글로 쓴다.

그렇다. 한글은 한국의 문화, 경제, 풍류, 음식 등을 크게 발전시켰을 뿐만이 아니라 오늘날 세계적으로 불고 있는 한류의 일등공신이다.

나는 그 자랑스러운 언어로, 2023년 5월 8일, 나는 조선왕조실록 중(시산군 관련 발췌본)을 손에 넣는다. 중종 7권, 3년 1508년 11월 29일 계해(癸亥) 1번째 기사부터 정조 39권, 18년 1794년 1월 24일 임자(壬子) 2번째 기사까지였다.

이 실록에는 저간의 사정에 대해서는 자세히 밝혀져 있지 않았으나, 그 시대와 그 상황을 돌아보는데 귀중한 자료였다. 이 대단한 사료 발견(세종 왕자 영해군파 시산군에 해당하는)은 이와 관련된 후예(後裔)라는 소설을 쓰기 위해 고향에서 두 달 살기를 하는 나를 들뜨게 했다. 혹자는 그게 무슨 대단한 일이라고 하겠지만 나는 시(詩)를 습작하던 젊은 시절, 시가 내게 한 충고를 나는 지금까지도 마음 깊이 되새기고 있다.

…혹여 네 하는 일이 어렵고 꽉 막힐 때는 말이다. 이 세상 전부가 너처럼 꿈조차 꾸지 못한다는 걸 기억하라…

시는 내게 그 암시뿐이었지만, 나의 뿌리 찾기! 그리고 선조에 삶에서 오늘의 나를 돌아보려는 이 노력에, 우리는 말이 통하지 않았지만 늘 신기하게 통했기 때문에, 시의 충고는 그보다 깊은 뜻이 함축되어 있다는 것을 나는 알았다. 그러나 이로부터 불과 사흘 뒤에 그 사료의 홍수(洪水)를 만났다. 나는 신고만난(辛苦萬難) 끝에 헐벗은 어린 시절을 넘어 매안이로 갔고, 거기에서 다시 돈도 안 되는 역사소설을 쓴다는 핀잔에서 시산군을 만난 다음, 그의 유학(儒學)과 중용(中庸)의 강(江)에서 배를 탔다.

일종의 신의(信義) 상태에서 중종 3년에서 정조 18년까지의 이 엄청난 이야기를 독파한 나는 실로 '단숨에' 꾀어버렸다. 내가 이 사료를 꾀는 동안 배는 친척, 놀부 집에 이르렀다. 수십 년에 걸쳐 쌓고 쟁인 쌀을 쥐만 축내고 있었다. 눈치 빠른 독자들은 벌써 알아차렸겠지만, 나는 흥부를 찾아 헤맸으나 시집간 사촌 누나 둘을 빼놓고는 아무도 찾아내지 못했다.

그로부터 며칠 뒤 이 책을 집필하는 곳에서, 나는 그 책의 족보를 샅샅이 캐어 보기로 마음먹었다. 나에게는 앞서 집에서 메모해 놓은 약간의 자료가 있었다. 자료 중에는 다음과 같은 매우 자세한 구체적인 참고도서 목록도 있었다.

『명심보감(明心寶鑑)』, 『논어(論語)』 및 짧은 시작(詩作)

효부·효자 비문 모음, 전주이씨 대관(全州李氏大觀)

그 책을 읽는 내내 나는 내 족보에서 한글을 창제한 세종대왕이 나의 선조라는 사실이 새삼 자랑스러웠다. 그리고 장자(長子)들이 장손을 가벼이 여기면 장자에게 주었던 축복이 차자에게 돌아갔다. 의심이 가는 사람은 직접 찾아보면 되겠지만 그는 이미 장자의 축복권을 상실한 사람임이 분명하다. 그리고 효자 효부 비문을 읽으면서, 그 축복이 행한 대로 매우 적절히도 내려지는 것을 새삼 보았다.

요컨대 나의 가슴 속에는 형제자매 우애(友愛)와 충효(忠孝)와 정의(正義)와 신의(信義)가 소용돌이치고 있다. 무엇 때문에 있는 용기, 없는 용기를 다 내어, 너와 나의 관계는, 그저 쓰던 시를 탈고하지 않고, 계속 고치고 보완하는 자세였으면 좋겠다고 하는지 모르겠다. 굳이 말한다면 애정 때문이라고 해도 좋고, 흔들리는 나의 정체성을 지키려는 방편으로 이 책을 낸다고 이해해도 좋겠다.

나는 이 글을 쓰면서 온정주의(溫情主義)를 별로 고려하지 않았다. 작가는 모름지기 현실 개선을 위해 부조리를 외면하거나 묻지 않는 글을 써야 한다는 확신이 있었다. 왜냐면 어떤 사람은 꽃처럼 아름다웠지만, 열매를 바라지 않고, 종종 흥미나 놀이로 전락하고 말았기 때문이다.

이 책은 현대(現代)의 잡사 및 연애가 아닌, 젊은 조선 최고 유학자의 꿈과 철학이 얽힌 이야기다. 읽고 나면 '어쩌면 지금도 선비는 필요하고 또 여선비도 있구나!' 할 것이다.

2024년 2월

노을이 비껴가는 강어귀에서

이석규

목차

선조의 역사는
우리 머리에 든 지식보다 낫다

신라 최치원이 학문을 가르친 정읍 칠보는 조선 초 성리학의 메카였다. 그 중심에는 시산정 이정숙(詩山正 李正叔)이 있었다. 정읍 칠보는 이율곡의 친구 송익필이 부친 송사련과 함께 안처겸 사건, 정여립 사건으로 두 번이나 밀고하여 멸망한 유적(遺跡)이다.

시산정은 휘가 정숙(正叔)이고, 호는 삼사당(三事堂)이며, 시호(諡號)는 문민(文愍)이다. 그는 세종대왕의 아들 영해군의 차남 길안도정(吉安都正) 義의 장남이다.

어머니는 여산송씨(礪山宋氏)로 부사 송자강(宋自剛) 따님(단종비 정순왕후와 같은 집안인데, 칠보에 정순왕후 비—노태우 대통령이 세운—비가 있음) 그는 어린 나이에 어머니(여산송씨, 23세에 돌아가심)를 여의고 외가인 정읍 칠보지역에서 어린 시절을 보내어 시산정이라고 부른다.

(오, 무엇이든 억압으로 해석하는 프로이트 학파와 눈을 화등잔(華燈盞)같이 뜨고 오류를 찾아 헤매는 문헌학자들이여! 선조의 역사는 우리 머리에 든 진짜 기억보다 낫다. 그 까닭은, 우리의 진짜 기억은 잊는 법이 아니라 그 기억을 환기하는 법이기 때문이다.)

그는 세종대왕의 증손답게 어린 시절부터 학문에 전념 매사에 뛰어나 그의 앞에는 우람한 계단이 있고, 암울한 백성을 위해 공적을 쌓은 용사의 동상이 있고, 사시사철 푸르러서 새들이 편하게 날아오고, 때로 허깨비가 툭툭 튀어나왔다. 그러나 시기하고 질투하는 온갖 잡것들에 전혀 굴하지 않는 강물, 바다를 코앞에 둔 강물 같아서 유년에 시산부정(詩山副正)에 제수되었다.

시산(詩山)은 정읍 칠보면 시산리로 백제 시대부터 문화적인 지명으로 시산(詩山)으로도 불리었다.

시산정 이정숙은 칠보에서 신라 최치원(신잠과 함께 무성서원(武城書院)에 배향(配享)됨)의 전설적인 학문을 모아서 나름대로 주자학과 성리학을 연구하였다.

그런 까닭에 중종반정 후에는 조광조, 조광좌, 김식 등 조선 유학자들의 우두머리가 되어 유교 부흥의 신진사류(新進士類)로 부각됐다.

이후 세종대왕 용비어천가를 지은 안지의 후손 안당 안처겸 등이 정읍으로 모여들어서 정읍 칠보가 일약 조선유교의 성지로 부각 됐다. 그는 서울에서 조광조(趙光祖), 김식(金湜) 등과 교우했다. 중종이 즉위하자 송나라 유교창시자 정이천(程頤, 1033년~1107년)을 자처하며 정이천과 주희(朱熹)가 황제에게 올렸던 글을 중종대왕에게 전하면서, 이 글을 나라를 다스리는 길잡이로 삼을 것을 간청하였다.

1517년(중종 12) 10월 7일.

사신(史臣: 사초(史草)를 쓰는 신하)은 다음과 같이 기록했다.

"시산정 이정숙, 이총(李灇), 이기(李祺), 이엄(李儼) 위 4인은 종척(宗戚)인데, 글을 읽고 학문한다는 명색으로 진신(縉紳) 사이에서 명예를 얻으려 하였으며, 조광조(趙光祖), 김식(金湜)의 무리가 혹 그들과 사귀어 이정숙을 주계군(朱溪君: 주자)처럼 떠받드니, 이 때문에 이정숙의 이름이 사림(士林)에서 중시되었다. 이정숙 4인은 늘 뜻을 맺고 행동을 같이하여 이정숙을 우두머리로 삼았다. 임금(상)이 온화한 말로 위로하여 답해서 칭찬하는 뜻을 보이매, 정숙 등이 소득이 있는 듯이 기뻐하였다."

또한, 중종 14년 7월 27일 무오, 1번째 기사에 "시산정 이정숙을 학문에 뜻하는 사람이라고 했다(그런데 훈구파에선 사림파의 현량과의 추천사일 뿐이라고 비아냥거리기도 했다).

아무튼, 시산군은 그 당시 시사(時事)의 중심일 뿐만이 아니라 도덕과 윤리를 이끄는 조선 최고의 유학자인 동시에 그 우두머리였다.

그러나 중종 16년(1521년) 조광조 등등의 사면에 반대한 남곤과 심정 제거를 도모하다가 오히려 남곤, 심정의 반격을 받았다. 이 사건으로 많은 선비가 주살될 때, 성종의 아홉째 아들 강명군까지 연루되었으나 처벌은 하지 않았다.

그러나 중종은 종중 3년에 유자광을 유배(그곳에서 죽음) 보내고, 유자광을 등용한 박영문을 중종 8년에 박영문의 종 정막개를 시켜서 조작한 밀고로 죽이고, 중종 16년 10월 16일 안당의 종 송사련을 시켜(誣告) 남원과 정읍의 유교세력 안당, 안처겸, 시산정 이정숙을 죽였다.

(오, 잘 먹고 잘사는 데만 혈안인 오, 돈에 미친 돈문도여. 오, 그 돼지들이여. 그대들은 그대들 마음을 송사련—거짓 고변으로 호의호식을 누린 자, 한마디로 은혜를 배반한 조선시대 대표적인 인물—에 투사시키는 것만으로 애증의 고귀한 존재로 복원시킬 수 있다.)

1586년(선조 19) 신사무옥의 치욕을 설욕하고자 절치부심(切齒腐心)하던 안처겸의 후손들이 송사를 일으켜, 안처겸의 역모가 조작된 사건임이 밝혀지고 안 씨 집안 사람들은 신원이 회복되었다. 송사련의 아들 구봉(龜峯) 송익필(宋翼弼: 1534~1599) 형제들을 포함한 감정(구봉의 외조모)의 후손들이 안 씨 집안의 사노비였음이 드러나고 송사를 통해서 안 씨 집안의 사노비로 환속되었다. 송익필은 성씨와 이름을 바꾸어 도피 생활에 들어갔으며 다시 신분을 회복하기 위한 방안에 골몰하였다.

그러다가 1589년 정여립(鄭汝立)이 역모를 꾀한다는 기축옥사(己丑獄事)가 일어나 이발(李潑) 백유양(白惟讓) 등 1,000여 명의 동인들이 제거되었고 송익필 형제들은 모두 양반으로 회복되었다.

그런데 송익필은 당대의 석학으로 많은 제자를 두었지만, 제 아비처럼 정여립이 대동계라는 사조직을 키우자 반란의 기미를 읽은 송익필이 사람을 시켜 이를 고변한 것이다. 동인을 공격하는 촌철살인의 상소문을 대신 써주고, 정치적 동반자이기도 한 송강(松江) 정철(鄭澈, 1536~1594)을 조종해 사건을 주도면밀하게 조작했다. 사후 지평(持平)에 추증되었으며, 문집으로는 《구봉집》이 있다.

이처럼 송사련의 아들 송익필이 또다시 정여립을 밀고하여 호남의 사림(士林) 맥을 자르고, 황해도에서 이율곡의 친구로 어울렸다. 그런데 이율곡은 인조반정 쿠데타의 주모자 이귀가 정권을 잡자 송익필 정철의 친구 이율곡의 매제 권태일 권진 등 그 세력이 후에 묘향산 실록 사고(史庫)까지 가서 실록을 관리하여 수정선조실록을 만들었는데 이것은 '변명실록'으로 보인다.

그리고 그들은 이율곡의 스승 이퇴계를 조선유교의 종주로 하였고 그 모든 것을 자신의 업적으로 만들고(동방의 공자라고 소문난 시산군 이정숙은) 이후 정여립 시대까지 완전히 숙청해버렸다.

그러나 끝내 송익필은 노비로 환천(還賤)되어 숨어 살다가 죽었다.

그래서 군자는 늘 정의(正義)로 강박 관념처럼 귀향한다. 망각에는 상급이 없다. 우리는 선조의 업적이나 유훈에 이르는 방법을 익히 알고 있다. E, 어젯밤에 너는 어디에 있었니?

참고문헌: 조선왕조실록. [네이버 지식백과] 송익필(宋翼弼) (두산백과 두피디아, 두산백과)

1

등대

등대

어떤 것들은
제자리에서 바라만 볼 수 있어도 행복하다

푸른 것에 빠져 푸른 채로 있는 것이나
한 번쯤 저 바다 건너와서 보고 싶었다고
얼굴을 비비고 싶었다고 전갈하는 것이나
유기를 당한 공간이나

세상 모두가
제자리를 지키는 것은 얼마나 당당한 일인가

이윽고 밤이 와 하늘에 멍석을 깔면
멍석의 세포마다 별이 반짝이고
닻이 풀린 나의 배는
멀리 와서 그리워할 것을 그리워하느니.

내가 시산군을 만난 때는, 자신의 잇속만 챙기려고 혈안이 된 연산군 말기, 바로 대부분 신하의 변덕이 죽 끓던 그때였다.

그때, 내 핏줄(뿌리)에 고정된, 그 긴 역사에 매달린 등불은, 엄정한 광휘(光輝)의 위엄을 보이며 앞뒤로 흔들리고 있었다.

나는 그때, 흔들리는 그 등불에서, 가문(家門)에 반복되는 고난과 영광은, 그 후손들이 얼마나 제 뿌리에 대한 긍지와 자부심을 느끼고, 자신에게 주어진 소명 완주에 결정된다는 것을 알았다. 그리고 그 소명의 등불의 기름과 심지는, 나의 피와 땀이라는 것은 알았다(하기야, 그 등불의 비밀을 경험하고도 그걸 모르는 사람이 있으랴). 그러니까 그 등불이, 고난과 영광을 오가는 시간은, 그 등불을 매달고 있는 지점(支点)의 역사성(歷史性)과 그가 지니는 소명(召命)이 지니는 다원성(多元性) 매진의 척도 가운데서, 가장 고뇌에 찬 척도 사이의 희망에 따라 결정되는 것이었다.

그래, 나의 현재의, 어두운 지점(支点)에, 깊숙이 내장(內裝)되어 있는 선조(先祖)들의 등불을 꺼내 밝힘으로써 절망도 희망으로 바꿀 수 있다는 것도 알아내었다.

그러니까 나의 소명은 나의 선조(先祖)들의 시대적 실존(實存)을 실증하고 있는 것이었다. 따라서 나의 소명은 나의 뿌리와의 마찰도 없고 저항도 없는 그 역사의 공간, 바로 무게도 없을 뿐만이 아니라 보이지도 않는 소명(召命)에 매달린 채로, 내 발걸음을 주시하고 있는 것이었다.

내 선조들의 그 얼(엇시조旕始祖 정신)은 지금도 나의 등불이 되어 커다란 하얀 유리창에 들어온 암흑에서 빛나면서, 내가 흔들릴 때마다 그 빛을 쏘았다. 그 얼, 그 등불이 쏘는 빛은 참으로 따끔했다. 그 빛을 올려보면, 옛날에도 그랬을 터이지만 그 얼, 그 등불이 날 한 번씩 오고 갈 때마다 내 발걸음 앞에 깔린 희망에는 희미한 이정표가 나타나곤 했다. 그래 그 이정표를 잊지 않기 위해서 어려울 정도로 방향을 바꾸지 않았다. 다만 지름길을 찾으면서 소멸의 한 수렁을 지나 상생의 새벽안개가 되어 가고 있었는데, 그 발걸음은 사막의 낙타나 별 그리고 선인장과 흡사했다. 아니 그보다는 유목 대상(大商)들이 사막에서 오아시스를 찾아가는 여로, 혹은 애굽을 떠난 이스라엘 백성들이 그랬듯이 광야에서 벧엘까지, 그리고 애굽군의 추격에서 홍해를 건너기까지, 그래, 천천히, 그러나 쉬지 않고, 끈질기게 약속의 땅, 가나안으로 가는 이스라엘 백성들의 이야기와 흡사하다고 하는 것이 옳겠다.

한 시대의 등불은 우리에게, 한 암흑기에서 다음 암흑기까지 조상의 얼들이 거쳐온 여로를 되밟고, 어쩌면 지금도 계속되고 있을지도 모르는 그 여정을 되돌려 비춰 주는 것 같았다.

그런데 그 등불을 들고 걸으면 나의 시조, 이성계 존안이 모셔져 있는 전주(全州) 경기전이 나오고, 또 조금 걸으면 세종대왕이 나왔다. 그리고 한참을 또 걸으면 중종반정 이후 그 시대를 이끌던 사림파, 조선의 최고 유학자인 세종대왕의 증손, 시산군과 조광조, 김식이 나왔다. 그런데 그 이후는 왜 가물가물할까?

혹시 이게 시산군과 조광조가 못다 이룬 개혁을 되돌아보라는 뜻일까?

그리스어로 귀환은 〈노스토스nostos〉이다. 그리스어로 〈알고스algos〉는 괴로움을 뜻한다. 노스토스와 알고스의 합성어인 〈노스탤지아nostalgia〉 즉 '향수'란 돌아가고자 하는데 채워지지 않는 욕구에서 비롯된 괴로움이다. 그런데 그 안에는 절대 존재하지 않았던 것, 새로운 모험도 가리킬 수 있다. 따라서 내가 주목한 것은, 연산군을 몰아내고 임금으로 추대된 중종이 자신도 언제 쫓겨날지 몰라 항상 불안해하며 결국 개혁 대신에 안정을 택한 것과 모험 대신에 귀환을 택한 것이었다.

왜냐면 개혁은 결코 흥정의 대상이 아니라고 여겨지므로, 귀환은 삶의 유한성과 타협이므로, 나는 중종반정 이전의 시산군과 조광조의 절대부동의 신비에 싸여 있는 마음이었다. 시대를 비추던 등불은 나에게, 모든 것(가령 나라의 운명, 충성, 블랙홀, 그 광활한 대지 약육강식에 내몰린 꿈들)은 움직이고 변하여도 그 시대를 이끌던 등불은 움직이지도 흔들리지도 않는다는 사실을 가르쳐 주었기 때문이다.

시산군은 아까부터 우리 가문(家門)의 기둥이요, 등불이었다. 그래, 그의 뜻과 희망은 곧 영광과 고난과 빛 혹은 축복의 고리일 수도 있다. 그런데 나는 언젠가부터 그 엄청난 체험에 가담하고 있는 것이었다. 그러나 그는 물체도 아니고, 무게도 없고, 보이지도 들리지도 않고, 그저 찬란한 이정표가 되어 나를 이끌고 있었다.

시산군! 그는 조광조와 개혁정치를 사랑했다. 그들은 어려울 때마다 함께했다. 그런데도 사람들은 조광조의 개혁정치는 알고 시산군의 충절은 잘 모른다.

삼국지에 유방은 항우에게 번번이 패하다가도 마지막에 크게 이길 수 있었던 것은 그에게는 한신(韓信)이란 인물이 있었기에 가능했던 것처럼, 조광조도 시산군과 보낸 독야청청(獨也靑靑) 같은 시간이 있었기에 큰 인물이 되었다.

달 밝은 밤, 시산군을 생각하면, 정읍 칠보면에 있는 시산정(亭)이 생각난다.

그 고즈넉한 정자(亭子)에 앉아 시를 읊거나 피리를 부는 이가 있었다. 바로 세종대왕의 증손 시산군이었다. 그는 벌써 며칠째 정자에 홀로 나와서 누군가를 기다리고 있었다. 얼마 후 어둑어둑한 골목에서 두런거리며 이쪽으로 걸어오는 한 사람이 있었다. 조광조였다.

(그 당시 정읍 칠보 무성서원(武城書院)은 명망 있는 선비들의 순례지며 고향 같은 곳이었는데, 그곳 사림파의 모임에서 우연히 시산과 정암은 만나 서울에서 서로의 학문을 겨루기도 하고 협력하기도 했다.)

정암은 뜻이 높고 컸으나 매사에 조금 조급했고 너무 급진적이고 과격했다.

그런 조광조를 위하여 시산군은 그의 조급함을 늦추려고 간혹 시를 읊거나 노래를 불러 그의 마음을 진정시켰다.

그들은 만날 때마다 요즘 정세를 논했다. 시산군은 그 대화 말미엔 꼭 《시경(詩經)》『소아(小雅)』에 나오는 「학 울음」이라는 시를 읊었다.

……………

다른 산의 못생긴 돌멩이라도

구슬 가는 숫돌은 됨직한 것을…

……………

한 그루 박달나무 솟아 있어도

닥나무만 그 밑에 자라난다고

다른 산의 못생긴 돌이라도

숫돌 삼아 구슬을 갈 수 있다네

다른 산에서 캔, 돌멩이라도 자기의 구슬을 가는 숫돌로 쓸 수 있다. 바로 타산지석(他山之石)의 고사성어 원전이다. 바로 저보다 못한 사람의 언행도, 참고로 사용할 가치가 있다는 것이었다.

그러니까 내가 내뱉은 말이 피를 타고 뇌 속으로 들어갈 수도 있다. 그러면 보이는 게 없고 헛소리를 할 것이다. 세상의 정치도 그럴 것이다. 우리의 정과 사랑에까지 이기주의가 파고들면 당분간은 아, 어지러워 미치겠어! 호들갑을 떨겠지만, 꽃이 열매를 맺는 순간을 견뎌야 한다.

우정이 금이 가는 것은 누군가 제 고집만 부리기 때문이다. 정의로운 사람끼리 눈이 맞아 개혁정치에 뛰어드는 것이 가장 정의로운 일이고 이런 게 나랏일이다.

그때 나(필자)는 겨우내 외로이 지냈다. 그러던 어느 봄날 아침, 글 친구인 오영우가 찾아와 서로의 집안 얘기하다가 "일 전에 자네 선조, 영해군 위패를 소덕사(昭德祠)에 모셨다고 했는데, 한번 참배하고 싶은데 거기 가는 길 아는가?" 했다.

그의 질문에서 막막함이 묻어났다. 하지만, 길을 알려주고 나서 일가 친척들의 얼굴이 아른거려 더는 외롭지 않았다.

소덕사(昭德祠)는 전북 남원시 사매면 대신리 여의터에 있으며, 영해군(寧海君)과 임천군부인(林川郡夫人) 평산신씨(平山申氏)를 모시고 향사(享祠)하는 부조묘(不祧廟)다. 처음에는 충남 공주에 예조판서 덕일(德一) 종 손가에서 봉건(奉建) 봉사(奉祀)하다가, 영조 11대손 우의정 창의(昌誼)가 호서 관찰사 때 사우(祠宇)를 중건하고, 창의의 동생 문헌공(文憲公) 창수(昌壽)가 제전(祭田)을 설치하고 녹봉 300냥을 종손가에 희사하였다. 고종 갑오년(1894)에 동학농민봉기로 사우가 소실되고 기본자산도 탕진하여 근근이 봉사해 오다 경술년(1910)에 15대 종손 중기(重器)가 신주를 모시고 이곳으로 왔다.

나는 이미 안내자이자 길잡이가 된 셈이었다. 의도하지는 않았지만 특별한 자부심을 얻게 된 것이다.

그래서 뿌리 깊은 나무에서 튼튼한 열매가 자라듯, 한없는 신뢰와 경외감이 솟아나는 세종대왕의 업적에서, 그 봄과 더불어 내 인생이 다시 시작되고 있다는 사실을 나는 의심 없이 믿었다.

나는 친구 오영우에게 소덕사를 가는 길을 알려준 뒤 밤마다 매안이(여의터)가 그리웠다.

나는 가만히 있을 게 아니라 움직이기로 했다. 시산군에 대한 정보를 더 찾아야 했고, 그의 관련된 책도 읽어야 할 게 많았다. 그리고 건강한 결과를 도출하기 위하여 건강한 몸도 만들어야 했다.

시산군이 정읍 칠보에서 정착하게 된 것은 시산군의 아버지 〈길안도정〉의 선견지명(先見之明)이었다.

시산군은 정읍 칠보에 두고, 벽계도정(벽계수)은 원주 문막에 흩어놓은 것은 신의 한 수였다. 자손들이 앞으로 겪을지도 모를 〈기묘사화〉와 〈신사무옥〉 같은 고난에 대비, 바로 자손들의 보존과 영화를 위한 피난이었던 것이었다.

시산군은 어린 시절을 정읍 칠보지역에서 보냈다.

시산은 칠보면 시산리로, 백제 시대부터 문화적인 동네로 자리 잡은 동네였다. 시산리는 칠보에서 정남 쪽으로 뻗은, 조용하고 비옥한 평야에 자리 잡고 있었는데, 그곳은 양반과 중인 상놈, 반상의 차별이 비교적 덜한 곳이었다. 하지만 이런 표현은 한 지역의 다소 불편한 차등을 제대로 표현하기에는 지극히 피상적이고 협소하다. 시산군이 사는 집은 칠보 중앙에 있었는데 그 칠보에는 돈으로는 환산할 수 없는 보물이 하나 있었는데, 바로 선비들의 마음의 고향, 정읍무성서원(井邑武城書院)이다.

그 서원은 고려 시대 최치원과 신잠(申潛, 1491~1554)의 두 사당을 병합한 뒤 무성(武城)*이라고 사액(賜額)되었다.

그 자비로운 등불 그 얼은 우리에게 유익한 것을 보이느라 종종 꿈이

* 武城: 정읍시 칠보면에 있으며, 1696년(숙종 22) 최치원과 신잠의 두 사당을 병합한 뒤 '무성(武城)'이라고 사액(賜額)되었다.

나 역사, 혹은 사람의 일생 같은 것을 우리 앞에 펼쳐 보인다. 그러나 우리는 이러한 것들의 의미를 자칫 하나의 관념으로 치부할 수도 있지만, 불굴의 정신으로 그 의미를 파고 들어가면 마침내 그 찬란하기 그지없는 의미에 이르는 것도 가능하다.

그러나 누구나 할 수 있는 것은 아니다. '오직 가문의 자부심이 있는 자만이 가문(家門)의 역사적 업적을 확인하고, 찬양하며, 계승할 수 있는 경지에 이르게 된다.'

시산군은 신잠(조선 전기의 문인화가)이 서화와 문인의 대가가 되고자 했던 것처럼, 지식과 지혜와 지기지우(知己之友)가 그리워 다시 표표한 나그네 차림으로 선비들이 열심히 공부하고 있다는 정읍무성서원(井邑武城書院)으로 찾아갔다.

제일 먼저 반긴 것은 무성서원의 2층 누각인 현가루이었다. 그 누각은 중층 팔 작 기와집이었는데, 1층 바닥은 흙으로, 2층은 우물마루로 되어 있었다. 강당인 명륜당은 정면 5칸과 측면 3칸으로 원내의 유림 들의 행사와 강론 장소이었다. 그런데 뜻밖에 그 유생들이 공부하는 동재(東齋) 지나 서재(西齋)에서 조광조를 다시 만나게 되었다.

조광조는 근자에 와서 지나치게 긴장해 있는 것 같았다. 곧 있을 과거 시험 때문에 그럴 수도 있고, 날이 갈수록 그의 〈개혁청사진〉 그 계획을 다듬다 보니 그럴 수도 있었다.

그러나 그것은 꿈이다. 실제로 그 〈개혁청사진〉은 조광조의 전적인 작품만은 아니다. 시산군과 조광조가 머리를 맞대고 의논했기 때문에, 시산군과 조광조의 작품이었다. 아니, 시대의 열망이기도 했다.

그러나 그 계획을 하나의 계획으로 여기지 않고 어떤 강박증에 사로잡혀 집착하는 것은 조광조뿐이었다. 그러니 그 청사진은, 지금은 하나의 계획이어서 서둘러서 좋을 건 하나도 없는 것이었다.

그래 그 둘은 각자의 그 청사진 안을 가지고 서울에서 다시 만나 다시 조율하기로 하고 헤어졌다.

조광조는, 그 청사진에 대한 일을 혼자 하게 생겼다는 투의 비아냥거리는 인사로 시산군을 배웅했다.

시산군은 무성에서 돌아와 오래전 부모님(길안도정吉安都正 이의李義)께서 물려주신 서재에 처음으로 들어갔다. 서재 탁자에는 아주까리기름 한 병이 있었다.

그런데 호롱은 안 보이고, 오래 묵은 책의 냄새가 퀴퀴한데 탁자에 벼루와 먹은 탁자에 멍하니 앉아 천장을 바라보고 있었다. 서재에 서가를 한참을 따라가다가 호롱 두 개를 발견했다. 세 번째 호롱에는 아주까리 기름이 손가락 두 마디쯤 남아 있었는데 그것은 일에 중독되어 밤을 꼬박 새워 일하던 방이었다. 어느 방이든, 구석구석에는 책과 먼지가 친구처럼 같이 모여있기는 마찬가지인가. 서가 칸은 책의 무게로 휘어 있었다. 벼루, 먹, 화선지가 놓인 탁자, 서가에 가리지 않은, 빈 벽에 걸린 서예 몇 점, 탁자, 맞은 편의, 표구해 걸어놓은 서화(書畫)는 이제껏 본 적이 없는 그림이었다.

탁자 옆에는 아주 작은 글씨로 정갈하게 쓴 서첩(書帖)이 있었다. 그 서첩을 펴보았지만, 흥미를 끌 만한 것은 별로 없었다. 누구와 누구의 주소들뿐. 그런데 그 서첩에는 뜻밖에도 사유의 시작과 끝까지 전 과정이 누워 있었다.

그런데 그 서첩이 그리 때가 묻지 않은 것으로 보아 조부(祖父) 영해군 것은 아니고, 부친(父親) 길안도정 것인 것 같았다. 제목은 〈생각 다시 하기〉였다! 그는 현실의 암초에, 부딪쳤을 때의 빛, 그 등불 그 얼을 〈생각 다시 하기〉가 그를 조상의 얼로 인도했던 날을 기억하고 있었다.

그런데 그 생각을 할 때마다 그는 어린아이같이 좋아했는데, 조광조는 구시렁거렸으며, 김식은 빈정거렸다.

〈생각 다시 하기〉는, 외부의 불순(不順)에 대한 순수의 저항이 펼쳐지는 광장이었다. 그 불순에 대한 대응이라고 해봐야 풋내기 유생의 낙서와 같은 것이었지만 그래도 이런 일련의 고민과 숙고에서 작금의 개혁정치에 대한 청사진도 더욱더 단단해질 것이라는 믿음이 있었다.

문제에 대한, 다시 생각하기에는, 한 단계 상승할 기회가 들어있고, 또 주인공이 될 기회이기도 하니까. 심각한 동기가 부여된 셈이고, 그 심각한 동기로 인해 지금의 문제를 책임 있게 수행할 수 있으니까, 책임 회피나 그 방관자가 되지 않겠다는 의지가 들어있었다. 그 〈생각 다시 하기〉는 나에게, 무슨 청사진을 그리되 설계자로서가 아니고, 좋은 감독들이 그렇듯이 시행하다가 문제점이 발견되면 즉각 의논, 수정 보완할 수 있는 총감독이 되어야 하지 않겠냐고 했다.

그러나 시산군에게는 '기존 것에 대한' 〈생각 다시 하기〉는, 환각제와 같은 것이었다. 그러므로 그 생각 다시 하기는, 다른 사람의 시선 같은 것은 전혀 아랑곳하지 않고, 마치 낡은 아쟁으로 가난하나, 아주 행복한 연주하는 것처럼, 미친 듯이 그 생각 다시 하기로, 내달리는 것이었다.

그러므로 진정한 개혁은 나에게 창조적인 재능이 있다고 행하는 것이 아니었다. 다만 나는 무엇을 생각하는가에서 어떻게 생각하는가를 생각하고, 그 어떻게 생각하기에서 어떻게 이룰 것인가를 생각하는 것이었다.

그러나 그 둘의 지금의 개혁 운동은, 이전의 개혁 운동을 혁신하는 것이기에 이들에게는 운신 폭이 매우 좁았다. 하지만 정치의 개혁 운동이라는 것은 늘 서로 다른 장소에서 다른 이념으로, 서로 다른 관점에서 시작된다. 가령 훈구파와 사림파는 종종 뒤섞이기는 하지만 이 양자에는 큰 차이가 있다.

훈구파는 기존의 가치와 함께하는 도덕 개혁을 추구하지만, 사림파는 기존의 가치가 달라질 걸 촉구했다. 바로 위정자들이 백성들과 도덕을 한 눈으로 볼 것을 촉구했다.

그랬다. 나의 힘일 뿐만이 아니라 나의 능력이 되고도 남은 시산군은 결코 현실에 타협하지 않았다.

다만 합목적(合目的)이어서, 무 도덕적인 삶에 대한 고질적인 신경증을 잊게 할 만큼, 인간적이지 못한 이 시대의 갈등을, 대화를 통해 이끌고자 노력했다.

그 당시, 영해군의 장남 영춘군(永春郡) 이인(李仁, 1465~1507)의 자는 자정(子靜)이다. 그는 1474년 정의대부(正義大夫: 종2품)에 봉해졌다.

영춘군은 부친의 인덕을 바탕으로 효행이 지극해 왕실의 은총을 받았다. 그때 영춘군의 차남 강녕군(江寧君)은 아주 잘 가꾼 꽃밭과 정결한 집을 가지고 있었는데, 어느 날부터 연산군의 내폐(內嬖: 임금에게 사랑받은 여자)가 이 집을 탐내어 빼앗고자 했다. 그러나 강녕군이 한사코 불응하자, 내폐가 그 일을 연산군에게 고자질하여 연산군은 크게 노해 주인과 가노(家奴)를 붙잡아 가두고 문초했다.

이런 연유로 강녕군 부자와 여러 형제는 남해(南海)로 귀양을 갔다. 그 후 중종반정으로 관직이 회복되었고, 중종은 특별히 정국원종공신(靖國原從功臣)으로 공훈록과 비문에 그 사적을 표기케 하고 『삼강행실록(三綱行實錄)』에도 기록하도록 지시했다.

영춘군은 장손 완천군(完川君), 강녕군, 순성부정(蓴城副正), 덕녕부정(德寧副正)의 네 아들과 딸 둘을 두었고, 품계는 승헌대부(承憲大夫, 정2품 하계)이고, 시호는 화목을 이루었다는 뜻인 목성(穆成)이다.

그리고 영해군의 차남 길안도정 이의는 시산군(詩山郡), 청화수(淸化守), 송계군(松溪君), 은계군(銀溪君), 벽계도정(碧溪都正), 옥계군(玉溪君) 등 6남을 두었으나 옥계군은 외아들 운천군(雲川君)을 둔 뒤 후사가 없었다.

2

중용(中庸)하라

네 손에 든 장미 한 송이가 움직일 때마다 네 등불로 바람이 마구 쳐들어온다. 네 손에 든 장미꽃 한 송이가 움직일 때마다 등불과 장미꽃 한 송이가 마구 부딪친다. 바른길을 모르기 때문이다. 길 모르는 것이 길이라는 걸 모르기 때문이다. 그래, 네가 들고 있는 장미꽃 한 송이는, 지금 펄펄 끓는 곰탕 속이거나, 탱탱 불은 국수 속이거나, 하수구 앞이다. 그래, 더는 물러설 층계는 없다. 더 어두워질 어둠은 없다. 장미꽃 한 송이, 어찌하여 너는 열정(熱情) 하나로 칠보의 어둠에 싸인 사랑을 불밝히려 하느냐? 중용하라. 중용하라!

그 시절의 정읍 칠보의 술집 영화루는 전국의 선비들이 무성서원의 유생들과 평화롭게 팔꿈치를 맞댈 수 있는 사상계(思想界)의 풍류, 유상곡수연(流觴曲水宴)… 말하자면 수로를 굴곡지게 만들어, 그 안에 물을 흘려보내고 물 위에 술잔을 띄워 그 술잔이 자기 앞에 올 때 시를 한 수 읊는 놀이터였다.

정읍 칠보 민가 한복판에 있는 무성서원은 주위에 방각본이라는 인쇄출판사가 있을 만큼 선비 문화가 한창 꽃을 피우는 곳이어서, 지역 사회와 전국 선비들의 요람이며 순례지이기도 했다. 그리고, 유명한 학자들을 모시고 강회(講會) 하는 곳이기도 했다.

그런데 정읍 영화루는 시를 읊을 줄 모르는 도령도 돈만 많이 쓰면 극진히 대접받는 곳으로 보였다. 그래서 영화루 주인 명월은 귀한 손님은 별채로 모시라고 하인들에게 당부했던가, 시산정이 영화루에 들어서서 조광조를 만나러 왔다니까 아리따운 새끼 기생 같은 처자가 별채로 안내했다.

한편 시산정은 이런 생각을 하고 있었다.

'실수하지 않고 잘 알아보려면 이 별채에 드나드는 사람들의 이름을 일일이 적어 놓고 그들의 성격까지도 기입해 둘 필요가 있겠는걸. 그렇게 한다면 나는 몇 번째나 될까?' 하는 사이 별채에 도착했다.

별채는 2층이었는데 누각 아래 여러 방이 있고 그 앞에는 아주 잘 정돈된 정원 아래 잉어들이 온갖 풀벌레들과 숨바꼭질하고 있었다. 이 별채는 본채에서 멀리 떨어져 있어서 아는 사람만 아름아름 찾아와서 그런지 이곳의 공기에는 봄의 첫 내음이 섞여 있었다. 뜰에는 개구리들이 나타나기 시작했고 돌 틈 사이에는 벌써 냉이들이 고개를 쭈뼛쭈뼛 들고 있었다. 그러나 그 별채로 봄이 다가오는 표시는 더 꾸밈이 없었다. 창문에는 산새들이 나타나 지저귀기 시작했고, 울타리에는 개나리와 진달래가 앞서거니 뒤서거니 뒤덮여, 화사한 별채였다.

"무얼 그렇게 보고 있나요?"

그 집 주인 명월이가 물었다.

"참으로 고즈넉하고 아름답군요."

"그런가요. 감사합니다."

"여기에 몇 년 계셨나요?"

"10년 전쯤 되었는데, 저는 이 집 전 주인 김 참봉 영감님네의 기생이었지만 저는 실질적으로 이 영화루를 운영해 왔지요."

"그럼 이 별채를 지은 지는 얼마나 됐나요?"

"한 5년 되었어요."

"이 영화루를 소유하고 있던 김 참봉 영감님이 돌아가시기 직전에 저에게 헐값으로 팔았는데, 이 별채에는 귀한 손님을 위한 객실도 서넛 있고 또 여럿이 함께 모여 술도 한잔하며 담소도 나눌 수 있는 서재도 있어요."

"여긴 참 낭만적인 곳이라 오늘은 술이 술술 넘어갈 것 같소."

"아, 네, 아 참, 나리께선 정암 조광조 나리를 만나러 오신 거죠."

시산정을 빤히 쳐다보던 명월이가 말했다.

"정암이 아니더라도 시와 세상 이치를 논할 수 있다면 누구라도 좋다."고 시산정이 말할 때 마침 정암이 도착했다. 자리가 셋 비어 있었다.

"어이, 이거 시산 아닌가?"

정암과 함께 온 김두서가 소리쳤다.

"오오, 자네가 웬일이야? 난 자네가 성균관에서 자리 잡은 것으로 알고 있었는데?"

"물론 그렇지, 나 그냥 막 도망쳐 나오는 길일세."

"그건 또 무슨 말인가? 이봐, 김두서! 부처님 얼굴 같은 자네가 무슨 못된 짓을 했기에?"

연이어 들어온 유성원이 껄껄 웃으며

"여보게 시산정, 못된 짓이건 좋은 짓이건, 그건 문제가 아니야, 늘 당쟁만 하는 그곳에서 난 탈출한 거야, 아시다시피 나는 이런 순박한 시골을 좋아하지, 자네는 내가 지나치게 편협 주의자라고 늘 핀잔을 주지만, 사실 난 정치에 진저리가 나네. 그러니까 따지고 보면 그놈의 파벌, 당쟁만 일삼는 그곳을 나 스스로 등진걸세. 아니, 쫓겨난 거나 다름없지."

"그래, 자넨 어느 파인가?"

"난 무당파야, 내 사직(辭職)도 그 때문이지만. 하기야 내게도 파가 있다면, 그건 오직 가족 파지. 내게 있어 가족은 내게 주어진 천륜(天倫)이니 내게 굳이 파를 묻는다면 난 가족 파라는 것, 이것뿐이거든. 그리고 내가 계속 정치를 한다 해도 지금보다 더 나은 정치를 할지도 모르겠고. 그렇다고 지금 권력을 잡은 훈구파들이 정치를 잘할 것이냐 하면, 지금과 별반 다를 것이 없어 보인다는 거란 말일세. 지금, 연산군의 최측근인 임사홍 신수근 등을 보면 우리나라의 장래가 뻔하거든. 어디 그것뿐인가? 훈신 척신계, 그들은 왕권 또는 왕실과의 특별한 관계를 통한 지위로 자신과 연관된 부류들에 공납의 방납을 보장해 주면서 일정한 대가를 상납받기도 했지."

"어이 두서! 그러나 그들은 서남 연해 지역의 간석지를 개발하는 등에서 경제변화와 이룰 수 있었고 경제부흥의 기틀을 이룰 수 있는 공도 인정해 주어야 하지.

제일 먼저와 정암 옆에서 시산군만 바라보던 유간지가

"옳아, 무슨 일이든 공도 있고 실도 있는 게 정치지."

옆에서 두 사람의 대화를 유심히 듣고 있던 시산정이

"두서! 자네처럼 올곧은 성격으로는 참 치사하게 보일 거야. 그래 자네가 성균관을 그만둔 것이 바로 최근의 설화(舌禍) 때문인가?"

"설화로 마음고생한 게 어디 한둘인가? 부끄러운 애기지만 우리 일가친척은 5년 전만 해도 단합도 잘 되었는데 지금은 제 잇속만 챙겨서 조금 남은 우애마저 거덜 날 판국일세. 지금은 나이를 다섯 살 더 먹은 어른이라고 거들먹거리는 그 모습에 나는 그만 넌더리가 났지. 그저 말없이 수고하고 봉사하고 섬기는 바로 왼손이 하는 것 오른손이 모르는 그런 사람이 나는 그리웠거든. 그래서 제일 큰 어른에게 말하면 무슨 합이나 묘수가 있을까 하고 기대봤지만, 아무 소용이 없더란 말이야. 그런데 그런 일로 난 어리석게 화를 냈지 뭐야. 곧바로 후회하고 사과했지만, 간간이 제 욕심만 차리는 그 사람의 심보가 머리에 떠올라 기분이 상하고 말거든.

일례로, 독신으로 아주 고생 고생을 하다가 세상을 버린 김 대감 동생 상을 당했을 때만 해도 입 딱, 눈 딱 감더라고. 그런 모습을 본 누군가 그 사람의 모친한테 그럼 안 된다고 말했다나 말았다나, 해서인지 아주 나중에 부의(賻儀)를 쥐꼬리만큼 했대. 집도 여러 채여서 아주 부자라고 소문이 자자하던데. 또 언젠가는 내가 천거해 요직에 오른 사람이 뇌물을 받아 탄핵받은 일이 있었지. 그러자 그 사람이 내가 밀고했다고 의심을 하는 거야. 참 기가 찰 노릇이지. 한데 이레쯤 지나자, 제 애첩이 밀고했다는 게 드러났단 말이야. 세상에 별의별 짓궂은 중상모략을 연이어 겪어 온 셈이지."

"그래, 좀 비뚤어진 그 사람들의 광증에 슬슬 비위를 맞춰준다든지, 적어도 그들의 말에 귀를 기울인다든지 하는 수고도 않고, 시골에서 살려고 내려왔나?" 하고 시산정이 말했다.

"저기 한창 피는 저 꽃도 벌이 없었다면 저렇게 아름답게 필 수 있었을까? 잊지 말게, 자연의 모든 것도 협동이고 우리네 삶도 협동이란 것을. 우리가 협동했을 때 더 좋은 결과를 이루어 낸 것들을 많이 보았지 않았는가? 그러니까 '한 사람의 인생이란 결국 하나의 창으로 보아야 훨씬 잘 보인다'는 말일세. 그러니까 서운한 게 있으면 그때그때 풀어야지. 그렇지 않으면 점점 더 멀어질 뿐. 매사에 부정적인 생각을 하게 되니까. 한번 만나 사심 없이 속을 털어놓고 얘기하면 맺힌 게 술술 풀리던 그런 날이 우리에게 얼마나 많았던가!"

이번에는 명월이가 입을 열었다.

"시산정 나리, 저는 김두서 나리가 여기에 오래 머물러 있을 것 같지는 않습니다."

"나도 그렇게 생각하네. 우리 같은 사람들은 고착(固着)된 것을 단번에 풀 수 없다는 것을 알아야 하네." 시산정은 자신의 독자적인 의견도 섞어 가면서 대답을 계속했다.

"자네 성격 속에는 한마디로 꼬집어 말하기는 어렵지만 뭐랄까, 자네의 의견을 받아들이지 못할 땐 아주 가까운 사람으로부터 박해받을 요소가 있네. 그런 건 우리 모두에게 다 있으니 우리가 부조리에 대항하려면 무엇보다 자신에게 속지 말아야 하네."

우리가 바른말을 하면 구부러진 것이 바르게 펴질 것 같지만, 일부는 방관하고 일부는 냉소적이다. 그러니까 개혁의 첫걸음은 창조적이지 아니하면 안 된다고 시산군은 말했다.

그리고 혼란스러운 문제일수록 중용(中庸)해야 한다고 따끔하게 김두서에게 충고하고 싶었지만, 그도 한 사람의 성균관 선비로서 인간의 도리를 아는 사람이었다. 그래서 공연히 그에게 창피를 줄 필요도 없어진 터라, 그냥 가끔 천장을 쳐다봤다.

그런저런 공허가 최고조에 달했을 때, 시산정은 명월의 치명적인 초승달 같은 미소에서 벗어날 수 있었다. 그러고는 좌중(座中)이 전혀 생각하지 못한 '사랑'에 대하여 피력했다.

당신의 지금 일이, 만일 충분한 의욕만 뒷받침한다면 아무리 복잡한 일에 빠져 있다고 하더라도 사랑은 활기를 찾고, 행동을 개시하고, 계속될 것이다.

그러기에 지금 내게 주어진 과제라는 것은 항상 자기 부족함에 대한 영향력을 재고해야 한다는 것을 알거나, 비참한 상태는 아무런 보상도 가져다주지 않는다는 것을 알거나, 무기력한 자포자기와 자기 부족함에 대한 굴복이 내 삶을 지배하고 있다는 것을 인식하거나, 그것이 내 생활 방식이면 사랑의 활동도 할 수 없다는 것을, 아는 것이다. 그러나 대다수 사람은 자기 부족함의 포로가 되고 굴복한다. 그러나 투쟁하면, 자신을 두렵게 하는 이 공격들은 비교적 빠른 속도로 가라앉는다.

그러기에 자기 부족함에 채찍질이 부족한 사람은, 더욱더 단련을 받아야 할 필요가 있지 않을까? 그런 사람들일수록 양심의 힘이 정말로 필요하지 않을까?

그러나 어떤 이익은 당사자에게 이기적이기를 부추긴다. 그러나 사람들은 그 사람의 양심에 거의 맡긴다. 그러기에 정의와 도덕 앞에 즉각적인 행동을 취하기 위해서는 내 자유에 대한 각성(覺醒)이 필요하다.

그러기에 행동이 수반되지 못한 각성은 허울뿐이라든지, 말 잔치 정도라든지 하는 얘기가 쏟아져 나왔다. 그리하여 고려 공민왕과 조선 태조 이성계의 치하 사회상을 비교하는 것까지 화제에 올랐다. 이 두 시대는 귀족 세력들의 전성기였다. 그러나 공민왕의 귀족들은, 기득권만 지키다가 그 권력을 빼앗겼던 것이지만, 이성계 시대의 귀족들은 자신들부터 개혁의 대상으로 삼았다.

이와 같은 토론이 계속되자. 잠깐 침묵이 흘렀고 사람들은 매우 불편해졌다. 그때 명월이가 몸을 떨면서 장옷을 집어 들었다. 그 장옷(쓰개치마라고도 하고 너울이라고 하는)을 본 여럿이 아름답다고 감탄하는 것을 본 명월이가 이렇게 말했다.

"저는 이암(李巖: 조선 중기의 화가)의 모견도(母犬圖)라는 그림을 결코 잊지 못할 거예요. 수년 전 한양 어느 대감 회갑연 때 보았는데 그 이후 줄곧 머릿속을 떠나지 않아요. 그 그림은 이 시대가 구현해 내야 할 정경이라고 생각하지 않으세요?" 그녀가 시산정에 물었다.

"암요, 그렇고 말고요. 가장 조선 다운 풍경이며, 그 시대의 해학이 담긴 아주 멋진 작품이죠. 이 그림은 그 당시 불효를 반면교사 삼으라는 것이어서 더 멋진 작품입니다."

이때 김두서가 그 그림 중 어미 개가 강아지를 따스한 눈빛으로 바라보는 모습을 흉내 내기 시작했다. 그러자 정암이 훈장에게《명심보감》을 외우지 못해 종아리 맞은 시늉을 했다. 그러자 그중 몇은 다른 아이처럼 웃고 또 어떤 이는 서당 훈장처럼 웃는 자도 있었다.

그 그림이 이처럼 마음에 와닿는 것은 모든 것을 포용하겠다는 듯한 온화한 구성이며, 또한 배경 역시 무성하고 푸른 나무 아래이었기 때문일 것이다.

일동이 이구동성으로 우리 임금님도, 대감님들도, 우리 집안도 이렇게 푸른 나무 하나 키웠으면 참으로 좋겠다고 했을 그때, 항상 시산정이 좋아하는 일이면 무엇이든지 감탄하고 있던 명월은, 처음으로 시산정을 자세히 살펴보았다.

"시산정의 참신한 이 언행 뒤에는 분명히 대단한 학식과 큰 뜻이 숨겨져 있을 겁니다."

명월이 옆에 앉아 있던 정암이 김두서에 이렇게 말했다. 그 말을 유심히 귀담아듣던 명월은 이렇게 폭넓은 교양과 지식을 두루 갖춘 시산정을 만나게 되어 참으로 기뻤다. '시산정의 말은 운율을 갖춘 시 같아서 모두에게 늘 감동을 준다.'라고 명월은 생각했다.

3

사랑의 시작이란

사랑의 시작이란 절망이 아닌 선택이기에, 장미꽃을 좀 먹는 진드기는 하루바삐 잡고 볼 것. 그래야 내 사랑이 천천히라도 필 것. 장미꽃이 넝쿨째 굴러떨어지듯이, 도대체 좀 벌레들이 나를 좀 먹고 있다는 건 불행한 일. 하여, 나를 좀 먹는 진드기들은 하루바삐, 철저히 잡아낼 것('하루바삐' 그대 맘에 들고 싶어 나도 장미꽃 한 송이에 살고 있지만, 하루바삐 그대가 나에게 무엇을 해 주기를 바라는 것을 내가 먼저 그에게 베풀어 줄 것). 그대 맘에 들려면 하루바삐 내 욕심을 버리고, 내 고집을 버리고, 모나고 각진 것들을 손볼 것. 적어도 내 사랑은 삼국시대에 몇 안 되게 실존했던 여장부 '왕이', 용맹하고 과감하여 평생 남편을 보좌했으며 조조군이 마초와 대립할 때 마초의 부인 양 씨를 속여서 그를 물리친 왕이 정도는 되어야 할 것이다.

다음 날 아침, 시산정은 일찍부터 영화루 별채 강당에 나와 정암과 의논하려고 했던 개혁정치 안을 다듬고 있었다. 그때 서재 뒤에 감쪽같이 가려져 있는 비밀 문으로 명월이가 들어왔다. 시산정은 비밀의 문에 깜짝 놀라고 있었으나, 명월은 그렇게 시산정을 만난 것이 아주 기쁜 듯 흐뭇한 표정을 지었다. 은비녀로 쪽을 진 명월의 모습은 아주 청초해서 어딘지 선녀를 연상케 하였다.

명월은 혼자 대청 한쪽 서재에서 곧잘 사군자(四君子)를 치곤하였다.

그러던 어느 날, 칼을 든 복면강도가 서재에서 명월이를 겁탈하려는 것을 마침 서재에 들어온 시산정이 보았다. 시산정은 단숨에 강도의 칼을 빼앗아 격투했고 그 강도는 삼십육계 도망을 갔다. 이후 그들은 더욱더 가까워져 서재에서 종종 차(茶)를 마셨다. 그리고 그 둘은 명월의 사군자(四君子)와 시산정의 개혁정치에 관하여 대화했는데, 예상외로 명월은 시사(時事)에 밝았으며 정치 감각도 예리하고 깊었다. 그 정치 감각에는 여러 층의 사람들을 만나며 겪었던 현장의 생생한 백성들의 고충과 바람이 그대로 녹아 있었고, 또한 그의 서화(書畫)도 일반 사람은 범접할 수 없는 경지에 도달한 듯 깊고 수려했다.

오후 3시경에는 그들은 며칠째 정암과 서재에서 만났다. 그리고 그 셋은 자연스럽게 서로의 개혁정치 안을 나누고 나서 산책을 했다.

그런 어느 날 명월이 정암에게 "오늘은 저녁때까지 우리에게 자유 시간을 주시죠." 했다.

시산정은 명월이가 말한 이 '우리'라는 말이 참으로 마음에 들었다. 그래서 그는 아주 기뻤다.

"여보게, 정암! 오늘은 명월이가 나와 단둘이 산책을 하고 싶다고 하니 자네가 좀 양보해 주시게."

"그런 일이라면 천만 번 양보해야지. 암, 양보해야지."

그런 그의 말에 시산정은 잠시나마 정치를 잊고 명월이와 오붓한 시간을 가지고 싶었으나, 산책 중에도 머릿속은 온통 개혁 세력들에게 가해진 모진 박해를 떨려버릴 수가 없었다. 그는 정암의 개혁정치에 참여하면서 훌륭히 이룰 자신이 있었다. 그러나 그와 나눈 대화 그의 은비주의(隱祕主義)는 자기 혁신을 촉진하는 한 방법의 길로 들어설수록 고난 또한 심해지는 것을 알았다.

그리고 얼마 후 정암이 돌아간 뒤, 명월이 자기 방으로 인도해서 따라갔더니 잠시 후 주안상을 조촐하게 차려왔다. 두 사람은 서로 술을 주거니 받거니 하면서 거문고를 타고 함께 노래도 했다. 날이 어둑어둑해지자 명월이가 주안상을 옆으로 밀어 놓고 금침을 깔더니 이렇게 말했다.

"나리, 저는 평소에 나리같이 학식이 뛰어나고 중용(中庸)의 길을 걷는 분을 만나 뵙는 게 소원이었습니다. 오늘 밤 저와 밤을 함께 지내주신다면 더없는 영광일 것입니다."

명월은 시산정의 품으로 파고들었다. 오랜만에 술을 많이 마신 데다가 그는 저돌적으로 파고드는 그녀를 품에 안고 조용히 조용히 자리에 눕혔다.

명월은 불길이 타오르듯 열정적으로 시산정에 사랑을 갈구했다. 시산정도 모처럼 성숙한 여인과 뜨겁고 달콤한 운우지정(雲雨之情)을 나누었다.

다음 날, 정암은 시산정에 명월이와 함께 보낸 얘기를 물었다. 그러자 시산정은 별일 없이 산책하고 차(茶) 마셨다고 대답했다. 그러자 명월이가 "나리는 내게 아주 친절하게 요즘 세상에 대한 신선하고 참신한 이야기도 많이 들려주고 또 나리의 충효(忠孝)관도 솔직히 제게 들려주었는데, 저는 그 말을 골똘히 생각하다가 그만 길섶 돌부리에 넘어져 치마에 이렇게 시퍼렇게 풀물이 들었답니다."

정암은 참다못해 그만 웃음을 터뜨리고 말았다. 그러고는 좀 더 자세한 얘기를 들려 달라면서 허물없이 이것저것 캐어물었다. 시산정은 하는 수 없이 명월이와 운우지정만 빼고, 아주 솔직하게 모든 얘기를 해주었다. 시산정 자신은 몰랐지만, 명월이와 사랑을 뺀 그 이야기는 어딘가에서 사랑이 깊어가고 있는 것 같았다.

"나는 아까부터 시산정의 이런 유머 있고 담백한 모습에 반했습니다. 앞으로 장래가 촉망된다고 생각합니다."

정암은 명월이에게 이렇게 말했다.

"이런 경우 보통 사람들은 대충 어물쩍 넘어가는데, 이렇게 친절하고 재치 있고 익살스러운 이런 청년은 일찍이 보지 못했고 앞으로도 보기 힘들 거요. 자기 생각을 대중 앞에서 서슴지 않고 얘기할 수 있다니!"

시산정이 그렇게 자신의 성격을 드러냄으로써 마침내 세 사람은 마치 깊은 숲속에 사는 한마을 주민들처럼 흉허물없이 담소할 수 있었다.

이튿날, 시산정은 서원에 가서 강론을 두 시간 듣고 난 후, 요 며칠 생각한 것을 정리하고 필사하기 위하여 집으로 돌아가다가, 그만 발길을 돌려 영화루 별채로 왔다. 서재에는 아주 굉장히 모양을 낸 한 유생이 책상 가까이 앉아 있었다. 그의 모습은 부티가 났으나, 어쩐지 간사해 보였고 얼굴엔 초조한 빛이 역력했다.

이윽고 명월이가 들어왔다.

"아, 주기회, 주 생원님, 어떻게 이 방에 들어와 있나요?" 명월은 불쾌한 어조로 그에게 말했다.

"제 생각은…."

그는 비굴한 웃음을 띠며 무슨 말을 하려 했다.

"아니, 주 생원님 생각이 어쩌고저쩌고 간에 생원님 멋대로 여기에 들어온 것은 좀 경솔한 짓이 아닌가요?"

그 주 생원이라는 자는 아무 말 없이 분연히 자리를 박차고 일어나 나가 버렸다. 그는 이 정읍에 유일한 만석꾼의 둘째 아들인데 한량이었다. 그런데 그 별채에 모이는 한 회원이 그를 한번 데리고 왔었는데, 거기서 명월이가 서화에 능하다는 것을 알고, 자기도 명월의 마음을 얻어 보려고 그날 서화 도구를 가지고 서재로 왔다. 그가 떠나자 시산정은 명월이에게 "지난 아침, 눈을 떠보니 지난밤 함께 팔베개하고 잠자리에 들었던 당신은 자취도 없었다."라는 꿈 얘기를 하자 부끄러운 듯, 아무 말 없이 시산정 이마에 입맞춤하고 밖으로 나갔다.

시산정은 홀로 서재에서 붓을 드니 명월이 얼굴이 자꾸 아른거렸다. 왜? 나는 그런 사랑을 했을까? 그리고 그것은 참사랑이었을까? 그리고 주 생원이란 자가 얼마 전에 침입한 복면강도가 아닐까 하는 그런저런 생각에 잠깐 혼란스러웠다.

그래, 시산정은 그 혼란스러운 마음을 내려놓고 싶어서 그동안 메모해 놓았던 중용(中庸)에 대하여 적어 내려가기 시작했다.

중용은, 자신의 부족함에 대한 탐색이다. 상대방과 자신을 참되게 연계시키기 위한 운동이다. 상대와 생각을 공유하되, 서로의 허물보다 장점을 들춰내는 운동이다. 그러기에 그 운동은 고백과 용서를 할 수 있으며, 배려심이 과거지사와 현재를 서로 도와주고 도움을 받을 수 있는 마음이다. 우정과 사랑을 나누면서도 의구심과 걱정으로 점철된 현 생활을 압도할 수 있는 신뢰를 쌓는 일이다.

그런데 시산정은 지금, 정암과 도모하는 개혁정치의 구상은 확실하지 않았으며 안전해 보이지도 않았다. 그러나 그 일이 정의로워 호흡하는 것조차 위험해도, 그 꿈을 버리지 않고 계속 좇고 있었다.

누구나 다 꿈을 좇는다. 그렇지만 누구나 똑같이 '꿈'을 이루는 것은 아니다. 그러기에 꿈은 생각(思考)에서 시작되지만, 이루기는 행동에서 이룬다.

세월이 흐름에 따라 대다수 사람은 관습에 따라 순응해 갔다. 조광조는 한훤당(寒暄堂) 김굉필(金宏弼)의 문하에서 가장 촉망받는 청년학자가 되고, 김식은 사림의 핵심세력이 되고, 유간지는 궁궐을 수비하는 어영청 대장이 되었다. 또 낙향해 농사를 짓는 사람도 있었다. 시산군은 아무것도 되려 하지 않았다. 실망한 부친 길안도정은 다시 시산군을 서울로 불러들여 절친 김 대감에게 세상 견문을 더 넓히라고 그 집 문객으로 보냈다. 명월도 얼마 후, 영화루를 정리하고 서울로 올라와 인삼과 비단 상단을 차렸다는데, 시산군을 따라 서울로 갔다는 소문이 정읍에 파다했다.

그러던 어느 날 김 대감의 집에서, 영화루 별채에서 우습게 만난 주기회를 다시 만났다.

"아니, 자네가?"

"아, 네. 반갑습니다. 김 대감님을 뵈러 왔는데…."

그로부터 얼마 후 그는 군자감 부부장이 되어 다시 인사를 왔다. 그것을 본 시산군은 말 문이 막혔다. 아니 이 사람은 서화에 관심이 있어 한때 명월이 곁을 맴돌던 사람이 아닌가? 그런데 어느 날 갑자기 무장으로 나타날 줄이야, 혹시 이런 게 말로만 듣던 매관매직(賣官賣職)? 그런 것 같은 김 대감과 주기회의 관계와 그 처사를 보고 시산군은 미련 없이, 아무 말도 없이 그 집을 나왔다.

그로부터 7년 후, 기회주의자들이 마치 생채기처럼 정직한 자들의 가슴에 깊은 자국을 남겼다. 연산군은 5 6년 동안 두 차례나 큰 옥사를 일으켜 많은 사류(士類)들이 희생되었다. 1498년(연산군 4)의 무오사화와 1504년의 갑자사화이다.

이런 역사적 사건들 뒤에는 기회주의자들이 판을 쳤기 때문이다. 그것은 시류에 편승하는 아주 얄팍한 그 시대의 특유한 현상이었다. 그런데 그 현상에는 '방관자'들이 아주 많았기 때문에 가능했다.

한 시대의 위정자의 방종과 사치와 향락은 그것이 제아무리 끔찍하다 하더라도 그 방종과 향락과 사치와 더불어 사라지게 되어 있으므로 백성들은 희망을 간직할 수 있다. 반면에 권력과 부는 세습이 되고 있었다. 그리고 더 한심한 것은 방관자들의 자기 보신주의가 일반 백성들과 그 사회에도 퍼진 것이다. 집안 대대로 전해 내려오는 가치를 부정하다 못해 제 부친의 유지를 부정하고 그 일가친척을 헌신짝처럼 여기는 못된 행태를 보고도, 누구 하나 나서서 따끔하게 충고해 주는 사람이 없는 시대, 바로 '어른이 부재하는 시대'가 이어지고 있었다.

제생원동 집으로 돌아온 시산군은 이상한 꿈을 꾸었다. 그는 그가 탄 말이 성균관으로 가다가 갑자기 방향을 바꾸더니 낯선 집에 멈췄다. 기품 있는 한 여인이 대문 앞에서 그를 기다리고 있었다. 얼굴에 환한 미소를 띠고 있었는데 그녀는 영락없는 명월이었다. 또 한번은 꿈속에서 모함을 받아 귀양길에 오르는데, 주기회가 다가와서 아주 고소하다는 시늉을 하며 웃음 지었다. 역겨운 생각에 사로잡힌 그는 자신이 웃음거리가 될지도 모른다는 걸 깨닫고 소리치다가 잠에서 깨어났다. 이러한 꿈을 자주 꾼 까닭은, 자신이 아직도 수양이 덜 됐기 때문이고, 이제 막 중용의 길로 접어든 까닭이라고 생각했다.

명월이에 대한 그리움과 기회주의자들에 대한 분노들이 밤만 되면 떠올라 며칠 밤을 지새 우기기도 했다. 그러나 그것은 의식적이며 자의적인 몽상과는 완전히 다른 것이다. 뇌리의 꿈들은 그의 머릿속에 느닷없이, 갑자기 떠올랐다가 곧 사라졌다. 김 대감과 주 기회의 행태들이 문득문득 들녘에 섬광처럼 빛날 때마다 아우 벽계수가 생각났다. 그리고 어떠한 어려운 일을 만나도 의연했고 진중했던 아우의 지난 행동이 한 영화처럼 펼쳐졌다. 이 순간적인 영상들이 그를 찾아와서 잃어버린 중용에 대한 결핍을 채워주었다.

그가 어려울 때마다, 벽계수가, 그에게 마치 중용의 이미지처럼 보여주는 게 하나 있었는데 그것은 무위자연(無爲自然)이었다. 그리고 그 자각이, 자신이 잃어버린 꿈에 희망을 보여주었다.

4

거상 명월이

호수

한 초점에 넋을 잃은 동공
슬며시 깨워서 너를 본다

나뭇잎이라도 되고 싶다
그래 네 위에 스르륵 내려
낮에는 시원한 그늘이 되고
밤에는 이불이 되고 싶다

함께 파도를 탔으면
꼭 껴안고 파도를 탔으면

늘 가까이 늘 함께 유영할 수 있다면
수초와 바위틈에서 살아도 괜찮겠다

지나가는 바람에도 이는
그 모습 그 향기
온몸에 전율이 인다

하늘에 널 묻는다
영원히 변치 않는
별 하나에

성종을 이어 왕 위에 오른 연산군은 농업진흥책을 세워 산업 구조상의 변화가 급속도로 일어났다. 우선 15세기 말엽부터 시작한 향시, 지방 장시가 크게 확대되자 지배층의 관료로서 특권적 성향이 강한 훈구파는 신진의 관료 군인 사림파를 맹렬히 비난했다.

중국과 무역하던 상인들은 모두 연작 상경의 집약적 농업기술의 발달로 부를 축적한 뒤 은광 개발에만 몰두했다. 이로 인해 농촌에서는 농민들 일부가 소상인으로 전환하여 많은 수가 농토를 상실하고 유랑생활을 하였다. 그러나 그 와중에도 훈구파는 왕권 또는 왕실과 특별한 관계를 통하여 지위를 보장받았다. 이들은 당시 유행하던 공납의 방납권을 보장해주면서 일정한 대가를 상납받았고, 또 서남 연해 지역 지방관에게 사주해 다수의 지방민을 강제로 동원하여 간석지를 개발해 이익을 얻었다. 이것을 무역이나 은광 개발에 투자해, 관권을 매개로 부상들과 결탁해 부를 늘려갈 즈음, 조광조는 한훤당(寒暄堂) 김굉필(金宏弼)에게서 수학했다. 학문이 깊고 행실이 돈독한 그는 점필재〈김종직의 호〉의 학통까지 이어받은 사림파의 촉망받는 자였지만, 그가 가장 신뢰하고 존경하는 사람은 시산군이었다… 그는 기회 있을 때마다 그와 함께 동고동

락(同苦同樂)했던 벗들을 초대해 중용의 생활자이며 은둔의 지식인인 시산군에게 유학과 중용의 도를 강론(講論)할 자리를 마련했다.

그러던 어느 날 조광조는 시산군에게 명월이가 송상(松商: 개성상인) 중의 송상 거상이 되었다고 했다. 그리고 그 명월이가 개성 출장이 끝나는 닷새 후에 시산군을 꼭 한번 만나고 싶다는 말을 전했다. 시산군은 가슴이 설레었다. 정읍에서 나누었던 그 풋풋했던 정과 사랑이 구름의 달처럼 지나가서 더욱더 애틋하고 그리운 탓인지, 외롭고 쓸쓸할 때 자주 찾는 북한산 암자로 걸어가는 내내 하늘만 쳐다봤다.

닷새 후, 조광조가 안내한 명월의 상단에 도착했다.

"시산군 나리 더 젊어지셨어요." 그와 근 7년 만에 상봉이었다.

"임자는 더 아름다워졌는데…." 근 7년이 지났는데도 명월은 여전히 갸름한 얼굴에 윤기 자르르 흐르는 머리에 은비녀를 꽂아 정경부인이나 부잣집 안방마님 같기도 했다. 그래, 그동안 서운한 감정은 단숨에 증발해 버렸다. 그래, 가난한 선비와 거상은 잠깐이나마 그 옛날로 돌아가 시간을 초월한 두 본질처럼 서로 마주 보고 있었다.

언제나 시산군을 응원하며 좋아했던 명월은 그 앞에 거상으로서가 아니라 한 여자로 처신했다. 이윽고 그녀의 아름다움과 이성을 총동원하며 조광조와 시산군을 데리고 마포 나루 2층 요릿집으로 저녁 식사를 하러 갔다.

저녁이라 그런지 요릿집은 북적였다.

술과 요리가 나오는 사이, 비가 한 방울 두 방울 떨어지는 소리가 사방에서 들려오고 있었다. 빗소리를 들으면서 한 1분 눈을 감고 정읍 영화루에 닿았다. 거기서 돌담길 너머로 별채가 보였다. 목련과 벚꽃 나무의 검은 윤곽 앞쪽에 호롱불이 켜져 있는 서재는 보였어도 개나리와 담에 가려져 서재 안까지는 보이지 않았다. 그래도 불빛이라도 약간 새서, 약 7년 전 봄 명월이와 산책에서 돌아올 때 본 이 별채의 불빛이 생각났다.

요리는 질서정연하게 전복죽, 광어회, 문어숙회, 홍어, 쇠고기 전골 등등이 술과 나왔고, 과일은 마치 자그마한 장난감 같은데 껍질을 벗겨 먹게 나와서 먹을 때마다 아이들이 진달래 꽃잎을 뜯어내는 것 같았다. 요리와 술은 인간의 추억 속에 잠든 기억들을 깨워서 밤의 외로움도 참고 견딜 수 있는 여력을 제공해준다. 만찬이 끝나고 서로 그냥 헤어지기 섭섭할 때, 시산군이 그녀의 서화를 보고 싶다고 하니, 그녀는 기꺼이 그 둘을 그녀의 집으로 데려갔다.

그녀의 서화를 감상하다가 시산군이 "자녀는 몇이세요?" 하니 고개를 절레절레 흔든다. '아, 그럼 여태 결혼을 안 했구나' 하면서 여러 그림 중 군계일학(群鷄一鶴)을 보며 감탄하니, 자신의 꿈이라고 했다.

개성 인삼을 모아 중국에 팔고 거기서 비단을 사와 큰돈을 번 그녀가 왜 군계일학을 보여주는 것일까? 그리고 그녀는 부(富)보다 그녀의 그림 군계일학이 나를 사로잡은 이유는 무엇일까? 시산군은 그녀의 그림 앞에서 한참 동안 자문자답해 보았다.

정읍 칠보에 있을 때부터 그녀는 항상 이런 식이었다. 그는 손님들을 마치 왕처럼 대했지만, 자신에 대해서는 항상 낮추었고 부도덕에 대해서는 엄격했다. 그러나 시산군에 대해서는 받드는 것도 과분한데 늘 공경 수준이었다. 그녀는 내가 사랑하는 사람은 오직 당신, 시산군뿐이라는 것인가? 아마도 그를 치근댔던 주기회에 대한 경멸 때문에 더 그럴까? 아니면 낙인 같은 기생 출신이라는 걸 상쇄하기 위해, 그 신분 세탁을 위해 이렇게 시산군에게 접근해 잘해주는 걸까? 시산군이 이러한 심리를 경계하자. 그녀의 행동은 진실과 진심이 항상 늘 배어 있는 탓인지, 가냘프나 힘과 진실이 넘쳤고 항상 미소를 잃지 않았다. 그것이 사랑이고 또 여성 사업가로서의 자신의 미덕이며 본분이라고 확신하는 것처럼 그녀는 담대한 방식으로 자신의 꿈을 일구고 있었다.

그러나 그런 자신감 때문에 시산군이 몹시 거북해한다는 것을 그녀도 잘 알고 있었으며, 시산군 또한 그런 그녀의 성공 때문에 은밀한 기쁨을 느끼기도 했다.

명월은 그 이튿날, 시산군의 정읍 칠보 시절의 옛 벗들을 모아 연회를 마련해 주었다. 어느새 훈구파가 된 유관지. 궁금 세력이 된 김두서. 그리고 사림파의 젊은 피 조광조와 김식 등이 대청에서 저녁을 먹었는데 명월은 중국인들과 장사의 비결을 소개하면서 중국어를 구사했다. 시산군은 그것이 즐거웠다, 이런 그녀의 폭넓은 지식과 식견 속에서 무한한 발전 가능성을 느꼈기 때문이다. 그날 저녁 시산군은 별로 말을 하지 않았다.

그러나 며칠 전 시산군의 강론〈중용〉에 매료된 조광조는 칠보에서 자유분방했던 시절이 그립다고 했다. 그리고, 우리가 정읍 무성서원(武城書院)에서 정진할 때는 하나이었지만, 이제는 우리나라를 다스리는 그 한 축인 훈구파와 궁금 세력과 사림파로 나누어져 있다고 한탄했다.

그래도 오늘 이렇게 모처럼 한자리에 모였으니, 흉금을 털어놓고 나라의 미래를 위해 작금의 현 시국을 한번 논하는 게 좋다고 했다. 그리고 우선 그 진단을 시산군에 듣자고 했다. 그러자 모두 이구동성으로 좋다고 했다. 그러자 궁금 세력인 김두서가 "시선군이 우리의 소두(小頭)가 되어 오늘 이 문제를 이끌어 주셨으면 합니다." 그러나 모두 표정이 그리 밝지 못했다. 어둡고 냉랭한 분위기 때문일까. 빙 둘레 앉은 가운데 놓여 있는 화로가 변변치 않아 제구실을 못 하는 것 같다고 김두서가 말했다.

"꼭, 저 들으라고 한 말 같습니다."

유관지가 모인 다섯 사람에게 차례로 눈길을 주며 무겁게 입을 열었다. 오직 중용의 길을 걷고 있는 시산군께서 이 토론을 이끌어 주셔야 그 결과를 모두 수용할 수 있을 것입니다. 조광조와 김식도 이 말에 얼른 합세했다.

시산군은 눈을 감고 작금의 정세를 따져보기 시작했다. 주상 '연산군'의 지금의 폭군 정치와 방종은 바뀔 가능성은 전혀 없다. 그렇다고 혁명을 한다면 세력과 세력 간의 정면 대결이 불가피한 상황이다. 어떻게 한다…. 이럴 때 못 본 체하는 게 상책인데, 주상의 방종은 더욱더 심해져 갔다.

쉽게 대책이 서질 않았다. 행여나 이 모임이 바깥에 샌다면, 당장 역모로 3대가 전멸할 판이었다. 시산군의 침묵이 길어지자 시산군 옆에 있던 조광조가 벌떡 일어나서, 이대로 가다가는 백성들이 다 도탄에 빠질 것이요. 그러니 시급하게 전면적인 개혁이 필요하다고 외쳤다.

"우리가 나서는 것은 그리 어렵지 않지만, 문제는 명분이요." 하고, 한참 만에 시산군이 혼잣말 비슷하게 중얼거렸다. 그리고 조용히 최치원의 시(詩), 〈야소〉(들판에 불이 남을 뜻함)라는 시를 읊었다.

오늘 들판을 바라보니 문득 깃발이 펄럭펄럭
군사들이 변방을 쳐나가는 듯
사나운 불길이 하늘을 찌르니 지는 해도 무색하네
미친 연기가 벌판에 뻗친 구름을 뚫는구나!
마소(馬牛)를 기르는 데 방해된다 탓하지 마라
여우, 살쾡이 모두 소굴을 잃으니 기쁘지 않은가
다만 두려울사 바람이 산 위에까지 몰고 가면
옥과 돌 구분 없이 함께 탈까 봐….

그 시의 옥과 돌, 그것은 서경(書經)에 나오는 '곤강(崑崗)에 불이 붙으면 옥과 돌이 찬다.'라는 원전 같다고 김식이 말했다.

그러자 시산군이 "개혁에는 선한 사람과 악한 사람이 구분됨 없이 숱한 희생자가 생깁니다. 그러니 개혁의 틈바구니에서 무고하게 희생되는 사람이 없도록 해야 합니다. 그리고 우리가 힘을 모아도 이 개혁이 성공할 확률은 반반입니다."라고 말했다.

순간, 일동, 얼음장이 되었다.

"그렇다고 우리가 여기서 물러선다는 것은 아주 슬픈 일이지… 이렇게 생각하면 어떨까?" 시산군은 혼자 중얼거렸다.

"의로운 일 앞에는, 늘 희미한 심연,
누군가 마침내 앞장서야겠지.
아주 선명한 견해와 확실성으로.
그러나 혁명 이후에는 무엇이 오는가?
숱한 진실들이 논공행상에 일그러지고
슬프고도 허망한 몇 시간,
그리고 나면 창업 공신 사이에도
커튼이 드리워진다."

시산군은 고민에 고민을 거듭했다. 창업 공신 정도전을 비롯한 많은 권신이 왕권에 대항하다 목숨을 잃지 않았던가.

그렇기에 명분이 더욱 중요하다. 조선은 주자학을 숭상하는 나라고 주자학은 명분을 중요하게 여긴다. 그러니 명분만 확실하면 이 개혁은 그 누구도 꺾을 수 없다.

그런데 지금 연산군의 정치는 엉망이다. 생활도 방탕하다. 그런데 주자학에서 정치가 지녀야 할 덕목은 도덕과 의(義)다. 그런데 지금 경제는 선대보다 한결 좋다.

그러니 지금, 연산군의 폭정만을 명분 삼으면 그것도 뒤탈이 따를 것이 분명했다.

“명분이라면 주상의 방종한 생활을 두면 되지 않겠습니까?”

유관지가 우물쭈물하며 입을 열었다.

“그리고 이런 거사에 명분이란 것은, 어떤 걸 걸어도 실패하면 아무리 좋은 명분이라고 해도 아무 소용이 없지 않습니까?”

김식이 눈치를 보며 맞장구를 쳤다.

“그렇습니다. 우리가 지금 위험을 각오하지 않는다면 누가 우리의 권력을 담보할 것이며, 누가 우리 편에 서겠습니까. 지금 우리가 나서지 않으면 유생들이 나설지도 모릅니다.”

조광조가 아주 노골적으로 결심을 촉구했지만, 시산군은 여전히 묵묵부답이었다. 아무리 그들이 열을 올려도 폭정과 방종은 군신 간의 신의(信義)에 비해 명분에 밀린다는 사실을 시산군은 잘 알고 있기 때문이다.

명분이라… 시산군은 머리를 흔들었다. 명분이라면 주상을 바른길로 인도하는 것이 진짜 개혁이고 명분일 거다. 자고로 권력을 탐하는 자는 권력으로 망하고, 권력을 사유하지 않는 자는 권력의 중심에 서 있게 마련이다.

‘선대왕은 경연제도를 부활시키고 홍문관을 설치함으로써 학문을 갈고닦았는데 주상은 언제까지 주색잡기에 빠져 있을 것인가?’

시산군의 얼굴에 분노의 빛이 스쳐 지나갔다. 곧 냉정한 표정으로 돌아왔다. 그리고 자신들의 진영논리를 대변하는 듯한 말들을 곱씹어 봤다.

훈신 척신계도, 궁금 세력도, 사림파도 언젠가는 자신들이 정권을 잡을 기회가 올 것을 예상하고 결속을 다져놓았을 것이다. 그리고 석류처럼 잇속을 숨기고 각 진영의 속내를 떠보고 있는지도 모른다.

김두서는 심각한 시산군의 표정을 살피며 조바심이 일었다.

"지금 우리는 명분에 밀리고 있습니다. 그런데도 개혁을 원한다면 차선책으로 실리를 취하면 됩니다."라고 시산군이 말했다.

유관지의 얼굴에 비로소 화색이 돌았다. 그런데 웬일인지 김두서는 차츰 어두워지고 있었다.

"상소를 올리는 게 급선무겠군요. 그럼 어떻게 한다? 성균관 유생들이 모두 동참해 주어야 효과가 클 텐데…."

유관지가 중얼거리고 있는데 청지기가 손님이 들었음을 고했다. 또 누가 올 사람이 있었던 말인가. 김두서와 김식은 의아해하며 새로운 손님을 위해 자리를 좁혀 앉았다.

문이 열리더니 웬 남자가 대청으로 들어서며 시산군에 예를 표했다. "아니 이 사람이 왜 여기에?" 누군가 살피던 시산군과 조광조가 주기회를 알아보고 깜짝 놀라는데, 유관지가 어서 오라고 수인사를 건넸다.

"다들 아시죠. 주기회 저분? 요즘 군자감에서 근무하는데, 훈련원 사람들과도 아주 친하게 지낸다고 해서, 요즘 훈련원 분위기를 알고 싶어 불렀습니다."

"그쪽 분위기 어떻습니까?" 유관지의 물었다.

"거기에도 부정부패가 심해져서 불만이 조금 있다는 것 말고는 특별한 일은 없습니다. 아 참, 어제 박원종 대감이 훈련원에 잠깐 들렀다는 이야기를 들었습니다."

"박원종 대감이? 왜 거기에?"

조광조와 김두서와 김식이 동시에 경계의 빛을 띠었다.

'왜?'

훈구 척신계 그들은 왜 조직적으로 움직이는가? 은근히 다른 세력들을 겁박하고 있는 건가? 그렇다면 이 모임도 그들은 사전에 알고 있었단 말인가? 하고는 그 셋은 헛기침을 하며 몸을 뒤로 물리고는 눈을 감았다. 예기치 않는 주기회 방문 후부터 문득문득 찾아오곤 하는 불길함이었다. 은근히 밀려오는 이 불안감의 정체는 뭘까. 시대를 읽고 시대를 이끄는데 능한 시산군도 이 정체 모를 불안을 떨쳐버리기라도 하려는 듯 큰 숨을 몰아쉬었다.

1506년 9월에 군자감부정 신윤무, 군기시첨장 박영문(朴永文)·장일정(張日廷)·홍경주(洪景舟) 등이 급히 야음을 타서 훈련원에 집합했다.

그리고 이미 약속해둔 각 영문 장졸들을 소집하여 거느리고 나아가 창덕궁 안에 진을 쳤다. 밤은 어두웠고, 살기는 하늘까지 뻗쳤으나 도성 안 백성들은 조금도 동요하지 않고 그들의 성사를 빌며 협조하였다.

영의정 유순과 우의정 김수동이 뒤이어 왔고, 백관과 군민들이 너도나도 할 것 없이 구름같이 모여들어 연산군은 고립되었다. 먼저 장사들이 궁 문을 부수고 들어가서 신수근·신수영 형제를 비롯하여 임사홍(任士洪) 등을 퇴로 박살 내고 연산군의 총애를 받던 전동(田同)·김효손(金孝孫)·강응(姜凝)·심금종(沈今種) 등을 모조리 잡아내 목을 베 군문에 매달았다.

그리고 옥문을 열어 무죄한 사람들을 모두 방면하자 그들은 환성을 지르며 일제히 춤을 추고 뛰어드니 군세는 더욱 요란스러웠다. 이윽고 하늘이 밝아오자, 군사를 나누어 궁정을 파수케 하는 한편, 박원종과 유자광은 문무백관과 거느리고 경복궁에 들어가서 자순대비에게 아뢰었다.

"임금이 혼미하여 정사를 문란케 하고 백성을 도탄 속에 몰아넣었사오니, 종사가 누란의 위기에 처하였사옵기로, 이제 신 등이 반정 거사하였나이다. 포악한 왕을 이탈한 민심이 진성대군에게로 쏠렸기에 신 등이 그 뜻을 대표하여 대비마마의 처분을 묻고자 대령하였사오니, 허락하여 주시옵소서."

그러나 자순대비는 사양하였다.

"진성이 어찌 이런 중임을 감당할 수 있으리오. 지금 세자가 총명하니 경들은 그를 세우고 잘 보필하여 종사를 편안케 하시오."

그러나 그들은 다시 온 백성들의 바라는 바를 물리칠 수 없었다.

"이미 대계를 다 정해 놓았기 때문에 바꿀 수 없습니다."

그리고 유순정 등이 여러 사람을 거느리고 진성대군을 사저에서 맞아오게 하였다. 또 승지 한순과 내관 서경성을 연산군에게 보내어 옥새를 받아오자 자순대비는 전왕을 폐하여 연산군으로 강등하고, 진성대군을 새로운 왕으로 허락하였다. 정변이 성공한 이튿날인 9월 2일 근정전에서 등극하니 곧 중종이다. 그때 중종의 나이 19세였다.

어쩌다가 반정이라는 방법으로 즉위했지만, 중종은 허수아비에 불과했다. 박원종·유순정·성희안으로 상징되는 반정 삼대장 중심의 정국공신들이 정국을 주도했다. 그들은 반정 이튿날부터 곧바로 움직였다. "백성의 살길을 막았던 금표(연산군이 사냥 등의 유흥을 위해 민간인 통제구역을 설정하고 그 경계에 세운 통행금지 표지)를 즉시 혁파해야 하옵니다." "그리하세요." "성균관과 사부학당을 복구해야 하옵니다." "마땅히 그렇게 해야지요." "홍문관, 사간원을 복구해야 하옵니다." "그렇게 조치하세요."

그 이후 연산군 전용 동물원을 해체되었으며 서총대도 철거되었다. 그런데 그들은 더욱 긴급하고 중요한 개혁과제는 애써 외면하고 있었다. 바로 연산군의 협력자들에 대한 청산 작업이다. "무릇 혁명이 성공하면 한바탕 청소가 있어야 하잖아?" "지난 학정이 폐주 혼자서 한 일인가?" "에이~ 청산은 무슨, 그들이 협력하고 싶어 했겠나?" "그래, 맞아맞아. 화해와 용서의 정신으로 넘어가자고." 독자 여러분도 이미 알다시피 반정의 주역들은 대부분 연산군의 총애를 받으며 누릴 것 다 누린 이들이라

적을 최소화하려고 했다. "연산군과 임사홍, 신수근이면 됐지?" "그럼 그렇게 하자고."

그러나 그들은 중종의 첫 배우자인 '신수근의 딸' 단경왕후를 7일 만에 역적의 딸이라고(행여나 나중에 복수를 할까 싶어) 폐위시켰다. 연산군이 폭군일 때 엄청난 현명함을 보여준 신 씨! 그로 인하여 왕위에까지 올랐으나, 반정 세력들이 신수근을 죽인 이상 중종은 더는 버티지 못하고 신 씨를 폐위했다. 그 신 씨는 대궐이 빤히 보이는 인왕산에 기거하며 날마다 피눈물이 흥건한 베적삼을 바위에 올려두었다. 중종도 2년 동안 새로운 왕비, 중전을 들이지 않고 인왕산을 하염없이 바라보며 아내를 향한 그리움을 달랬다.

중종 10년 3월에 중종의 계비인 장경왕후(인종의 어버니)가 죽자 그해 8월에 당시 순창군수 김정과 담양부사 박상, 무안현감 유옥 등이 연명으로 "지금 내정의 주인이 비었으니, 마땅히 이때를 계기로 쾌히 결단하셔서 신 씨를 왕비의 자리에 앉히시면, 천지의 마음이 흠향할 것이요, 조종의 신령이 윤허할 것이고, 신민의 희망에 부응할 것입니다"라고 하면서 폐위된 신 씨를 복위시키는 것이 옳다고 주청하였다. 그러자 반정 세력들의 주청으로 무서운 형벌을 내리는 우여곡절 끝에 유배를 보내자. 각처의 사림(士林)들이 이들을 구하려는 상소가 빗발쳤는데 그 중심에 '시산군'이 있었다.

이때 같은 사림인 조광조는 정언으로 있으면서 박상과 김정의 유배를 방관한 대간들의 전원 파직을 주장하는 격한 상소를 올렸다. 몇 달에 걸친 논쟁 결과 사헌부와 사간원의 대간은 전원 교체된다. 이 사건으로 조광조는 일약 전국에서 그 이름을 기억하게 되는 화제의 인물로 부상하게 된다.

5

명예(名譽)롭게 살아라

어디에 있든, 어떤 복잡한 상황에 부딪히든, 잘살려면 명예롭게 살아야 한다. 명예롭게 살아야 켕기는 것이 없고, 켕기는 게 없으면 근심 걱정이 없고, 켕기는 것 없이 쭉 가면 영화로운 길까지 간다. 멧돼지를 보고 사냥개만 푼 포수를 존경할 사람은 없다. 명예롭게 사니 욕먹을 일이 없고, 욕먹을 일이 없으니 근심 걱정도 없다. 어쨌든 명예롭게 살아야 한다, 늘 올곧고 푸른 대나무처럼! 지조를 지키기 위해 목숨까지 버린 중국 진나라의 개자추처럼!

그 당시 조정(朝廷)은 자신들의 잇속만 챙기려고 늘 당파 싸움을 했다. 자신들에게 주어진 권력은 주어진 소명의 청지기일 뿐인데 사유하고 남용했다. 부자들 또한 재물로 가난한 자들을 업신여겼다. 대개 그런 부자들은 부모로부터 부를 물려받은 것인데 제가 이룬 것인 듯 교만했다.

그런 세태 그런 풍조를 본 시산군은 조용히 서재에 파묻혀서 며칠을 지냈다. 그리고 미처 살피지 못한 선친의 서재에서 두 번째 서첩을 열어보았다. 그리고 그 안에서 '명예를 위해 살라'는 말씀을 들었다. 그때부터 시산군은 '이 어지러운 시국에 무엇이 도움이 될까' 생각하다가 송나라 때 주자. 장자의 글을 간행하여 중종 대왕에게 올렸다.

수선화를 읊다(賦水仙花)*

—주희(朱熹, 1130~1200)

隆冬凋百卉 한겨울이라 온갖 꽃 다 시들었는데,

江梅厲孤芳 강매만 엄숙하게 외로이 피어 있네.

如何蓬艾底 어찌하여 쑥대 아래에도,

亦有春風香 또한 봄바람에 향기 풍기는가?

紛敷翠羽帔 줄기 많은데 깃털 망토 푸르고,

溫艶白玉相 따뜻하고 조용함은 흰 구슬의 자질일세.

黃冠表獨立 도사의 황관 빼어나게 홀로 서 있고,

淡然水仙糚 수선의 화장은 담담하기만 하네.

弱植愧蘭蓀 약한 뿌리 난초와 창포 부끄럽게 하고,

高操摧氷霜 높은 지조는 얼음과 서리 꺾는다네.

湘君謝遺褋 상군 속옷 주는 것 사절하고,

漢水羞捐璫 한수는 귀고리 줌을 부끄러이 여기네.

嗟彼世俗人 쯧쯧, 저 속세의 인간들,

欲火焚衷腸 정욕의 불길 충정을 불태우네.

徒知慕佳冶 한갓 아름다움 흠모할 줄만 알 뿐,

詎識懷貞剛 어찌 곧고 굳셈 품을 줄 알리오?

凄凉柏舟誓 처량하구나 「백주」의 맹세여,

惻愴終風章 슬프구나 「종풍」장이여.

卓然有遺烈 우뚝하니 충렬 남아 있으니,

千載不可忘 천 년토록 잊을 수 없네.

* 장세후 옮김, 『주자 시 100선』(연암서가)에서 발췌.

세속의 인간들은 다만 겉모습이 아름다운 것을 흠모할 줄만 알 뿐이다. 수선화같이 속으로 곧고 굳센 정절을 품어서 간직하는 일 따위야 어떻게 알 수 있겠는가? 그러니까 올바름과 고요함을 묵묵히 지킨 것은 비록 천년이 지났다 하더라도 결코 잊을 수 없을 것이다.

장자(본명은 장주莊周, BC 369년~BC 289년경)는 삶과 죽음을 낮과 밤에 비유했다. 사람도 자연 일부이므로 자연의 법칙인 도에 따라 살아야 한다고 했고, 소외된 자들을 항상 잊지 말라면서 부패하고 위선적인 자들을 매우 직설적으로 꾸짖었다. 그리고 삶의 질을 소박함에서 찾아야 한다며 시종일관 "개성과 재능을 마음껏 발휘하기 위해서는 자연으로 돌아가야 한다."라고 했다.

이 말에 미소 짓는 독자는 중종 12년 10월 7일 실록에 적힌 이야기를 알 것이다. 시산부정 이정숙(詩山副正 李正淑), 강녕부정 이기(江寧副正 李祺), 숭선부정 이총(嵩善副正 李漎), 장성부정 이임(長城副正 李儼) 이 4인은 종척(宗戚)이다. 글을 읽고 학문한다는 명색으로 진신(縉紳) 사이에서 명예를 얻으려 하였으며, 조광조(趙光祖), 김식(金湜)의 무리가 그들과 사귀어 이정숙을 주계군(朱溪君: 주자)처럼 떠받드니, 이 때문에 이정숙의 이름이 사림(士林)에서 중시되었다. 이정숙 4인은 뜻을 맺고 늘 행동을 같이 하여 이정숙을 우두머리로 삼았다.

시산군은 우선, 자신부터 더욱더 순수해지려고 애썼다. 그것은 말이나 걸음걸이나 눈을 움직이는 태도 등이 이승의 '권태'와 '허무'에 사로잡혀 있음을 보여주지는 않는, 말하자면 젊은 사림(士林)에 어울리는 경지인 것이다.

시산군은 종친이어서 정치엔 관여할 수도, 언책(言責)의 지위에 있지도 않았지만, 정의(正義)가 달걀을 쌓아 놓은 듯이 위태하였는데도 엎어지지 않은 이유는 겨우 터럭 하나 차이인 것을 자주 발견할 수 있었다.

그래서 "종사(宗社)가 끊기거나 화염(火焰)에 뒤덮인 참담한 반란이나 참화에 비하면, 종친이 정치에 관여한 죄의 (…넌) 시련쯤이 무엇이랴!" 그는 이미 그런 철조망을 개의치 않았다.

1517년(중종 12) 10월 27일이었다.

정숙, 이기, 이총, 이임이 상소하였다.

"전하, 신 등은 놀랍고 황급하여 어찌할 바를 잃고서 호소할 데를 몰라 울면서 하늘을 부를 뿐이었으나, 다만 믿고 의지할 바는 오직 조종의 하늘에 계신 밝은 신령께서 어두운 가운데서 음으로 도와 우리 국가를 버리지 않으시리라는 것이었습니다. 이 때문에 신 등은 비록 목숨이 조석에 달렸으나 겨우겨우 스스로 보존하여 천일(天日)이 다시 밝아지기를 기다렸더니, 마침 전하께서 효우(孝友)하고 온공(溫恭)한 덕(德)과 신무(神武)하되 형살(刑殺)을 쓰지 않는 위엄을 갖추고 용비호변(龍飛虎變)하여 정위(正位)에 오르시어, 혹학(酷虐)한 법을 버리고 인화(人和)한 정치를 회복하여 지극한 정치를 바라신 지 이제 12년 되었습니다.

그러나 정치가 점점 더 잘되어 가지도 않고 은택이 점점 더 내려지지도 않아서, 백성이 더욱 괴로워하고 사습(士習)이 더욱 야비해지며 재변(災變)이 더욱 생기는 것은 무슨 까닭이겠습니까? 좌우의 신하가 폐조의 혹독한 난정(亂政)을 겪어서 화를 두려워하고 예전 일에 징계되어 오래 의구하며 위축되어서 제 몸을 사사롭게 하여 구습을 따라 구차하게 지내며 평생을 넘기는 것을 급한 일로 삼고 국가를 위한 근심을 하지 않기 때문이라고 생각합니다."

그러나 조정(朝廷)은 별로 달라지지 않았다. 그래도 그는 끊임없이 그와 비슷한 잠언과 미처 전하지 못한 말을 머릿속에 아로새겨 둬야 한다는 것을 깨달은 것이다. '난 지금 무엇을 하려는가?' 시산군은 생각했다.

아, 임금이 선정(善政)을 베풀어야 백성들이 선속(善俗)에 들어 도학(道學)이 창도(倡導)하여 간지(奸智) 임사홍(任士洪)과 같은 이가 앞으로는 발붙이지 못할 텐데 그게 아직 척결되지 못할 때여서!

몇 달 동안 끊임없이 고민하고 노력했지만, 그는 아직 생각에서 한 치도 벗어나지 못하고 있었다. 그는 증조부 세종대왕과 조부 영해군의 의기(義氣)를 믿고 때에 따라서는 순교할 수도 있는, 그 암묵의 절대적 의분(義憤)을 나타내고 있지는 않았다. 이 점에서 자기가 글도 모르는 머슴과 별반 다른 게 없는 것에 화가 치밀었다. 조야(朝野)의 풍습, 바로 아비는 그 아들을 경계하고 형은 그 아우를 경계하여, 경술(經術)로 자신을 다스리지 못하게 하고, 오직 장구(章句)·사장(詞章)에 힘써서 과거 공부를 익혀 작록(爵祿)을 급한 일로 삼게 하며, 도학·경술을 업으로 삼는 사람을 보면 반드시 화문(禍門)이라 자칭하고 서로 눈짓하는 것은 어쩌면 극히 당연한 일이었다.

이 때문에 벼슬하지 않고 집에 들어앉은 수많은 선비 속에서, 또는 북한산 어느 골짝 기도원에서 볼 수 있는 금식기도 하는 자처럼 모든 것을 하나님께 믿고 맡기는 신앙을 지닐 수만 있다면 시산군은 어떤 고통이라도 달게 받을 심정이었다.

성균관 공자 제향(祭享)날은 시산군도 가끔 참석했다. 그날은 지체 높은 대감들이나 유생들은 모두 공자의 제자가 모였을 뿐인데, 어떤 대감들은 그가 따로 분리해 대우해 주지 않는다고 불평불만 한다는 것을 알 수 있었다. 그것이 또한 시산군의 죄 중의 하나가 되었다. 그는 그것을 가장 얄밉고 얄팍한 처신으로 보았기 때문이다. 시산군이 가장 많은 적을 만든 것도 바로 이런 이유 때문이다.

'그래 정광필 무리가 언제라도 보라! 종척이면 다인가? 이정숙이 나를 가벼이 여기고 이총이 나를 우습게 여긴다. 흥! 고얀 놈 같으니! 더럽게 건방진 자식들이야! 오라질 놈!' 하며 팔을 걷어붙이고 이를 갈며 유감을 품었다가, 입대하게 되면 평소에 유감을 두었던 그들을 모함할 게 뻔했다.

그래, 시산군은 절망에 빠질 때마다 출발했던 처음 자리로 돌아가야 했다. 첫 마음은 하루아침에 생기는 게 아니었기 때문이다. 고로 첫 마음으로 가니 높은 장애물도 낮아 보였다. 그러나 목적지를 안내하는 이정표는 많이 있으나 지름길을 가리키는 표지판은 하나도 없었다.

그래, 나의 목표가 공명정대(公明正大)해야 가는 길이 험해도 지치지 않고 또 갈수록 힘이 날 뿐만이 아니라 나도 모르게 길이 날로 새로워져 끝내 환영과 박수의 경계에 이를 수 있다.

그래, 공경(恭敬)받으려고 가기보다, 섬기려고 가면 암흑천지에서 대명천지 밝은 날을 만날 것인즉, 어느 누가 함부로 게으름을 피울 것인가?

그러므로 임금은 어진이를 거용해야 나라가 평안하고 부흥하는데, 그 당시 중종은 신하를 공경(公卿) 자리에 발탁하여 두어, 국정(國政)을 꾀하여 군하(群下)의 뜻을 진압하지 않고 도리어 순자(循資)의 격(格)에 얽매이었다. 대저 순자의 격이란 말세에 부득이한 데에서 시작된 일이요, 성군(聖君)이 어진이를 대우하는 도리가 아니었다.

그러므로 시산군은 기회 있을 때마다 중종께 은 고종(殷高宗)이 부열(傅說)을 거용(擧用)한 옛이야기를 보지 않으셨습니까? 한번 거용하여 재상으로 삼으매 은나라가 크게 다스려졌거니와, 전하께서 본뜨시기를 상소했지만 아무 소용이 없어 안타까웠다.

그런데 그때 어진이를 거용하려 해도 능히 하지 못하는 것은 간사한 술법으로 임금의 뜻을 움직여서 제 뜻대로 해독을 끼치는 이성언(李誠彦)과 같은 무리 때문이었다.

독자 여러분, 내가 시산군의 이 시기의 상소에 관해 명백하고도 정확한 사실을 너무 간단히 적은 것을 너그럽게 용서해 주시리라. 그것은 자료가 부족해서가 아니라, 오히려 그 반대다. 아무튼, 그 당시 내가 이 소설에서 나타내려는 시산군의 충정(忠情)을 회상하기만 해도 다시는 기억하고 싶지 않은 황당한 추억이 있었다.

이성언은, 이행(李荇)이 논박 받은 틈을 타서 성현(聖賢)의 말을 빌려 위로 임금의 성총(聖聰)을 어지럽히고 아래로 군하의 의혹을 일으켰다.

그는 젊어서부터 말을 달려 사냥하는 것을 업으로 삼고 문학을 알지 못했다. 또한 오륜(五倫)을 몰라 아비와 바둑이나 장기를 두면서 다투며 눈을 부릅뜨고 혀를 차며 불공(不恭)하기까지 한 자였다.

그래, 그런 자를 옆에서 지켜본다는 것은 고역 그 자체이었다.

'내가 이런 환경에서 성공한다고 하더라도 이 거짓과 위선들과 함께 살아야 할 테지! 비어 있는 관직을 보면 누굴 천거해 뭣쯤 받아먹을 궁리에 눈이 확 뒤집히는 껄떡이들!' 결국, 그 옆에 있는 나도, 나도 모르게 그 껄떡병에 걸릴까 봐 몇 차례 눈을 딱 감았다. 그럴수록 분명하고 또렷하게 질서정연해지는 기억. 전하께서 이성언의 소(疏)를 보시고서, 대간을 간 일에 관한 이정숙 등의 상소 가운데에 있는 말을 추론(追論)하여 그 벼슬을 죄다 갈고 특별히 이행의 복직을 명하신 괴이한 기억.

시산군은 지금, 이성언이 만들어 낸 시행착오적 혼란을 잠재우기 위하여 유학(儒學)을 끄집어냈다(늘 그랬듯이). 그리고 그는 마음 한구석에 쌓아온 중용(中庸)도 끌어내기 위하여 그 유학 구석으로 물러앉았다(늘 욕심에서 벗어나기 위하여 그랬듯이). 꿈도 그러하다. 사명 또한 그것은 나에게, 정의, 곧 진실은 처음이자 과정이라고 했다. 그 사명은 명예를 강조했는데, 이 점이 군자의 길이 되고 발이 되기도 하는 것이다. 그래, 명예는 어떤 이름도 없을뿐더러 이름으로 부리고자 하는 욕망도 없었다….
'명예'는 가슴에 박한 양심을 좇았다. '명예'는 가장 깊고 은밀한 곳에서 형체 없는 것에 형체를 부여하다 보니 이윽고 '역사', 곧 추앙(推仰)에 이르렀다.

명예는 말한다. 무슨 일이든 구습에 따라 편안하게 넘기며 사사롭고 공변되지 않은 말에 미혹되면 이윽고 쓰레기라고. 그러기에 고금의 흥망 자취와 사직(社稷)의 존망(存亡)의 기틀과 국가의 치란(治亂)의 까닭과 군자·소인의 진퇴(進退)의 도리와 천재(天災)·시변(侍變)의 격응(格應)하는 이치를 고려하지 않아 무릇 치도(治道)가 서지 않고 시비의 갈피를 못 잡는 정치는 개 짖는 소리에 불과하다고. 호오(好惡)가 정해지지 않아 성(城)안에 개 짖는 소리 요요(遙遙)히 퍼지는 시대, 오호통재(嗚呼痛哉)라.

중종 12년 (1517) 10년 7일 2번째 기사
대간에 관한 시산부정 이정숙 등의 상소

…신 등이 평소에 본 고금의 흥망의 자취와 사직(社稷)의 존망(存亡)의 기틀과 국가의 치란(治亂)의 까닭과 군자·소인의 진퇴(進退)도리와 천재(天災)·시변(時變)의 격응(格應)하는 이치와 무릇 방금 치도(治盜)가 서지 않고 시비의 갈피를 못 잡고 호오(好惡)가 정해지지 않고 군자가 존중되지 않고 소인이 틈을 타는 까닭을 조금도 빠짐없이 죄다 아뢰겠습니다. 바라건대, 전하께서는 신 등을 망령되고 어리석다고 생각하지 말고 성려(聖慮)에 깊이 유념하소서.

하니, 정원(政院)에 전교하기를

종친(宗親)들이 상소하여, 면대(面對)해서 평소에 품은 뜻을 아뢸 것을 청하였는데 지금은 전시(殿試)* 중이니 날짜를 물려서 인견(引見)하겠다고 하고서, 경회문(慶會門)에서 술을 내리매 정숙 등이 다 참석했다가 물러갔다.

사신은 논한다. 이정숙 등 4인은 다 먼 종척(宗戚)인데, 글을 읽고 학문한다는 명색으로 진신(搢紳) 사이에서 명예를 얻으려 하였으며, 조광조(趙光祖). 김식(金湜)의 무리가 혹 그들과 사귀어 정숙을 주계군(朱溪君)처럼 떠받드니, 이 때문에 정숙의 이름이 사림(士林)에서 중시되었다.

1518년(중종 13) 8월 7일이었다.

이성언의 일로 중종이 감동했는지 경회루에서 시산군, 이기, 이총, 이임에 음식을 대접하였다.

승지 김정국이 아뢰기를,

"근일에 오래도록 종친을 접견하지 않으셨는데, 오늘 음식 대접은 참으로 훌륭한 일입니다."

"음, 나도 그리 생각한다."

"전하를 이리 가까이 뵐 수 있어 기쁘기가 한량없사옵니다."

"너희들이 시의(時義)에 따라 이성언의 죄를 앞장서서 상소해줘 나라를 다스리는 데 큰 도움이 됐다. 참으로 고맙기 그지없다."

"예, 전하, 이런 자리를 자주 마련해 주십시오."

"암, 그리하마."

임금이 이렇게 그들에게 온화한 말로 위로하고 칭찬하자, 영의정(領議政) 정광필(鄭光弼)이 옆에서 듣고 매우 언짢아하였다.

그런데도 시산군은, 주 문공이 효종에게 올린 봉사를 책으로 엮어 올

* 문과 복시에 선발된 33명과 무과 복시에 선발된 28명을 궐내에 모아 왕이 친히 보이던 과거

리며, "천하 고금은 한 도(道)일 뿐이니, 옛날 도를 오늘날에 행할 수 있고 오늘날의 도도 옛날에 미칠 수 있으니, 만약 전하께서 이 글에 마음에 두어 살피고 날로 새로워져서 하루아침에 환하게 관통해지시면, 태평을 일으키고 난을 평정하며 융성하고 쇠퇴하게 하는 방도가 절로 그 가운데서 나오게 될 것입니다." 하니,

"네 정성이 참으로 크도다. 고맙다 잘 읽어 보마."

"예, 전하. 그리고 원자(元子)가 7, 8세가 되지 않았더라도 어리다고 하지 말고 배양(培養)하는 방법을 극진하게 해야 할 것입니다."

"시산군, 그리하면 내가 소홀했다는 뜻이냐?"

"아닙니다. 지금도 잘하고 계십니다. 예컨대, 어릴 적에는 부드러운 음식을 먹지만 장성하면 단단한 음식을 먹어야 오장육부가 더욱 튼튼해지거든요."

"너는 누구 편이냐?"

"그야, 전하 편이지요."

"내 요새 몇몇을 자세히 관찰하고 있는데 벌써 세자에게 줄을 서는 자가 있더라. 내가 이렇게 시퍼렇게 살아있는데 나보고 어서 죽으라는 말인 거지. 그러니까 너희 종친들도 여기에 부화뇌동하면 안 될 것이다. 이 점만은 약조를 분명히 해주어야 내가 맘 편히 정사에 집중할 것이야."

"예, 전하의 말씀을 가슴에 새겨 명심, 명심하겠습니다."

"그래, 그 약조를 오래오래 꼭 지키도록 하여라. 아, 시산군아."

"예, 전하, 또 무슨 하명이 있으신지요?"

"네가 그토록 얻고 싶은 책을 내 정원에 제급하라 일러두었으니 갈 때 찾아가거라."

"예, 전하, 황공무지로소이다."

연이어 이기, 이엄이 당하관(堂下官)이 제조(提調)를 기다리는 불편을 헤아려 달라고 하였다. 그리고 술 다섯 순배를 마치고서 차등 있게 상사

(賞賜)하였다.

이러한 일들은 시산군에 있어서, 그의 유일한 행복은 정의(正義)가 강물처럼 그저 잘 흐르는 데 있었다. 시산군은 조야(朝野)의 대부분이 고급 비단옷을 입은 사람에 대해서는 선천적인 존경을 품고 있다는 것을 알았다. 이 감정은, 우리 일터에서 우리가 들을 수 있는 말로 말하자면 땀 흘린 대가를 존중하는 것이다.

시산부정 이정숙, 강녕부정 이기, 승선부정 이총, 장성부정 이엄 그 4인이 정기적으로 만나는 날이 찾아왔다.

"시산군! 이성언의 죄를 상소한 건 잘한 일이지만 영의정 정광필 대감이 매우 언짢아하였다던데 걱정입니다."라고 이총이 말했다.

"네."

"훈구파와 맞서 보았자 지금은 바위에 달걀 치기인데 때를 기다려야 하지 않겠습니까?" 이임이 말했다.

"네."

"지금 정권을 잡은 훈구파 앞에서 말할 때는 조심해야 하는데 이미 그들에게 낙인이 찍혔으니 어쩌죠?" 이정기가 말했다.

"네."

시종일관 "네."라고 답하던 시산군도 답답하기는 마찬가지였다. 처음엔 훈구파를 경멸했지만, 차츰 그들을 동정하게 되었기 때문이다. 그들도 춥고 배고픈 시절이 있었기 때문에, 지금 좋은 음식에 비단옷을 입고 있기 때문이다. 그러므로 군자는 자기 천직에 대해 요지부동의 사명감을 가져야 한다. 그러기에 공복(公僕)이란 좋은 음식에 좋은 옷도 입을 수 있지만, 결과에 책임이 뒤따르는 것을 의미하니까 하고 시산군도 반성도 해보았다. 그래 모든 것이 조심스러웠다.

중종 14년 (1519) 8월 15일 병자(丙子) 3번째 기사

남곤을 논박하고 심원의 사당을 세울 것과 관제 개혁 7가지에 걸친 것을 심의(沈義)가 상소하였다. 그 대략은 이렇다.

○

폐조(연산군)의 방탕을 열거하면서 판서(判書) 남곤(南袞)은 학문이 확정된 힘이 없고 본래부터 절의(節義)가 없는 자인데 근래에는 주청사(奏請使) 임명을 받은 것은 부당하다고 했으며, 심원은 학문이 깊은데다 세상을 경륜하고 백성을 주재할 재주가 탁월했었는데 간사한 임사홍이 폐조 때에 비밀한 술책을 부려 심원 부자가 마침내 간사한 그의 손에 죽었으니 전하께서 봉묘(封墓)하여 치제(致祭)하고 자손들을 녹용하며, 김광필(金光弼)의 예에 의해 사당을 세워 죄없이 죽은 충성스러운 영혼을 위로해 주소서.

신은 듣건대, 시산부정 정숙(詩山副正正淑)은 동성(同姓)의 친족으로서 개연히 도에 뜻을 두되 조존(操存)하고 함영(涵泳)하는 공로를 쌓아 충양(充養)하기를 평소부터 하였고, 누차 상소를 올렸는데 모두 그때의 병폐에 맞는 것이었으니, 지금의 유향(劉向)입니다.

비록 사대부의 반열에 발탁하여 두지는 못하더라도, 편전(便殿)이나 경연에서 불시소대(不時召對)로 자문에 대비토록 하여, 작록을 높여주며 함께 서정(庶政)을 도모해 간다면 또한 좋지 않겠습니까?

하면서, (시산군 종척 4인이 의논해 작성해 심의에게 건넨) 그 안을 받아 간직하고 있다가 '이때다!' 하고 슬쩍 중종에게 건넸다.

"시산군 이정숙이 관제(官制)를 개혁하여 녹봉(祿俸)을 확정해야 부조리가 사그라들 텐데 숭선부정은 어떻게 생각하십니까?"

"네, 저는 찬동합니다. 상이 우리 말에 귀 기울이기 시작했으니 이게 천재일우의 기회가 아니고 무엇이겠습니까?"

"호오, 천년에 한 번 만나기 힘든 기회라! 그럼 이번 기회에 내수사(內需司)를 개혁하여 상의원(尙衣院)에 합병하라고 건의해야겠습니다." 하니 이기, 이엄이 덩달아 "각 시(寺: 관청 시, 부처를 모시는 곳, 내시, 환관, 관청, 공무를 집행하는 기관이나 곳)와 감(監)의 제조(提調)를 개혁하고, 양부(兩府)의 녹사(錄事)를 개혁하여 병액(兵額)에 충당하고, 야사(野史)를 복구하고, 여사(女史)를 두고, 관복(冠服)을 제정하여 귀천(貴賤)이 구별되도록 건의해야겠습니다."

중종 13년 (1518) 9월 2일 기해(己亥) 5번째 기사

종실(宗室) 시산부정 이정숙, 숭선부정 이총, 약산정, 이준 등이 상소하여 궁중에서 도교 행사를 치르는 소격서(昭格署)를 혁파하기를 청하였으나 윤허하지 않았다.

그럼에도 그 이후 시산군 이정숙은 장성수 등과 상소를 하여 문신 박상, 김신을 석방했으며 문란한 여악을 고쳐주도록 극언과 극간도 서슴지 아니했다.

그런 시산군은 어느새 조선 유학자의 우두머리가 되어 유교 부흥의 신진서류로 주목받았다.

조광조는 1510년(중종 5) 29세 봄에, 진사회시(進士會試)에 장원으로 합격하여 중종의 두터운 신임을 받는다는 소식을 들은 시산군은 며칠 후 명월이 마련해준 사랑방으로 그를 초대했다.

"정암 자네가 유교를 정치와 교화의 근본으로 삼아 왕도정치를 함께 실현하자고 했던 때가 엊그제 같았는데, 이제 그 지치주의(至治主意)와 도학 정치를 펼칠 수 있게 되어 기쁘기가 짝이 없네."

"고맙네. 앞으로도 자네가 물심양면으로 많이 도와줘야겠네."

그들이 칠보에서 염원하며 준비했던 개혁 청사진은 첫째가 상하, 좌우의 소통이었다. 특히 언로가 막히면 정당한 의견도 막히기 때문에 국가 흥망에 직결된다고 봤다.

그런데 조광조의 관직이 높이 올라갈수록 시산군의 사랑방에 매일 찾아와 토론하던 5, 6명의 벗이 차츰 발걸음이 뜸하기 시작했다. 시산군은 그들이 자취를 감춘다면, 왠지 허전할 것 같았다. 그리고 그렇게 되면 중용의 대가로서 부덕한 것이다. 왜냐면 그들의 얘기 속에도 참뜻이 있기 때문이다. 그래 시산군은 그들에게도 합당한 대접하는 것을 잊지 않았다.

시산군이 재야의 이런 분위기를 알게 된 것은 훨씬 뒤의 일이었다. 백성들 사이에서 으레 화제에 오르게 마련인 정치 얘기 따위는 아첨꾼들은 워낙 얘깃거리에 궁할 때가 아니고서는 좀처럼 화제에 오르지 않았다.

이 권태로운 시대에도 할 말은 해야겠다는 욕구는 자연스러운 것이어서, 사랑방에 찾아온 사람들도 처음엔 그 예외는 아니었다.

그러나 시산군은 특히 조광조의 말을 경청하다가 사리에 맞지 않거나 급진적이면 때로는 그 말을 가로채서 수위 조절을 하면서 자연스럽게 토론에 부쳤다.

그 후로 말을 아꼈던 사람들의 말문이 트였고 제 생각만 하던 사람들이 남을 배려하는 모습이 서서히 드러나기 시작했다. 사랑방이 그런 분위기가 되자. 조광조처럼 조정에 중직을 맡은 사람들이나 일반 유생들이나 모두 다 나라에 대해서, 신하에 대해서, 왕에 대해서, 조상에 대해서, 고관대작들에 대해서, 왕실의 보호와 특혜를 받는 이들에 대해서, 장손에 대해서, 기존의 모든 것에 대해서 건전한 비판을 하기 시작했다. 또 자신과 다른 의견에 대해서, 요즘 서화나 서예에 대해서, 얼마간의 불합리한 것에 대해서, 특히 정치에 대해서 자유롭게 논의할 수 있었다.

요즘 잘나가는 훈신 척신계의 요직 독점이라든지 궁금 세력의 왕실 특권도 이와 같은 사랑방의 분위기와 맞설 수는 없었다. 그래 조금이라도 과격한 사상을 나타내는 것은 바로 시산군의 도(道)와 예의범절에 어긋나는 일이었다. 그래 어디까지나 모두가 침착한 어조와 깍듯한 예절을 잃지 않았지만, 조광조는 차츰 불편해했다.

조정에 개혁할 것은 많은데 개혁은 더딜 뿐만이 아니라 토착 세력들의 저항도 만만치 않은데, 시산군조차 개혁에 속도를 조절하라는 말이 서운했을까?

아무튼, 그들의 대화와 토론은 조광조의 개혁정치와 경제에 맞추어져 있었다. 그들은 7명 정도 모였는데, 그중 4명은 시산군 편이고 나머지 3명은 조광조 편을 들고 있었다. 그들 중의 한 명은 항상 궁정의 일화를 얘기했다. 그의 얘기 가운데는 '도전'이라는 낱말이 끊임없이 튀어나왔다. 시산군은 그 사람이 자수성가한 사람인 것을 알았다. 나머지 사람들은 고생한 흔적이 하나도 보이지 않았다.

한편 문밖에는 명월의 두 명의 하인이 대기하고 있었다. 그들은 밤이면 두 시진마다 차와 과일을 가져왔다. 그리고 자정이 되면 술과 밤참을 내왔다.

시산군이 때때로 밤늦게까지 남아있게 된 것은 이런 명월의 따뜻한 사랑과 배려 때문이었다. 그때마다 시산군은 정읍 칠보에서 명월이와 나눈 운우지정(雲雨之情)이 생각나서, 명월이를 한참 동안 바라보기도 했다.

그는 이렇게 생각했다. 차라리 비용을 청구하는 편이 대접받는 그것보다는 몇백 배 더 편할 건데, 명월은 상단의 사랑방 제공뿐만이 아니라 숙식할 수 있는 방도 여럿 내주어서 어떤 사람은 허구한 날 거기에서 벗어나지 않고 죽쳤고, 또 어떤 사람들은 성균관에 나가서 명월의 사랑방에서 토론한 얘기를 인용하기도 했다.

그러던 어느 날, 정읍 칠보에서 시산군이 조광조와 그토록 염원했던 또 하나의 과제인 '향촌의 상호부조와 민간의 교화 운동' 같은 이야기를 어느 아침꾼 손님에게서 전해 들었다. 그 사람이 말하길, 이 집 주인 명월이에게 장사를 배우고 싶은 한 사람이 하도 지성스럽게 찾아와서는 궂은일까지 발 벗고 도와주자, 그 보답으로 명월은 그를 자기 상단의 행수로 취직시켜 주었다는 것이다.

이 사건은 명월의 집에 드나들던 손님들에게 새로운 자극이 되었다. 그들은 사소한 일에도 불평했으나, 그 얘기를 듣고 난 후로는 모든 문제를 대화로 풀었다. 그러나 시산군은 조광조와 가끔 의견 충돌로 서먹서먹한 적이 있었다. 그때마다 명월은 어찌 알았는지 찾아와서 그 둘을 화해시켰다. 그 둘이 향촌에 뿌리내리고 싶은 '상호부조 운동'을 그들은 명월이에게 먼저 배우게 되었고 또 그 둘이 그 운동의 첫 번째 혜택을 받은 것 같아서 시산군은 한없이 기쁘기도 하고 부끄럽기도 했다.

어느 날 저녁 사랑방에서는 시산군과 몇몇이 조광조의 부탁으로 이행(李荇)의 죄를 조사하고 있었다. 그 일은, 신 씨(신수근의 딸인 단경왕후)의 복위를 상소하다가 유배된 박상(朴詳)과 김정(金淨)을 풀어주는 일, 그리고 반대로 이들을 탄핵했던 이행(李荇)의 죄에 대한 조사였다. 그때, 별안간 그 작업을 하던 성균관 학유(學諭) 김오리가 시산군에 이렇게 질문했다.

"나리, 이 상소문을 검토하는 것은 저의 의무이기 때문인가요. 그렇지 않으면 저에 대한 그 나리의 호의에서인가요?"

그러자 시산군은 그의 손을 꽉 잡고 대답했다.

"그야 대단한 명예지! 조광조 대감이 대사헌에 오르기까지 늘 가까운 거리에서 아첨을 떨던 주기회는 한 번도 이런 자리에 낄 수 없었거든."

"나리, 그러나 이런 서류 검토는 제가 하는 일 중에 가장 고역입니다. 이미 정해진 길을 우리가 가타부타하는 게 무의미하니까요. 어디 딴 난장 허름한 주점 같은 데서 요즘 백성들에게 가장 필요한 정책이 무엇인지 알아볼수록 나리께서 좀 말씀해 주실 수 없을까요?"

그는 또래보다 조금 늦게 성균관에 들어가선지, 언제 어느 때나 무슨 일이든 간에 먼저 공을 세우고 싶었다. 그래 그는 자신이 주도하지 않은 일에는 그다지 흥미를 못 느꼈다. 그때 갑자기 인기척이 났다. 모두 그쪽으로 고개를 돌렸다. 명월이 두 사람의 얘기를 밖에서 엿듣고 있었던 모양이다. 명월은 헛기침했다. 명월은 다과를 가져왔다가 두 사람의 얘기를 모조리 듣게 된 것이다. 그리하여 명월은 다시 한번 시산군의 인품에 경의와 존경을 품게 되었다.

'김오리 학유는 이목을 끌기는 좋아하지만, 궂은일 하기는 싫어하나 봐.' 명월은 혼자 중얼거렸다.

다과 앞에 앉았을 때 시산군은 명월의 얼굴을 일부러 쳐다보지 않았다. 그런데 명월은 친절하게 자꾸 시산군에 말을 걸었다. 그날은 조광조도 올 예정이었다. 명월은 시산군에 다과가 끝난 뒤에도 남아달라고 했다. 예(藝)와 지(智)와 부(富)를 겸비한 거상들은, 특히 이기주의자를 좋아하지 않게 마련이다.

시산군은 명월의 사랑방에 모이는 그룹의 좌장이었다. 그 그룹에는 대사헌 조광조와 이참 김우식과 성균관 학사 유수동, 학유 김오리 그리고 명월이와 그의 상단 행수와 몇몇 유생들이 섞여 있었다. 그들은 각자의 탁자 아래 방석에 앉아 있었다. 명월은 시산군 맞은편 탁자 아래 붉은 방석에 묵묵히 앉아 있었다. 시산군의 맞은편 자리를 그들은 모두 부러워했다. 명월은 참석한 모두에게 안부를 물어주고 또 불편하거나 필요한 것이 있으면 언제든지 말하라고 했다.

"나는 자기 생각만 옳다고 하는 사람을 제일 싫어합니다."

상단 행수는 은근히 김오리를 비꼬는 어조로 말했다. 이 말에 김오리는 "여긴 반상(班常)의 구별도 없는가?" 그는 행수가 자신에게 충고하는 걸 도저히 용납하지 않았다. 행수는 자기가 좀 지나쳤다고 생각했다. 그때 다행히 하인들이 또 한 손님의 내방을 고해서 그 문제는 더는 거론되지 않았다. 그런데 김오리는 일개 행수가 선비들의 토론에 끼어든다고 개탄했지만, 시산군이 누군가? 그들 '행수'의 능력과 지략을 너무나 잘 알기에 그 모임의 일원이 된 게 아닌가! 이 사랑방에 모이는 사람들은 누구나 시산군의 그러한 혜안(慧眼)을 잘 알기에 그들은 시산군을 믿고 따르면서, 행수의 정치 경제 정보를 서로 얻으려고 애썼다. 저녁 먹을 시간이 되도록 시산군은 김오리의 성급한 질문에 대해 열심히 대답해 주다가 문득 말문을 닫았다.

상대방을 존중하지 않는 것은 토론에 예의가 아니기 때문이다. 그래서 시산군은 소기의 중지를 모르기 위해서 잠시 침묵했다. 그래, 중용과 명예를 제일의 가치로 생각하는 그의 생활은 끊임없는 고행의 연속이었다. 그래 시산군은 김오리가 차츰 중용을 자각하는 능력을 나날이 상실함에 따라 그의 의견을 이 모임에 접목해 보려던 시도를 포기했다. 잠자고 있는 이 나라 역사의 진보 노력도 그에게서 찾아보길 포기했다. 누누이 이 사랑방을 드나드는 선비들에게 모든 문제는 인의(仁義)로 풀어야 한다고 가르쳤던 그가 어떻게 그렇게 편협한 김오리의 행동을 이해할 수 있겠는가? 그 김오리가 어떤 위인이던가?

소싯적 학폭(學暴)한 혐의를 받고 있던 인물, 그럼에도 불구하고 알량

한 지식으로 겁 없이 시산군의 유학과 중용과 명예의 가치를 동조한다고 하면서 그를 당황케 하고, 개혁과 개방과 상호존중을 훼손한 장본인, 등등의 고뇌에 고통받는 백성들보다 토착 세력의 이익만 대변하려는 듯한 자유민주주의 불길에 물을 끼얹은 장본인이다.

그때, "저기 조광조 나리 들어오시는 것 보세요. 얼마나 듬직하고 당당한가요." 창가에 있다가 조광조가 들어오는 것을 본 명월이가 이렇게 말했다. 시산군은 가만히 앉아 있었다. 그러나 사실 명월이 말대로 이 사랑방 안에서 가장 근엄해 보이는 사람은 조광조뿐이었다. 이젠 하인도 데리고 다니고 옷차림도 수려하니까.

시산군은 사랑방 안의 공기가 이상해진 것을 눈치챘다. 모든 사람의 시선이 사랑방 문 쪽으로 쏠려 있었다. 그리고 이내 조광조가 들어왔다. 사랑방으로 들어온 조광조는, 시산군과 저 칠보에서 꿈꿔왔던 개혁 운동을 하나둘 열거하기 시작했다. 모든 사람이 의견을 말할 수 있는 언로(言路)를 활발히 열도록 하는 운동과 향촌의 상호부조 운동과 미신 타파와 고른 인재 등용 등등을….

조광조는 그 운동을 전개하면서 대개는 불같다가 불쑥 얼음이 되곤 했는데, 지금의 문제가 무엇이 되었든 조광조가 던지는 말 한마디는 자주 사람들을 조급하게 만들어 버리기가 일쑤였다. 그에게는 조급하게 만드는 또 한 가지 재주가 있었다. 여러 사람이 귀를 기울이고 있는 가운데 한 사람이 열을 올리며 어떤 과제를 이야기하고 있으면, 조광조는 술을 마시다가도 술 마시는 걸 아예 잊은 듯 그 술잔을 엉덩이 근처에다 댄 채, 아주 진지한 얼굴로 그 문제를 곱씹으며 이렇게 말했다.

"절실하오? 아니면 그냥 그렇고 그런 거요?"

하고 묻는다. 이렇게 되면 경청하는 사람들뿐만 아니라 당사자까지도 갑자기 그 문제를 의심하기 시작한다.

말하자면 자기의 문제를 아주 수상쩍게 만들어 버리거나 비웃음거리로 만들어 버리는 재주야말로 조광조의 진실 촉진제가 아닌가 싶다.

그에게는 또 하나의 조광조식, 진실 촉진제가 있다. 일에 경중을 따져서 일하라고 하면서 은근히 서두르는 그것이다. 조광조는 이 막연한 한 점에 시선을 집중시킨다. 그러면 그 당사자는 별로 시급하지도 않은 문제를 시급하다는 기묘한 느낌을 받게 했다.

그는 말만 그런 것이 아니다. 조광조는 모든 작은 일에도 속도감 있는 정책 실현을 강조했다.

그때마다 시산군은 그에게 중용의 도를 잊지 말라고 충고했다. 그러나 이런 충고를 듣는 도중에 조광조는 시산군 맞은편에 앉아 눈을 반쯤 감은 채 꽃망울이 피는 식으로 픽 웃으면서 갑자기 화제를 바꾸어 버리거나, 입을 벌린 채 창가를 바라보다가 이내 시선을 천장으로 던지고는

"아, 최치원도 황소에게 자네와 같이 그랬던가?" 하고 중얼거린다. 때로는, "시산! 정말 최치원이 그런 충고를 했다고 생각하는 건가?" 이러면서 그는 자신이 잘못한 게 아니라 시산군이 잘못하기라도 한 것처럼 아주 걱정스러운 얼굴을 하고

"계속하게, 계속해. 틀림없이 뭔가가 있을 테지. 내 정책 내 의견에도 오류가 있을 테니까." 하는 식으로 시산군을 격려하기까지 했다.

하지만 조광조의 개혁은 너무 과격했고 급진적으로 추진하여 때로 초심이 평정을 잃고 우왕좌왕했다. 그런데 정작 조광조 자신은 남이 평정을 잃은 꼴을 못 보는 사람이다. 그러나 조광조가 평정을 잃은 일은 주로 개혁 추진에서 일어나는 지극히 국지적인 사건이다. 화가 나면 손을 쥐었다 폈다 하고, 눈은 치켜떴다가는 내리깔고, 다리는 바짝 오므리고는 천연덕스러운 음성으로 "저 어둠에 풍등이라도 날려 희망을 주어야 해~"라고 소리쳤다. 꽃망울이 피는 식 표현에 길이 안 된 사람에게는 "풍등마저 날릴 힘이 없거든 머리카락이라도 날리라는 말이야!" 하고 설명해 주기도 했다. 말하자면, '지금 내 앞에 있는 일은, 네 도움이 절실히

필요하다. 그런데 네가 달려와서 고맙다. 아니지, 네가 불러 줘서 더 고맙지.' 그런 셈이다.

시산군과 그 벗들은 조광조가 부탁한 김정과 박상을 모함한 이행의 죄를 낱낱이 찾아 기록하여 주었다. 이제 시산군은 그를 위해 풍등 하나를 날린 것이다.

그러던 어느 날 또 조광조가 한 고민거리를 들고 시산군을 찾아왔다. 그것은 다름이 아니라 중종의 개혁정치를 이끌어 가던 조광조에게 반대를 위한 반대를 하던, 남곤, 심정 등이 자신을 숙청하려는 음모를 꾸미고 있다는 소식을 들었는데, 어떻게 대처해야겠냐고 했다.

난감했다. 여기서 멈추면 이제껏 준비했던 변화, 바로 현량과(賢良科)를 두어 숨은 인재 등용을 하려고 했던 것이 물거품이 될 것이고, 천거제를 실시하여 지방의 사류와 성균관의 학생들을 정치에 참여시키기도 어렵게 될 것이고, 공론정치와 향악을 전국적으로 실시하는 것도, 어렵게 될 것이었기 때문이다.

6

기묘사화(己卯士禍)

어쩌다가 임금이 된 중종의 오만과 불통을 외면하지 말아라.
저가 아무리 날뛰어 봤자,
화무십일홍 권불십년 (花無十日紅 權不十年) 이니

사림(士林) 과 훈구파의 공존공영 시절은 가고
뉴라이트 신 우익을 장착한 훈구파들이
정적, 조광조를 제거하기 위해 혈안이 된 시대,
그로 인해 신사무옥이 예고된 시대,
그런데도 대다수 지식인이 입 닫은 몽매(蒙昧) 의 시대,
오호통재(嗚呼痛哉) 라!

철조망은 밀어내라 눈물로 밀어내라.
이 눈물 그치면 구름에 든 정의와 평화가
손을 흔들며 오리니.

〈배경〉

언제 마음이 바뀔지 모르는 변덕스러운 형 '연산군' 밑에서 대부분을 칼날 위에 선 심정으로 몹시 조심하며 지냈던 중종은, 어느 날 밤, 예정 없이 어쩌다가 임금이 되었지만, 부인조차 지킬 힘이 없는 이름뿐인 임금이었다. 그러나 세월이 흘러 반정을 이끌었던 핵심 공신들이 죽음과 함께 사라지자 중종도 이젠 자기 정치를 할 기회가 온 것이다.

그가 제일 먼저 한 일은 조광조와 사림(士林)을 등용해 지지부진하던 개혁을 하는 동시에 공신들과 훈구파를 견제하는 것이었다. 조광조와 사림은 개혁을 멈춤 없이 전광석화처럼 추진했다. 그러나 개혁을 강력하게 추진하면 할수록 기득권층을 비롯한 개혁 대상자들로부터 강한 저항에 직면했다.

그러다 보니 훈구세력은 조광조와 사림(士林)에 깊은 반감을 갖게 됐고, 아울러 조광조에게 무한 신뢰를 보내던 중종조차 개혁 피로감을 느끼기 시작했다. 이에 밀지를 내려 제거했다.

조광조와 사림(士林)들에게 붙인 죄목

"첫째는 조광조와 사림(士林)들이 서로 붕당을 만들어 그들에게 붙는 자는 높은 벼슬을 주고 그렇지 않은 자는 배척한 죄이다. 둘째는 권세를 한 손에 쥐고 임금을 속여 사사로운 이익을 취한 죄이다. 셋째는 후진들을 꾀어 나쁘게 가르침으로써 선배와 상사를 업신여긴 죄이다. 넷째는 나라 형세가 기울어지고 국정은 날로 잘못되어도 조정의 신하들이 그 세력이 두려워 감히 입을 열지 못하게 한 죄이다."

성종 때부터 본격적으로 진출한 사림(士林)은 연산군 때 2차례에 걸친 사화, 1498년 무오사화와 1504년 갑자사화를 겪으면서 위축되었다.

그러나 중종반정(中宗反正)으로 연산군이 폐위되고 주도권을 장악한 반정공신들은 연산군 악정(惡政)을 개혁하는 과정에서 사림을 수용하지 않을 수 없었다. 중종 역시 시간이 지나면서 공신세력의 독주를 저지할 수 있는 세력으로 사림을 주목했다. 그러한 과정에서 일시 물러났던 사림들이 대거 중앙정치에 등장했다.

조광조(趙光祖), 김식(金湜) 종친 시산부정 이정숙, 파릉군 이경, 숭선부정 이총, 강녕부정 이기, 장성수, 이엄 등을 중심으로 세력을 형성하여 왕도정치 이념에 입각한 개혁을 추진했다.

이들은 경연을 강화함으로써 왕에 대한 교육을 강화하여 중종을 모범적인 군주로 만들려 노력했다. 또한 낭관(郎官)을 실무에 참여시켜 재상들을 견제하였고 천거제를 실시하여 지방의 사류와 성균관의 학생들을 정치에 참여시켰고, 공론정치를 강화하여 재지사족(在地士族)의 의견도 정치에 수렴하고, 향촌 운영에도 관심을 기울였다.

이러한 사림의 움직임에 대하여 반정공신들은 초기에는 호의적이었으나 자신들의 기득권이 위협당하자 사림들과 대립하기 시작했다.

사화의 직접적인 계기가 된 것은 1519년(중종 14)에 다시 가열된 중종반정공신의 위훈삭제(僞勳削除) 문제였다. 처음 건의는 큰 성과는 없었다. 그러나 사림이 1519년에 이 문제를 다시 거론하여 마침내 공산의 3/4에 이르는 76명의 공신호를 삭탈하고 그들에게 분급한 토지와 노비를 몰수하게 했다.

그러나 중종은 공신세력에 대해 견제를 하려고 사림을 지원했으나 사림의 독주를 원했던 것은 아니어서, 대규모의 공신 삭제를 원하지 않았다. 그러나 사림의 힘에 밀려 삭제를 인정하지 않을 수 없어 중종은 위기감을 느끼게 되었고 사림을 숙청할 방법을 모색하다가 밀지를 내렸다.

《중종실록》 중종 14년(1519년) 11월 16일자를 보면 남곤이 조광조를 죄주기 위하여 밀지를 갖고 정광필을 만났다고 나온다. 그 밀지 내용 중종실록 1519년 12월 29일 자 사신은 이렇게 논평하였다.

〈국역〉: 사신은 논한다. 조광조 등이, 정국공신(靖國功臣) 중에 공이 없이 외람되게 기록된 자가 많다. 하여 추삭(追削) 하기를 청하여 논집(論執)하였다. 임금이 전에 이들을 치우치게 임용하였는데, 조정의 훈고(訓鼛: 훈공이 있는 집안 또는 훈공이 있는 신하) 중에 기뻐하지 않는 사람이 많았고 임금도 그들을 꺼렸다. 이 논의를 일으키기에 이르러 남곤이 홍경주(洪景舟)를 부추겨 위망(危亡)의 화(禍)가 조석에 다가와 있다고 공동(恐動: 위협적인 말로 사람을 두렵게 하니)하니, 임금이 더욱 의구(疑懼)하여 (홍경주에게 여러 번 밀지를 내렸는데) 그 밀지에는 글의 뜻을 알기 어려운 것이 있고 언서(諺書)를 섞은 것도 있으므로 이제 기록하지 않으나 그 대개는 이러하다.

"임금이 신하와 함께 신하를 제거하려고 꾀하는 것은 도모(盜謀)에 가깝기는 하나, 간당(奸黨)의 무리가 이미 이루어졌고 임금은 고립하여 제재하기 어려우니, 함께 꾀하여 제거해서 종사(宗社)를 안정하게 하려 한다."

【태백산사고본】19책 37권 72장 B면

【국편영인본】15책 607면

【분류】역사-사학(史學) / 변란-정변(政變)

《연려실기술》한국고전 종합에는 심지어 조광조와 사림들을 한나라의 역적 왕망과 동탁에 비교하며 조정에서 이 무리를 제거한다면 저녁에 죽더라도 근심이 없겠다 했다.

그 실행은 훈구파 김전(金銓), 남곤, 고형산(高荊山), 심정과 희빈홍 씨(熙嬪洪氏, 1494~1581)의 아버지인 홍경주를 중심으로 시작되었다.

"전하 나라의 인심이 모두 조광조와 사림에게 돌아갔으니 하루빨리 사림들을 내치시기를 바랍니다."

훈구파들은 조광조 일파가 당파를 조직하여 조정을 어지럽게 한다고 무고했다. 곧 공신들을 헐뜯어 몰아내고 권력을 잡으려고 한다고 끊임없이 모함한 것이다.

그러나 기대와 달리 사림파들은 조정에 그대로 남아 있었다. 훈구파가, 주초위왕(走肖爲王)이라는 글자를 나뭇잎에 새겨 중종에게 보여주며 위기의식을 고취 시켰으나 중종은 전혀 위기의식을 느끼지 않는다는 듯이 모른척했다.

그런데 어느 날부터 갑자기 사림파 사람들이 조정에 나오는 사림들의 수가 줄어들고 있었다. 그리고 몇몇은 아예 소식이 끊겼다. 그리고 얼마 후 조광조를 투옥되었다는 소식이 날아왔다. 그러나 조광조는 영의정 정광필(鄭光弼) 등의 변호로 처형이 면제되고 능성(綾城: 오늘날의 화순 능주)에 위리안치되었다. 신진사류들이 조광조를 살리려고 연일 상소를 올렸다. 그러나 아무 소용이 없었다.

시산군은 조광조를 타산지석으로 삼아, 조광조를 모략 모함하는 훈구파 남곤, 심정 일파를 척결하려는 뜻을 기준(奇遵), 한충(韓忠), 김오리, 좌의정 안당의 아들 겸재, 안처겸, 권전, 명월이 등에 전했다. 그 뜻을 들은 기준, 한충, 김오리는 무슨 일이든 맡겨주면 앞장서겠다고 했다.

겸재, 안처겸은 목숨까지 걸겠다고 했다. 명월은 인력과 자금을 대겠다고 했다. 시산군은 고맙지만 사양하겠다고 했다. 그러자 명월이가 동안 시산군 중용의 도를 장사에 적용해 이렇게 큰돈을 벌었는데, 이렇게 의로운 일에 제 돈을 안 쓰면 평생 후회할 것이라고 했다. 그러자 동안 물심양면으로 도와준 것만으로 충분하다고 하니….

"시경(詩經)에 이런 말이 있지요. 당신이 내게 모과를 주었으니. 나는 옥을 드리겠습니다."라고 하면서 기어이 그 돈을 내놓았다. 그러자 시산군은 그들을 무력으로 척결하는 것이 아니라, 인의(仁義)로 하겠다고 했다.

그러나 기준(奇遵), 한충(韓忠)은 반대했다. 인의란 결국 주상께 상소하겠다는 것인데, 그것은 시간이 오래 걸릴 뿐만이 아니라 그 충정을 받아줄 것 같지도 않다고 결사반대했다.

그러나 인의(仁義)로 했을 때 바로 사람으로서 마땅히 행해야 할 도리로 정치를 하는 것이 가장 인간적인 결실을 거둘 수 있는 것 아닐까? 정치란 결국 백성을 위한 백성의 복리증진(福利增進)이니까.

그러나 김오리는 절대로 반대한다며 훈구파의 두령 격인 홍경주를 먼저 치자고 했다.

밤이 되자 시간이 더디 지나갔고, 근심 걱정과 나눌 대화도 바닥이 났다. 마침내 한충, 기준, 김오리가 뜻을 굽히지 않자, 김식이 시산군의 귓가에 바짝 대고 속삭였다. 그는 다가올 싸움에 대비해 긴장하고 있었다. 시산군 역시 신경이 날카로워져 있었다. 김식 또한 몇몇 동지들의 갑작스러운 객기가 머릿속을 혼란스럽게 했다. 그렇다고 무작정 기다릴 수도 없는 처지라 가슴이 탔다.

김식은 손으로 시산군의 흐트러진 머리칼을 위로 올려주면서 그의 귓가에 속삭였다.

"내 생각도, 저 훈구파 두령인 홍경주를 치는 것도 괜찮을 것 같습니다. 아직 우리의 모임을 눈치채지 못하고 조용한 거로 보아."

이제 시산군이 말할 차례였다. 그는 대답하려고 고개를 움직이자 눈이 그의 눈과 마주쳤고 손이 그의 손을 꽉 잡았다.

"그자들이 아직 우리를 과소평가했다면 더 잘 된 것 같군요."

그 말을 들은 김식이 얼굴을 뒤로 젖혀 시산군의 눈을 노려보았다.

"무슨 뚱딴지같은 소리요? 당신 때문에 우리 모두 죽겠군."

김식이 미간을 좁히며 어둠 속에서 시산군을 살폈다.

"무슨 이야기를 하는 거예요?"

"무슨 이야기인지 잘 알잖소? '중용(中庸)에 중니(仲尼)가 된 사람인 군자(君子)는 중용대로 하고 덜된 사람인 소인(小人)은 중용을 어긴다.' 이거지. 그러니까 된 사람은 때에 맞춰 올바로 행하니, 당면 문제에 대해서도 나의 나 됨을 다함이 마땅하지 않겠는가?"

개혁정치를 주창하는 사림파인 기준, 한충, 김오리 등은 자신들을 모함해 치려는 훈구파를 자신들이 먼저 내쳐야 한다는 의견과 모든 것은 인의(人義)로 해야 한다는 시산군의 의견이 팽팽히 맞서 쉽사리 중지가 모여지지 않자, 안처겸의 집에서 다시 모이기로 하고 헤어졌다.

지금 개혁의 등불이 꺼질 듯 말 듯 해도 첫 마음을 잃지 않았다면, 오늘 밤 원수들의 칼날이 들이닥친다 해도 별난 예식이 되어야 할 필요는 없다. 그 결기가 저 등불이 된다면 온 나라에 빛날 테니까. 걱정하지 마라, 온 나라 어디서나 그 결기의 이별을 기억할 테니까. 모든 일은 인의(仁義)로 하자고 시산군은 재차 강조했다.

그러나 시련은 예정보다 일찍 다가왔다.

중종실록 중종 14년(1519년) 12월 14일 2번째 기사

중종이 대사헌 이항을 은밀히 불렀다.

"전하, 옥체 강녕하시온지요?"

"아, 어서 오시오. 대감, 잘 오셨습니다. 자, 편하 좌정하세요."

"황공무지로소이다."

"별말씀을. 아, 여봐라. 어서 주안상을 올려라."

"네, 전하." 이윽고 주안상이 들어오니 나인들을 다 물리친 중종이

"대감, 일전에 조사를 부탁한 것은 어떻게 되었습니까?"

"네, 전하. 현량과 혁파를 반대한 최숙생 등에 대해 조사를 마쳤습니다."

"아니, 조광조 일파 말이요."

"조광조와 붕비(朋比), 붕당을 만들어 자기편을 두둔한 사람을 말입니까?"

"그렇소."

"제가 은밀히 그리고 철저히 조사를 다 했습니다."

"아, 도대체 그들이 누구요? 어서 속 시원히 말해보시오."

"네, 전하."

"어서 빨리."

"그들은 안당, 최숙생 등 신하와 대신 18명이고요. 종친은 파릉군 이경, 시산부정 이정숙, 숭선부정 이총, 강녕부정 이기, 장성수, 이엄 등 5명으로 붕비가 심한 자는 합 23명입니다."

"음, 고얀놈들이구먼. 내 반드시 찾아내 벌주리라."

그런 줄도 모르고 시산군은, "조광조는 절대로 사심이 없는 사람입니다. 그리고 지금 훈구파들이 주장하는 모든 것이 다 모함입니다." 그렇게 구구절절 상소했지만 받아들여지지 않았다.

중종의 최우선 목표는 왕조의 유지와 왕좌의 유지였다. 강력하기 그지없던 연산 형님을 신하들이 몰아냈는데 나라고 그런 일을 당하지 않는다고 어찌 보장할 수 있겠는가? 중종은 그래 늘 자신을 지켜줄 수 있는 신하와 세력이 필요했다. 박원종은 바로 그런 존재였다.

반정 주도자로서 압도적인 힘, 그런 그가 있었기에 즉위 초 여러 역모 사건이 잇달았지만 별 탈 없이 넘어갈 수 있었다. 그런데 보호자격인 박원종, 유순정, 성희안이 병과 노환으로 죽자 자신을 보호해 줄 새로운 사람이 필요했는데 그때 조광조가 나타났다.

반정 세력 박원종 등은 권세와 영화의 유지를 추구하는 신하였지만, 조광조는 영화보다는 자신의 이상 실현에 모든 것을 걸었다. 하여 시간이 흐를수록 조광조의 존재는 커져만 가고 원칙과 이념이 조정을 지배했다. 자신을 보호할 방패로 키웠더니 사사건건 자신의 발목을 잡으며 자신의 이상 실현에 매진하는 조광조, 그는 안 되겠다고 하면서 그의 정적인 훈구파 김전·남곤·이유청(李惟淸)을 각각 영의정·좌의정·우의정에 임명한 다음, 남곤을 이용해 조광조를 밀어냈다.

늘 여론에 귀 기울이면서도 늘 우유부단하던 중종은 권력을 교체할 때면 독선적이고 냉혹하며 과감했다. 자신을 왕으로 만든 박원종의 하나뿐인 아들을 싸늘하게 내쫓아버렸으며, 조광조에 대해서도 끝까지 용서하지 않고, 그해 기묘년 12월 조광조에게 사약을 내렸다. 의금부도사가 사약을 들고 오자, 조광조가 조용히 물었다.

“주상께서 신에게 죽음을 내리신다면 합당한 죄명이 있을 것 아니요? 삼가 그 죄명을 듣고 싶소.”

도사는 아무런 대꾸도 하지 않았다. 조광조는 뜰에 내려와서 북쪽을 향해 두 번 절을 하고 무릎을 꿇고 사약의 교지를 받았다. 그리고 허락을 받고 집에 편지를 써서 조상의 무덤 옆에 자신을 묻어 달라는 유언을 남겼다. 38세의 일기로 100년에 한 번 얻기 어려운 혁신정치가는 이렇게 세상을 떠났다.

이때가 기묘년이었으므로 이 사건을 기묘사화라 한다. 시산부정 이정숙도 그때 당인(黨人)에 붙여서 정치에 간여(關與)했다는 이유로 삭탈관직 되었다.

7

경빈 박 씨

《중종실록》 58권, 중종 22년(1527년) 4월 26일 임신

아버지는 박수림(朴秀林)이다. 그는 평범한 양반이었는데, 연산군(燕山君) 을축년(1505년)에 채홍(採紅)의 일 때문에 그녀의 자색이 아름답다는 사실이 널리 알려지게 되었고, 중종반정 이후 추천을 받아 궁중(宮中)에 들어왔는데 이 여인이 바로 경빈(敬嬪)이다.

12명의 부인을 두었던 왕 중종… 반정공신들의 등쌀에 조강지처 신씨(후에 단경 왕후로 추대된다)를 내쫓은 중종은, 중전 자리를 비워둔 채 후궁을 들인다. 일등공신 홍경주의 딸 희빈 홍 씨, 지방관 나숙담의 딸 숙의 나 씨, 평범한 양반집의 여식 경빈 박 씨 등이다. 그리고 훗날 정경왕후가 된 윤 씨는 1506년(중종 1), 입궁하여 단 3일 만에 내명부 종2품 숙의(淑儀)에 봉해졌다. 그리고 중종의 정비인 단경왕후가 폐위되자 다음 해인 1507년(중종 2) 8월, 반정공신의 딸인 다른 후궁들을 제치고 장경왕후에 책봉되었다. 당시 조정은 외숙부인 박원종이 장악하였는데 중전이 되는 데에는 외숙부 박원종의 도움이 컸으며, 월산대군의 처조카라는 신분이 장점으로 작용하였다.

박원종의 외조카이자 유력 가문인 파평 윤 씨 집안 출신인 윤 씨를 상

전으로 모셔야 했던 다른 후궁들… 그중에 중종에게 가장 총애를 받는 경빈 박 씨… 넘을 수 없는 가문의 벽에 좌절감을 느낀 경빈 박 씨… 그러나 아직 중종과 윤 씨 사이 후계자가 태어나지 않아서… 비로소 막이 오른 아들을 낳기 위한 치열한 전쟁이 시작됐다.

그 전쟁에서 경빈 박 씨가 4년 만에 첫아들(복성군)을 낳아 승리하는 듯했다. 중종도 첫아들 복성군을 끔찍이 아끼고 사랑했으므로…. 숙의 나 씨도 같은 해 임신해 난산으로 위급한 상황인데도, 난산은 불길한 기운을 의미해서 어떤 조치도 취하지 않았다. 경빈 박 씨는 중종의 장자 복성군을 낳았다는 이유로 하늘 높을 줄 모르고 위세를 떨쳤다. 그러나 아무리 장자라 해도 절대 원자를 이길 수 없었다.

그런데 장경왕후 윤 씨(章敬王后 尹氏, 1491년 8월 19일(음력 7월 6일)~1515년 3월 26일(음력 3월 2일))는 1511년(중종 6)에는 효혜공주를, 1515년(중종 10)에는 적통 대군인 원자(인종)를 낳았으나 산후병으로 인해 출산 1주일만인 3월 2일, 경복궁 동궁 별전에서 승하하였다.

경빈 박 씨는 또다시 공석이 된 중전 자리를 새로운 기회로 여겼다. 만약 내가 중전이 된다면 복성군이 원자를 대신할 수 있으리라는 욕망이 끓어오르기 시작했다. 그러나 친모의 생사와 관계없이 원자가 세자에 오르는 것이 원칙이지만, 중종 시대 자체가 반정과 사화 등으로 상상할 수 없는 사건 사고가 연달아 일어났던 시대여서 일말의 희망을 품고 불가능한 꿈을 키워나갔다.

그런데 1515년 8월 8일 중전에 관한 상소가 올라온다. 대신들이 앞장서서 쫓아냈던 중종의 조강지처 신 씨는 잘못이 없으므로 다시 중전으로 들이자는 내용이었다.

그러나 중종은 신 씨가 복위해 아들을 낳으면 불거질 수 있는 적자 논쟁으로 조정이 한바탕 홍역을 치를 것을 염려하여 신 씨 복위를 거절하고 2년 넘게 중전의 자리를 비워뒀다.

이후 비워진 국모의 자리에 숙의 윤씨가 장경왕후로 간택되는데 장경왕후의 친정은 대대로 왕비를 배출할 만큼 당대 최고 명문가였던 파평 윤씨 가문이고 또 결정적으로 외삼촌이 중종반정의 1등 공신인 박원종이었으며 월산대군에게는 처조카가 되기 때문이다.

계비가 된 장경왕후는 이후 1511년(중종 6년)에는 중종의 맏딸인 효혜공주[6]를 낳았고 1515년(중종 10년)에는 적자인 원자를 낳았으나 산후병으로 엿새 만에 25세 나이로 숨을 거두었다.

《중종실록》 28권, 중종 12년(1517년) 7월 22일 병신

장경왕후의 상을 마치고 새로운 왕비를 책봉하는 일과 관련하여, 경빈은 당시 중종의 맏아들을 낳은 생모이자 가장 총애를 받는 후궁으로서 중전의 재목으로 거론되며 자신도 중전의 자리에 오르기를 희망하였다. 상(중종)도 이를 따르려 하였으나 대신의 뜻이 어떠한지를 모르겠으므로 정광필, 김응기, 신용개 등에게 간곡한 말로 물어서 그 뜻을 시험하였다. 그랬더니 김응기는 가부(可否)를 말하지 않고 신용개는 약간 허락하였으나, 정광필만이 분연히 허락하지 않으며 아뢰기를 "정위(正位)는 마땅히 숙덕(淑德)이 있는 명문(名門)에서 다시 구해야 할 것이요, 미천한 출신을 올려서는 안 됩니다." 하니, 박 씨의 뜻은 마침내 저지되고 대신 정1품 경빈에 봉하고 새 왕비(문정왕후)를 맞기로 하였다.

문정왕후는 중종의 어머니 정현왕후가 그래도 '피는 물보다 진하다'는 생각이 들었던지 족척 중에서 간택했는데, 장경왕후와 문정왕후는 9촌간으로 문정왕후의 아버지인 윤지임과 장경왕후는 8촌간이다. 장경왕후와 문정왕후는 세조비 정희왕후의 형제들의 자손이다. 그녀는 3살 난 원자 호를 보호할 책임이 있었고, 이것은 훗날 그녀의 정치적 입지가 강화되는 명분이 되었다.

문정왕후는 입궐 초기부터 경빈 박 씨와 갈등하였다. 입궐 초기 문정왕후가 왕자를 생산하지 못하자 경빈 박 씨는 자기 아들 복성군을 왕위로 앉히려는 계획을 꾸몄고, 이를 반대하던 문정왕후는 경빈 박 씨와 암투를 벌였다.

경빈, 그녀는 절세미인인 데다가 복성군이라는 아주 많이 잘생기고 똑똑한 아들을 두고 있었다. 경빈 박 씨는 경상북도 상주 출신의 가난한 선비의 딸로 태어났으나 연산군 시절 채홍사의 홍청으로 뽑혀 입궁하게 되었고, 추후 박원종의 눈에 띄어 박원종의 양녀로 입양되었다가 중종에게 바친 여인이었다. 경빈은 수려한 미모만큼이나 자존심도 세고 시기심도 강했으며, 또 주변 상황에 대응하고 사람들을 끌어들이는 기지도 갖고 있었다.

그래 20년 동안 중종의 총애를 받으며 권세를 누린 경빈 박 씨 그녀는 1507년(중종 2년) 종2품 숙의(淑儀)에 봉작되었으며, 1509년(중종 4년) 중종의 장자 복성군(福城君)을 나았고, 이후 혜순옹주와 혜정옹주를 출산하며 중종의 총애를 받았다.

대체 왜 경빈 박 씨는 죄인이 되어 자신도 죽고 아들 복성군까지 죽음을 맞게 된 걸까?

왕실 전체의 목숨을 노리는 음모를 꾸몄다는 것인데, 그 시초는 기묘사화 때부터 싹튼 것이라고 해야 맞을 것이다.

조광조의 과감한 개혁을 남곤과 윤임, 김안로 같은 대신, 대간들은 받아들일 수 없었다. 또 자신들을 중앙정권에서 자신들을 밀어내려 하기에 더더욱 받아들일 수 없었다.

개혁적인 사림들과 기존의 기득권 세력인 훈구파의 야욕에 끝내 조광조가 제거되어, 조선의 정치는 다시 몇십 년 전으로 회귀하게 되었다. 많은 사람이 조광조의 개혁이 성공했다면 조선의 미래는 크게 달라졌을 것이라고 했다. 그러나 조광조의 정책은 좋았으나 실행에 있어 여론 수렴 없이 일방적으로 밀어붙여서 좌초할 수밖에 없었다.

아무튼, 기묘사화는 분명 거대해진 조광조 세력에 대한 두려움과 불안함 때문에 중종이 계획하고 남곤, 홍경주, 심정에게 실행시킨 사화이다.

그런데 조광조의 개혁이 실패한 지 4년이 지났어도 그 기묘사화는 조광조라는 기묘사림의 숙청으로 마무리된 것이 아니었다.

그 사림(士林) 중에는 시산부정 이정숙이 비록 기묘사화로 인하여 삭탈관직 되었지만 그를 따르는 사림들이 아주 많아서 훈구파들에게는 눈엣가시 같은 존재이었다.

그래 훈구파들은 기회 있을 때마다 시산군을 제거하려고 그 시대의 최고 실력자 중종이 제일 사랑하고 총애하는 경빈 박 씨에게 부탁했다. 그런데 그런 얘기를 들은 중종도 딱히 벌줄 만한 게 없어 그 문제는 잠시 수면 아래로 가라앉았는데, 백성들의 삶은 날로 피폐해졌다. 몇 년째 가뭄에 농사가 거덜 나니 일부 백성과 노비들이 도망쳐 임꺽정의 수하가 되어 탐관오리들을 노략질하고, 일부 마적이나 선적들은 또 다른 백성들을 노략질하는 악순환의 고리가 반복되었다. 그리고 과거제도도 경학이 아닌 시문 중심으로 회귀했고, 나라와 재정과 국방도 3번의 왜적 침입에 대한 교훈을 잊고 최악으로 치달았다.

그런데 더 가관인 것은 새로운 세력들 간의 전쟁이었다. 그들 중 가장 대표적인 인물이 남곤, 김안로, 윤임이다. 남곤, 홍경주, 심정, 이행, 이항, 김극핍 등이 기묘사화를 통해 중종과 함께 사림의 거두 조광조와 시산군을 밀어낸 후 중앙정권을 장악했다. 그런데 홍경주는 기묘사화 후 바로 죽어 실질적으로는 심정과 이행, 이항이 남곤 무리의 중심이 되었다.

여기에 대항하는 두 인물이 있었는데 그는 '김안로'와 '윤임'이었다.

김안로는 얼마 후 인종의 누이를 며느리로 들여 이조판서 자리에 오른다. 그런 그는 아직 세력은 없었지만, 연산군 때 등용되어 정치 감각도 남다르고 일 처리도 워낙 뛰어나 여러 대신, 대간 들에게 주목받았다.

윤임은 중종의 두 번째 부인이자 첫 번째 왕비인 정경왕후의 오라버니이기도 하다. 그리고 정경왕후가 죽자 정경왕후의 아들 인종의 외숙부가 되어 외척세력의 구심점이 되고 있었다.

《중종실록》 39권, 중종 15년(1520년) 4월 22일 기묘

중종이 6살이 된 장경왕후의 아들을 세자로 책봉한다.

"세자를 세우는 것은 참으로 큰 근본을 위함이며, 조종(祖宗)을 봉사(奉祀)하며, 제기(祭器)를 맡는 것은 원량(元良)에게 맡겨야 마땅하므로, 이제 너 이호(李峼)를 책봉하여 왕세자로 삼으니, 너는 도(道)를 즐거워하고 스승을 높이며 어진 사람을 가까이하고 간사한 자를 멀리하여, 삼선(三善)의 가르침에 잘 따라서 일국(一國)의 평안을 길게 하라."

그러나 문정왕후가 있음에도 여전히 중종의 마음은 경빈을 향해 있었다. 경빈 박 씨는 대신들을 움직였다. 경빈은 우선 자신의 앞길을 사사건건 가로막고 방해하는 김안로를 치기로 했다.

그런데 김안로는 그의 아들 김희가 중종과 장경왕후의 딸인 효혜공주(孝惠公主)와 결혼한 뒤부터 세자의 보호자를 자처하면서 조정의 권력자로 급부상했다.

경빈 박 씨는 그가 있는 한 자신의 꿈(복성군을 세자로 앉히려는)을 물거품으로 만들 수 있는 존재이었기에 그를 반드시 쳐내야 했다. 경빈은 기묘사화를 통해 조정의 실력자가 된 남곤과 심정, 이 두 사람을 그에 부친 회갑 때 친정으로 은밀히 불렀다.

경빈은 축하객들이 다 다녀간 해 질 녘에야 나인 하나를 데리고 자하문 밖 친정을 찾았다.

나인이 경빈이 왔다는 전갈을 하자 부친 박수림(朴秀林)이 버선발로 뛰어나와 맞이했다.

"아이고, 마마! 미리 전갈이라도 하고 오시지, 이렇게 갑자기 오시니 어찌할 바를 모르겠습니다. 자, 어서 안으로 드시지요."

"아버님, 회갑 축하드립니다. 어머니와 함께 제 절 받으십시오."

"저희가 어찌 마마의 절을 받을 수 있습니까? 그건 아니 될 일이옵니다."

"아버님, 여긴 궁중이 아니고 친정이옵고, 또 부모님께서 저를 이렇게 예쁘게 낳아 잘 키워주셔서 오늘의 제가 있는 것입니다. 그 은혜와 사랑이 하늘 같으니 어서 절 받으십시오."

하는 수 없이 절을 받은 박수림은 "마마, 세자 저하 책봉했다는 소식은 들었습니다마는 혹여 복성군께 무슨 일이라도 있었는가요?"

"복성군은 잘 지냅니다. 다만 제 꿈에 피치 못할 사정이 있어서 왔습니다."

"피치 못한 사정이라 하시니 더 궁금해집니다. 비밀인가요?"

"예, 비밀입니다."

"저는 단 한 번이라도 궁중의 비밀스러운 이야기를 들은 바가 없습니다. 떠도는 소문만 듣고 왔습니다. 이참에 마마께서 부디 사사로운 이야기라도 해주시면 아니 되겠습니까?"

"아버님, 누가 들으면 어찌하시려고요. 김안로 대감 귀에 들어가는 날에는 큰 변고가 벌어집니다. 조심하셔야 합니다."

이때였다.

"대감마님, 심정 대감하고 남곤 대감님이 드셨습니다."

박수림은 화들짝 놀라 일어나 문을 열고 섬돌 아래에서 두 대감을 맞이했으나, 경빈은 일어나지도 않고 오히려 아랫목 보료 위에 턱 앉았다. 남곤과 심정이 들어와 경빈에게 예를 갖추었다.

"마마, 어찌 저희를 부르셨습니까?"

"자, 편히 앉으세요."

"네, 마마."

"경빈은 말로 하기에 거북했던지, 옆에 있는 벼루에 손을 뻗어 아직 마르지 않은 먹물에 붓을 담갔다가 당의를 걷어 올리더니 글을 적었다.

"김안로 대감을 내쳐 주세요."

그 둘은 깜짝 놀라면서 순간 얼음이 되었다. 그리고 한참 후 "마마, 저희가 어떻게 할 수 있겠습니까."

"못 하겠다는 것입니까?"

"그런 건 아니지만 일전에 부탁한 조광조 잔당 시산군 일파를 제거해 달라는 청이 아직도 이루어지지 않고 있는데요."

"내 청만 들어준다면 이번엔 무슨 수를 써서라도 주상을 움직여 시산군을 따르는 사림들을 모조리 제거하겠습니다."

"마마, 약조하신 것입니다."

"네, 대감. 제 청만 이루어 주시면 저도 꼭 보답하겠습니다"

그로부터 얼마 후 남곤과 그의 세력은 김안로의 붕당 선동에 대한 폐단을 상소했다. 김안로 세력의 위세와 협박으로 인해 여러 대간들이 지레 겁을 먹고 대간 본연의 업무를 소홀히 하고 있다며, 이들의 붕당 조성에 대해 죄를 묻고 파직을 원했다. 그러나 중종은 반대했다. 하지만 영의정, 남곤(南袞), 대사헌 이항(李沆)의 거듭된 탄핵을 받고 김안로는 경기 풍덕(豊德)에 유배되었다.

오늘도 어김없이 경빈 박 씨 처소를 찾은 중종. 경빈이 벌떡 일어나 중종의 목에 매달리며 "전하, 어서 오시옵소서." 갖은 아양을 떨며 귓불을 자근자근 깨물며 "보고 싶었어요." 그렇게 속삭이니 중종이 "아니, 어젯밤에 보았는데 그새 보고 싶었냐?" "네, 전하 저는 전하가 옆에 있어도 자꾸자꾸 보고 싶사옵니다." "허허, 이거 몸이 열 개라도 되어야겠구나." 하며 그녀를 번쩍 들고 한 발짝 두 발짝 침소로 향하니 경빈이 "전하, 뭐 그리 급하십니까. 제가 전하가 좋아하는 것으로 주안상을 차려놓았으니 한잔 드시고 천천히 즐기시면 어떠할지요?" "음, 역시 경빈이 최고다. 자자, 한잔 다오." "내, 전하." 경빈이 중종의 품에 안겨 술을 서너 잔 따르다가 창문을 올려다보았다. 별로 크지도 않은 달이 구름을 가로지르고 있었다. 그때였다. 경빈이 치마를 벗자 중종이 경빈의 저고리를 벗기려고 했다. 그러자 경빈이 "전하," "오냐, 뭐냐, 뭐가 문제냐?" "이 저고리를 벗기기 전에 제 소원 하나를 들어주셔야 합니다." "안 들어주면?" 그러자 경빈이 벗어놓았던 치마를 다시 입자 중종이 "그래, 그 소원이 뭔지 들어나 보자꾸나." "기묘년에 조광조 사림 무리를 많이 내쳤지만 사림에서 조광조보다 더 존경받고 영향력이 큰 시산부정 이정숙이 아직 건재해서 걱정이 이만저만이 아닙니다. 특히 아직 세자 저하가 어리고 복성군 또한 아무 방패막이가 없으니 걱정이 태산이옵니다." "그 얘기라면 귀가 따갑도록 들었지만, 마땅히 벌 줄 만한 게 없는 걸 너도 알잖느냐?" "네, 전하. 알지요." "알면 도대체 어떻게 해달라는 거냐?" "기묘년처럼 심정과 남곤에게 밀지를 내려주시면 어떨지요?" "안 된다. 밀지는 너무 써서." "이번 한 번만 더 밀지를 내려주세요." "음, 그건 안 되고 심정과 남곤에게 구두로 단단히 말해주겠다. 단, 마지막이어야 한다." "네, 전하."

중종 37권 14년 (1519년) 12월 25일 (을유) 1번째 기사

이빈 등이 한충의 죄, 조광조에 연루된 사람, 현량과의 혁파 등을 아

뢰다. 대사간(大司諫) 이빈(李蘋)이 아뢰기를,

"한충의 죄는 조광조 등보다 못하지 않은데 이제 다른 일로 추고하고 조율도 다르니 어찌하여 이러한지 모르겠습니다."

하니, 임금이 이르기를,

"내가 처음에, 다른 일로 추고하더라도 절로 큰 죄가 있으리라 생각하였으므로, 저들의 전례에 따라 추고하지 않은 것이다."

하매, 이빈이 아뢰기를,

"전일 서계(書啓)한 사람들에 대하여 황표(黃標)를 붙일 때 김정국(金正國)에게는 붙이지 않았으나 이제 들으니, 김정국은 저들이 죄받았을 때 봉장(封章)으로 치계(馳啟) 하였다가 저들의 죄목을 보고는 사람을 보내어 밤낮을 가리지 않고 달려가 도로 가져오게 하였다 하는데, 그 소장(疏章)의 뜻이 어떠한 것인지 모르겠습니다. 이청(李淸)은 마음에 주장이 없어 매우 우혹(愚惑)하므로 버려두고 논하지 않았으나, 이제 와서 들으니 저들과 다를 것이 없는데 홀로 죄받지 않았다 합니다. 이청은 본디 굳은 마음이 없어서 한결같이 저들의 지휘를 따랐으니 워낙 셀 것도 없으나, 국가에 대해서는 이익이 없고 손해만 있습니다. 종친(宗親)의 일(시산정 이정숙(詩山正李正叔)의 무리이다)은 당초에 서계하였으나, 임금께서 결단하여 그 죄를 정하였으므로 감히 다시 아뢰지 않았습니다만, 이제 들으니, 파릉군(巴陵君)은 그때 한밤에 종친부에 가서 종친들을 모았으므로 왕자군(王子君)으로 하여금 놀라고 두려워 전도하게까지 하였다 하는데, 그 까닭을 물으셔서."

종친이 국사에 관여해서는 안 되지만 나라에 변고가 생겨 종친 파릉군이 종일 합문(閤門) 편전 밖에 와 있었다고 트집을 잡는 유관과 남곤 그리고 그것을 이상하게 몰아가는 중종… 여기에 맞장구를 치는 남곤… 서서히 시산정 이정숙을 올무에 엮으려 계획을 하나하나 척척 진행하고 있었다.

그런데 경빈 박 씨는 끝내 사사된다.

경빈을 사지로 몰아넣은 이가 누구냐 하면 다름 아닌 김안로이다. 심정, 남곤의 부탁으로 결국 경빈이 귀양보낸 김안로가 돌아온 것이다.

중종이 어느 날 김안로를 은밀히 불러서, 왕실의 후계 구도 정리를 원하자. 작서의 변이란 공작을 실행한다. (작서의 변이란 경빈 박 씨와 복성군이 세자(훗날 인종)를 저주했다는 무고사건이다. 이 정치공작으로 경빈 박 씨와 복성군은 친아버지 중종과 김안로에 의해 무고한 죽임을 당했다.

김안로! 그는 잔인한 권모술수로 여러 사람을 제거하고, 수많은 음모를 통해 권력을 유지하더니 또다시 문정왕후와 그의 동생 윤원형과 윤원로가 왕세자(인종)을 박대하며 모질게 한다는 죄를 뒤집어씌워 윤원형과 윤원로를 유배 보낸다.

하지만 문정왕후의 해명으로 인해 윤원형과 윤원로는 돌아오고, 이들을 통해 김안로의 죄가 낱낱이 드러난다.

김안로는 남곤과 달리 호화로운 생활을 했고, 왕이 사는 궁에나 칠할 수 있었던 단청을 집 곳곳에 칠하였으며, 옥수동 강변에 정자를 지어 매일 같이 잔치를 열었다.

이렇게 세상은 다 그들의 것인 줄만 알았지만, 늘 그렇듯 권력은 돌고 도는 것….

결국 중종은 장경왕후의 오라버니이자, 인종의 외숙부이기도 한 윤임에 조광조를 숙청했던 같은 방법으로 밀지를 내려 김안로를 갑자기 잡아들여 순식간에 유배를 보냈다.

8

신사무옥(辛巳誣獄)

안개가 가는 길이

안개가 가는 길이
그리움이 가는 길과 같아서
안개와 그리움 사이에
시(詩) 하나 짓는 소리 들린다
우리가 별들이 나누는 이야기를
짓다 보면
어렵고 힘들어도
결국 별에서 만날 것인데
안개가 별을 가릴 수 있겠는가?
우리가 스스로 별이 되는
시(詩)를 짓다 보면
결국 우리도 별 같을 텐데
안개가 별을 가릴 수 있겠는가?

안개가 가는 길이
그리움이 가는 길과 같아서
시(詩) 하나 짓는 소리 들린다.

〈배경〉

신사무옥의 배경에는 기묘사화 때 중종과 훈구파들이 숙청하지 못한 사림(士林)들이 행여나 나중에 조광조의 복수를 할까 싶어 훈구파 두령이라 할 수 있는 남곤 등이 일으킨 사건이다. 그 표적은 안당의 가문과 당시 사림의 우두머리인 시산군이었다.

〈계획〉

송사련, 정상이 안처겸 등을 역적모의로 고변한 날이 중종실록 (중종 16년) 1521년 10월 11일 기축 날인데, 그해 10월 29일 정미 4번째 기사에 '봉천상'이 두 차례 형장에서 진술하기를, 시산정(詩山正)·안처겸·권전(權磌) 등이 자신을 청했으나 가지 않았다고 하니, (송사련 무리가 20여 일 전부터) 무고 옥사를 준비했다.

시산군은 1521년에 일어났던 신사무옥에 휘말렸는데, 그 신사무옥(辛巳誣獄)은 1521년(중종 16)에 일어난 안처겸(安處謙) 일당의 옥사사건으로, 기묘사화와 무오사화의 여파로서 심정(沈貞), 남곤(南袞)이 득세한 때에 일어난 사건이다.

그때, 안당(安瑭)의 아들 안처겸(安處謙)은 모친상을 당하여 겨우 복(服)을 벗었는데, 집권한 간신들이 '사림(士林)'들에게 끼치는 해독(害毒)이 가는 곳마다 심했다.

처겸(處謙)은 그 당시, 제생원동(濟生員洞), 옥당수(玉堂守) 장인집에 있었는데, 시산부정(詩山副正)과 권전(權碩)의 집도 그 가까이 있었다.

그러던 어느 날 처겸(處謙)은 우연히 시산부정과 권전을 만났는데, 그들은 한 마을 사람들로 강직하고 강개한 사람들이었다.

그런 그들이 어느 날, 시사(時事) 분히 여겨 서로 마음을 터놓고 허물없이 애기하던 중에 처겸(處謙)이 시산군과 권전에게 "나리들 지금 심정(沈貞), 남곤(南袞)이 권력을 제멋대로 휘두르고 임금님의 귀와 눈을 모두 가렸으니, 이 무리만 제거한다면 국사도 바로잡을 것이고 사림(士林)도 보전할 것입니다." 했다.

그 당시, 송사련(宋祀連) 또한 말 참례를 하여 농담을 주고받기도 하였으나, 도리어 악한 마음을 품고 남곤(南袞), 심정(沈貞)에게 아부하여 상을 받을 수 있는 좋은 기회로 삼았다.

1521년 (중종 16) 10월 11일 왕조실록 2번째 기사

송사련, 정상이 안처겸 등의 역적모의를 고변했다. 감상관 판관(觀象監判官) 송사련(宋祀連), 학생(學生) 정상(鄭瑺)이 고변(告變)하자, 정원이 입계(入啓)하니, 전교하기를

"자세히 물어보아 아뢰라."

하매, 사련이 아뢰기를

"안처겸(安處謙)이 전 일에 언제나 말하기를 간신(奸臣)이 조정에 오랫동안 있게 해서는 안 되니, 마땅히 제거한 다음 전하께 알려야 한다고 하였습니다."

그 송사련의 고변 이유와 사설이 너무 길어 여기에 다 옮길 수 없는데 그것을 요약한다면 대강 이렇다.

안처겸 등이 역모를 어떻게 하려고 했는가? 그게 핵심인데 송사련이 역모의 증거라고 내민 것은 다름이 아니라 안처겸이 아무 아무개들과 함께 안당(安瑭)의 부인 초상 때의 조객록(弔客錄) 및 발인(發靷) 때의 역군부(役軍簿) 등을 가지고 정권의 실세 '심정, 남곤 등등'을 살해하기로 모의하는 것을 그가 말렸다고 하였다.

송사련 그가 누구냐 하면, 그는 안당(安瑭)의 부친 사예 돈후(司藝 敦厚)가 늦게 부인을 잃고 그의 형인 감사 관후(監司 寬厚)의 노비인 중금이라는 여인을 첩으로 맞았다.

그런데 이 여인은 이미 다른 사내로부터 감정이라는 딸을 낳아 기르고 있었다. 그런데 감정은, 성질이 간사스럽고 꾀가 많아서 나이 4, 5세 때에 못된 말을 하므로, 돈후(敦厚)는 그것이 이간을 붙일 염려가 있다고 노하여 발바닥에 매를 때려 발가락이 몇 개 부러진 채, 배천(白川)에 있는 제 외가로 보내어 잘 보살피고 키워 송린(松鱗)한테 시집보내 아들 송사련(宋祀連)을 낳았다.

그 이후, 가정을 잘 다스렸기 때문인지 세월이 흘러 안돈후의 아들인 안당의 벼슬은 정승의 반열에 올라 좌의정에 이르렀고, 돈후 첩이 데려온 감정의 딸 아들인 송사련은 주인의 배려로 노비이면서도 글을 익혀 당시 정계의 실력자인 심정, 남곤 등과 교유했다.

그런데 송사련의 글솜씨가 뛰어나고 정계의 인물과 어울릴수록 그의 가슴속에는 신분에 대한 절망과 그 절망을 극복하고픈 야망이 불타올랐다.

그런데 노비가 출세할 길은 단 하나, 역모를 고변하여 공을 세우는 일밖에 없었다. 역모고변에 성공하면 면천은 물론 역모로 몰린 자의 재산과 지위가 모두 자신의 것이 되기 때문이었다.

그래서 송사련은 자신의 똑똑한 자식들의 장래를 위해 모진 마음을 먹고, 신사(1521)년에 안당 및 그 아들들이 집안에서 권전 등과 공모하여 충신인 심정, 남곤 등을 제거하려는 음모를 꾸몄다는 밀고를 했다. 이 밀고로 좌의정의 자리에 있던 안당은 물론 안처겸(安處謙), 시산부정 정숙(詩山副正 正淑), 안처근(安處謹), 권전(權碩), 이충건(李忠楗), 조광좌(趙廣佐), 이약수(李若水), 김필(金珌) 등 수십 명이 모두 참수형에 처해졌다. 유죄가 인정된 근거는 〈성이 다르긴 하나 천륜을 아는 자로서 어찌 외할아버지의 자손을 무고하겠느냐〉는 추측 때문이었다.

송사련(宋祀連)은 그 공으로 당상관(堂上官)이 되어 30여 년간 득세하였으며 그의 아들 5형제도 세력을 잡았다.

그러나 거짓은 영원할 수 없는 법! 45년이 지난 병인(1566)년에 신사무옥의 진상이 밝혀져 억울하게 죽은 안당의 관직이 복권된다. 그런데 이때 진상이 밝혀진 이유가 참 웃긴다. '송사련의 어미인 감정은 안당의 가문과 피 한 방울 섞이지 않았기 때문에 천륜으로 보더라도 얼마든지 무고할 수 있다'는 추측 때문이었다.

그런데 안처겸(安處謙)이, 시산부정(詩山副正)과 권전(權碩)에게, 심정(沈貞), 남곤(南袞)을 치자고 할 그때 시산군은 모든 문제는 무력이 아닌 인의(人義)로 이 난제(難題)를 풀어야 한다고 했다. 그런데 송사련의 고변으로 인하여, 이틀 뒤 다수가 의금부에 체포되었다.

그런데 그때 시산군은, 이미 그런 날이 올 걸 짐작하고 있었던 것일까. 시산군은 김오리와 함께, 마음이 외롭고 적적할 때 늘 찾던 암자를 찾아 노(老)스님께 동안의 안부를 전할 때, 그 스님이, 뜻밖에 시산군이 장차 4, 5일밖에 살지 못한다고 예언했다. 이 예언을 들은 김오리는 아연실색하며 어떻게 찾아온 손님에게 그런 막말을 할 수 있냐고 거칠게 항의하다가 분한 마음을 못 이기고 자리를 박차고 밖으로 뛰쳐나갔다.

시산군은 착잡했다. 스님의 말을 전적으로 믿는 것은 아니지만, 그도 자신의 생이 4, 5일밖에 남지 않았다는 것을 알고 있었던 것일까?

깊은 고뇌로 산사 뒤란을 무작정 걷고 있었는데, 그 스님이 시산군 쪽으로 다가와 무슨 서찰이 들어있는 것 같은 봉투 하나를 주었다. 스님은 의외로 기분이 좋아 보였다. 그런데 뜻밖에 그 스님 곁에는 명월의 상단 행수가 있었다.

"아니, 자네가 어쩐 일로 여길?"

"시국이 하도 뒤숭숭해서 기도하러 왔습니다. 아, 그리고 안처겸 나리를 비롯한 여섯 분이 이미 의금부에 체포되었고, 나리를 잡으려고 온 서울 거리를 쥐잡듯이 뒤지고 있습니다."

시산군은 이미 짐작하고 있었다는 듯이 고개를 끄덕이며, 명월의 안부를 물었다. 그러자 행수가 "조선의 송상(松商: 개성 상인) 중의 송상에서 송상의 최고 어른인 송상 대방에 오른 나리의 유학(儒學)과 중용(中庸)의 애제자이시며 실천가이신 우리 주인께선 요즘 안타깝게도 몸이 안 좋아 고향으로 요양하러 갔습니다." 했다.

"아니, 얼마 전만 해도 건강해 보이던데 갑자기 왜?"

"저도 어디가 편찮은지 잘 모르고요. 또 갑작스럽게 요양차 고향으로 내려간다고 해서 몹시 걱정했는데 떠나면서, 나리께 만 냥을 남기셨습니다."

"일전에 준 돈도 아직 많이 남아 있는데…. 어허 이거 사랑의 빚만 자꾸 늘어나네그려…. 아참, 고향이 어디라고 하던가요?"

"저 남원고을 사매 매안이 계룡산 아래 '구터(전북 남원시 사매면 관풍리 관촌마을, 구 지명이다)'라고 들은 적이 있어요."

그때, 김오리가 당숙이 전주에 산다며 전주까지 동행하고 싶다고 했다. 시산군은 여기서 각자 헤어지자고 하고 싶었지만, 차마 그러지는 못하고 고개를 끄떡였다.

시산군은 그 구터에 간다는 말도 안 했는데 김오리는 거기로 갈 것을 찰떡같이 믿고 있었다.

실은 시산군도 당장이라도 계룡산 아래 구터 마을로 달려가고 싶었다. 그러나 온종일 긴장했던 탓인지 피곤이 몰려와서 평소보다 일찌감치 자리에 누웠다.

이부자리 속에 들자, 내일 구터 명월의 고향 집 방문이 즐겁게 상상되었다. 문병차 간다는 말도, 만나기 위한 단순한 구실에 불과한 것처럼 생각되었다. 그리고 갑자기 아까 스님이 준 그 '명월이가 보낸 듯한' 봉투가 생각났다. 그래, 얼른 일어나 호롱에 불을 붙이고 그 봉투를 여니, '한 사람의 업적(業績)은 생전(生前) 일곱 가지 일에 결정된다.'라고 쓰여 있었다. 그리고 그 글 끝에 이런 글이 있었다.

"의분(義憤)은 무섭기는 하나 이 의분에는 부당함을 정화하는 효능이 있다."

시산군은 무릎을 탁, 치며 "옳거니, 그렇지. 의분이야말로 눈엣가시 같은 자들을 궤멸할 수 있는 최상의 무기이지. 그러나 기회주의자들과 이기주의자들의 못됨을 나무라되 나의 득(得)이 되어서는 안 된다.

그러니 가난한 서민들을 골리는 놈들, 바로 제 배때기만 채우면서 부끄러움을 모르는 철면피들, 가난은 죄가 아닌데도 가난한 자들을 업신여기는 놈들, 그리고 의리가 개좆같은 놈들. 지조도 없이 시류(時流)를 따라 움직이는 철새 같은 놈들에게 의분을 내야겠지….

지금도 부끄러움을 모르는 그 쓰레기들 그 같은 인간들이 대궐을 구르니, 지금이야말로 의분이란 꼭 필요한 것이다. 거짓에 정곡을 찌르거나, 상식에 반하는 행동을 지적한 이 말은, 동면(冬眠) 개구리들도 벌떡 일어나 춤추며 노래해 줄 것이기에, 더럽고 추잡한 데는 의분이 꼭 필요한 것이다."

시산군은 홀로 이렇게 중얼거렸지만, 혼자 하는 이 말은 아무 의미도 없는 헛소리에 다를 바 없었다. 그래, 골치가 아팠는데, 그때 어디서 누군가가 다가오는 발자국이 들렸다.

황급히 불을 끄고, 다음 날 아침에 다시 읽어 볼 요량으로 서찰을 봉투에다가 다시 집어넣었다. 여하튼, 이 문제의 이 의분(義憤)이 지니는 성격을 파악할 단서는 어쩌면 그 업적(業績) 중 생전(生前) 일곱 가지(禮, 正直, 信義, 勤勉, 誠實, 德, 名譽)에 연관되어 있다는 생각을 떨쳐버릴 수가 없었다.

시산군은 항상, 오로지, 이름 하나만을 남기겠노라고 맹세했다.

1521년 (중종 16) 10월 11일 왕조실록 4번째 기사

안형, 권전, 안처근이 잡혀 국문을 받는다. 임금이 드디어 사정전에 나오자, 정광필, 남곤, 권균(權鈞), 심정, 윤희인(尹希仁), 조옥곤(趙玉崑)과 문사관(問事官), 사관(史官)이 입시(入侍)하였는데, 옥곤이 아뢰기를,

"금부 낭관(郎官)이 시산정(詩山正)을 잡으러 갔다가 잡지 못했으니 의심스러운 데를 수색하도록 해야 합니다." 하니, 그대로 따랐다. 임금이 이르기를,

"옥사가 크면 혹 대궐 뜰에서 추국(推鞫)하기로 하고 혹 대신과 대간이 의금부로 가서 추국했으니, 이번에는 전문(殿門) 안에서 추국해야겠다." 하였다.

그러나 그날, 전 봉사(奉事) 안형(安珩), 생원 권전(權磌), 생원 안처근(安處謹)이 국문을 받았으나 자복하지 않았다. 그 하루 뒤 10월 12日 시

산정의 종 순이, 안처근, 권전을 심문하고, 신석을 잡았다고 의금부 도사 이심(李諶)이 임금께 아뢰었다.

"제가 안처겸(安處謙)을 잡으러 음성(陰城)으로 가는 길에 용인(龍仁)에 들렸다가 안당(安瑭) 부자 등이 구흥역(駒興驛)에 머물러 있다는 것을 듣고 가서 그곳을 수색했더니, 안당과 처함만 있고 처겸은 이미 도망했는데, 처겸 그 겁 많고 나약한 놈이 내가 온다는 것을 듣고 도망해 버렸는데 그 아비 왈 내가 비록 아버지만 그의 마음을 모른다고 했습니다."

"음, 수고하였다. 혹시 숨기고 그런 줄도 모르니 철저히 추궁해 하루빨리 명명백백하게 밝히거라."

"예. 전하, 명심, 명심하겠습니다."

그날 또 시산정의 종 순이(順伊)를 형장에서 심문했고, 신석(申晳) 잡혔다고 했다. 그리고 안처근, 권전을 형장에서 심문했으나 자복하지 않았다. 이에 영의정 정광필 등이 아뢰기를 "안처겸과 시산정이 바로 죄악을 저지른 괴수이고, 그다음은 권전과 처곤입니다. 그리고 안처함(安處諴)은 그의 조사가 바로 더러 미진한 점이 있기는 하나, 그의 본뜻이 형과는 같지 않고 또한 형제간의 비밀스러운 일을 기필코 일일이 말하게 할 것은 없는데 어찌할까요?" 하니 임금이 그리하라 했다.

9

빈객(賓客)은 친구의 술이 된 적이 있는가요?

안처함은 지난 9월 보름부터 아비의 피접(避接)을 돕고 있었다. 그런데 9월 말에 서사촌(庶四寸) 송사련(宋祀連)이 갑자기 찾아와 반가움보다 걱정이 앞섰다. 그는 워낙 꾀가 많고 간사해 또 무슨 일을 꾸밀지 모르기 때문이다. 저 농사짓는 곳에 내려가다가 부친에게 인사하러 왔다가 우연히 만났다고 하지만 이상스러운 게 한둘이 아니었다.

"자네 시산정의 말을 들었는가?"

"아니, 난 시산정 본 지도 꽤 오래고 또한 들은 말도 없네."

"음, 그런가? 그럼 자네만 알고 옮기면 안 되네." 하며 사련이 그의 귀에다 대고 말하기를 "사림(士林)의 화가 장차 다시 일어날 것이네." 처함이 깜짝 놀라며, "자네, 무슨 말을 들었는가?"

"들었지."

"누구에게?"

"시산정에게."

"뭐라 했기에 그리 걱정을 하는가?"

"시산정이 저번의 사림(士林)들이 입은 북문지화, 그 화는 오로지 신무문(神武門)*에서 입계(入啓) 했던 재상들의 소위인데, 그 재상들이 권세를 잡으면 국가 사세가 날로 글러질 것이므로 그 재상들을 마땅히 각각 그의 집으로 가서 쳐버린 다음에 임금께 아뢰면, 임금께서 스스로 의혹을 풀게 되실 것일 것입니다." 했다.

直言也人誅(직언야인주) 옳은 말을 하면 권력이 벌을 주고
曲筆也天誅(곡필야천주) 거짓 글을 쓰면 역사가 벌을 준다.
君子行動勤在片石(군자행동근재편석) 군자 행동 돌에 새겨
後後史家(후후사가) 역사의 심판을 기다려라.

"조선의 최고 유학자요, 중용의 대가인 시산군 이정숙이 간신 모리배들을 몰아내야 한다면, 이 말은 직설(直說)일까요? 곡설(曲設)일까요?"

그때 처함은, 혹시 그 말을 아버지가 들을까 싶어 부채를 휘저어 중지시키며 안절부절 갈피를 못 잡았다. 사련의 처남 정상(鄭瑺)이 형 안처겸(安處謙)에게서 듣고 형은 시산정에서 들은 것인데, 사련이 이런 말이 혹시라도 탄로되면 시산정과 사림(士林)들의 화가 몹시 크게 닥칠 것이라고 하고 그가 황급히 떠났기 때문이다.

그 말을 들은 처함은 뜬눈으로 밤을 지새운 뒤 아침 일찍 형 '처겸'의 집으로 갔다.

"형님, 그간 평안하신지요?"

* 신무문: 조광조의 세력에 위협을 느낀 중종은 정식 절차 없이 신무문을 통해 훈구 대신을 불러 모았고 승지들 모르게 회의를 열어 '조광조 무리들을 하옥하라는' 밀지를 내린다. 기묘사화는 경복궁의 북문인 신무문이 열리며 시작되었다며 북문지화라고도 불린다.

"이것 보면 모르겠는가." 하고 마시고 있던 술잔을 자기의 이마 높이로 올렸다. 처함은 대답하지 않았다. 형은 지금 술에 취한 그것으로 생각했다. 처겸이 말했다.

"동생의 눈에는 이것이 술잔으로 보일 테지. 그러나 내게는 간신(奸臣) 심정과 남곤으로 보인다… 이거야, 바로 이것이 동생과 나의 차이야. 동생이 찾는 세상의 이치(理致)는 안락(安樂)에 있고, 내가 찾는 이치는 이 술잔 속에 있어. 심정, 남곤 소주 급살." 그는 손에 들고 있는 술잔을 입에 털어 넣었다.

문고리를 잡고 있던 처함의 손이 흔들리면서 달그락 소리를 냈다.

심정, 남곤 소주 급살이라니…. 중종 정권 최고 실세에 소주를 빗댄 것도 참으로 위험한데, 거기에 급살을 붙이다니…. 이 말은 용서받을 수 없는 큰일 날 말이 아닌가. 처함은 꾹꾹 누르고 있던 말을 더는 참을 수 없어 뱉었다.

"형님, 지난번 사련의 말은 매우 좋지 못하니, 형님이 비록 들었다 하더라도 어찌 정상에게 말할 수 있습니까?"

"음, 내가 정상에게 말한 것이 아니고, 정상이 스스로 시산정에 들은 거라 했지만, 실은 그 말은 내 뜻이기도 하다."

"이 혁명이 성공한다면 모를까 실패한다면 곧 가문이 멸문지화를 당하는데도요?"

"안다. 나도 그것을 알기에 이리 고민하는 것이 아니냐." 하면서 주먹을 불끈 쥐었다.

처함은 형의 뜻이 확고하기에 더욱더 놀랐다. 몹시 두려웠다. 떨렸다. 그래 점심 먹고 가라는 말에 속이 안 좋다는 핑계를 대고 간신히 형님댁을 빠져나왔다. 어디로 가야 이 답답함을 풀까 고민, 고민하다가 형님 집 어귀에 있는 시산군 집으로 들어갔다. 그리고 정중히 인사를 드렸다.

시산군은 처함이 올 줄 이미 알았다는 듯이 빙그레 미소 지으며 "어서 오세요." 반갑게 맞이하며 술을 권했다.

그도 대낮부터 혼자 술잔을 기울이고 있었다.

꼿꼿했다. 비록 술을 마시고 있다고 해도 눈망울이 초롱초롱해서 차라리 외로운 등대, 누가 알아주건 안 알아주건 그저 묵묵히 빛을 쏘는 그 눈망울이 웬일인지 몹시도 아름다워 보이는 것이었다. 왜일까? 이것은 저 눈망울을 지배하는 영혼이 아름답기 때문일까? 이상한 일이었다. 조금 전까지 원망의 대상이 지금은 무서울 정도로 빛나는 그의 눈에서 아름다움을 느끼고 있는 것이니….

"빈 잔에요."

처함은 잔을 거꾸로 들어 보이며 웃었다. 그러자 그는 하하하! 하고 고소한 것 같은 웃음을 웃는 것이었다.

"인생, 어차피 빈 잔 아니던가요? 오해는 마십시오. 빈객(賓客) 앞에 문자를 쓰는 건 아니고 실은 내가 빈 잔이라는 말입니다… 그래도 밖에 나가면 대나무와 소나무 같은 사람들이 따라온다구요, 술인 줄 알고… 하하하, 빈객은 친구의 술이 된 적 있는가요?

"…"

"무슨 염치로 술을 달라고 한단 말인가. 군자는 술을 달라고 해서는 안 돼. 진실로 군자는 자신이 술이 되어야 하는 거야!" 진실로 불의를 미워하고 불의를 상생으로 만들기 위하여 전력투구, 고뇌하다 보면 저렇게 빛이 날 수밖에 없는 것인가. 결코, 몸이 좋은 편은 아니지만 시산군보다는 낡은 영혼을 가진 자신이 문득 부끄러웠다. 하지만 비웃는 듯한 그의 웃음소리가 귀에 거슬렸다.

"나리, 아까 저희 형님께서도 술을 들고 계시던데, 왜 두 분 다 대낮부터 왜 술을 드시는지 그 술 마시는 이유를 듣고 싶습니다."

"생각보다 빈객은 단편적이군요. 굳이 이유를 말하자면 이유는 없습니다. 이 복잡다단한 세상에서 나는 존재할 뿐입니다. 주어진 소명으로 말입니다… 그러니 이유가 있긴 있지요. 하지만 얘기해 준다고 빈객이 알 수 있을까요?"

처함은 자기를 너무 무시한 것 같아 자존심이 상했다.

"상당히 은유(隱喩)적이군요. 저도 나름대로 올곧게 살려고 몸부림쳐 왔습니다. 3년, 3년을 말입니다."

"무슨 말에는 때로 직설보다 은유가 훌륭할 때가 있지요. 적어도 은유는 직설보다 위험하지 않으며 죄악을 만들 수 있는 조건이 깃들어 있지 않기 때문입니다. 요사이 사림(士林)들이 죄도 없이 모함으로 벌을 받은 사람이 많아 씨가 마를 지경이고 그로 인해 나랏일이 날로 글러가는데, 빈객은 뭘 얻었나요? 3년이라면 긴 세월이지요. 빈객 형님(처겸)은 모친 3년 탈상(脫喪) 끝에 구국의 혁명 전사가 됐는데 빈객은 3년 몸부림 끝에 얻은 게 무엇인가요?"

처함을 쏘아보는 시산정의 눈에 화살이 세워지고 있었다. 처함은 말문이 막혔다. 뭐라고 대답할 것인가. 3년 동안 기를 쓰고 찾아 헤매었던 것의 정체는 과연 무엇이었을까. 아까 시산정 나리가 지적한 대로 안락(安樂), 그것뿐이었을까. 타는 목마름으로 청춘을 던져 끝내 만나고자 했던 것은 과연 나의 무엇일까?

처함은 집에 가는 길 어귀에 있는 개울로 갔다. 화끈거리는 얼굴에 시원한 냇물을 끼얹자 조금 정신이 들었다. 이번에는 머리를 냇물에 푹 집어넣다 꺼냈다. 그때였다. 마고자에 줄줄 스며들어 가슴을 흠뻑 적신 그것은 마치 집채만 한 파도가 난파선을 덮친 듯 선명한 자각(自覺), 아아 보이는 것은 널빤지 하나뿐이라도 그거라도 붙잡고 낮에는 갈매기를 따라가고, 밤에는 별을 따라 기어이 뭍, 꿈에 가고야 말겠다는 의식(儀式)이랄까. 하여튼, 그런 강렬한 느낌이 가슴에 박히는 것이어서 아예 냇물에 풍덩 뛰어들어 고개를 틀어 주위를 빙 둘러보았다.

그러나 반겨주는 이는 하나도 보이지 않았다. 무수한 갈대들이 총집합해 있는 야트막한 뚝 방 군데군데에 해바라기 현란하였고, 메뚜기 방아깨비가 누가 부르는 듯이 뛰어가고 있었으며, 건너편 감나무가 퍼부어 내리는 햇빛 아래 바람이 번쩍이는 이파리를 하나둘 떨어트리고 있는 가을 정오의 냇가는 적요했다.

처함이 다시 고개를 돌렸을 때 눈에 들어오는 것은 그러나 아버지 안당의 집이었다. 그리고 아버지 집이 보이니 문득 아버지 서재에 꽂혀 있던 자신의 선조, 세종 때 용비어천가를 지은 고은 안지(安止: 1377~1464 순흥 안 씨)의 시문집이 생각났다. 안지 선조는 고려 때인 1377년 김제에서 태종 때 문과에 급제하고 사헌부 감찰이 됐으며, 변계랑과 함께 태조실록 태종실록을 편찬하고 세종 때 집현전 대제학을 역임하고 이어 정당문학 검교 겸 세자사부빈객 승을 지냈으며 정인지 등 집현전 학자들과 용비어천가를 지었다. 안지 선조가 평소에 염려했던 것은 역사 기록을 고의로 무시하고 고치는 것과 어려운 한문 조선왕조실록을 자기 세력만 보고 숨기고 충신 가문을 역적으로 가르치는 것을 심히 분개하며 역사 바로 세우기에 노년을 바쳤던 선조였다. 그 선조의 유지가 대대로 이어져 내려왔는데, 그런 역사 바로 세우기 따위의 복고적인 것을 탐탁지 않게 여기던지라 애정이 배제된 형식일 뿐이었다.

그런데 오늘은 왠지 한번 다시 보고 싶어 후다닥 아버지 집으로 달려가 곧장 서재 그곳으로 들어갔다.

아, 하고 나는 신음을 삼켰다. 단지 역사일 뿐이라고 다가가 책을 펼친 순간 그것은 역사가 아니라 사람이었다. 그리고 천천히 책을 읽어 내려갈수록 그 사람은 다름 아니라 할아버지와 아버지 그리고 나였다.

그런데 마고자는 서서히 마르고 있는데 바짓가랑이는 여전히 축축했다. 그리고 따뜻한 공기 탓인가, 어깨가 축 늘어지더니 눈이 감겼다 떴다 했다. 그런데 저 멀리 무성하게 가지를 뻗은 느티나무 그늘에서 그 시문

집을 읽고 있는 또 한 사람이 더 있었는데, 반듯이 허리를 쭉 펴고 두 손을 모아 책을 읽은 자세로 보아, 그는 책을 읽다가 어느 구절에 멈춰 깊은 명상에 잠겨 있는 것 같았다. 그런 그는 마치 천 년 전부터 그 자리에 놓인 채 온갖 풍우(風雨)를 견딘 바위처럼 느껴질 정도였다.

그런데 돌아앉아 있어 얼굴이 안 보였다.

야릇한 전율을 느끼며 천천히 그에게로 다가갔다. 다가갈수록 어디서 많이 본 모습이었는데 얼굴은 안 보였다. 그가 누구인지 더욱더 궁금했다. 그리고 지금 보이는 것은 그의 뒷모습이지만 내가 이 세상에서 처음으로 대하게 되는 멋진 남자의 모습이었다. 그리고 남자도 여느 여자 못지않게 아름답고 더 멋질 수 있다는 것을 그때 처음으로 알게 되었다.

약간 야윈 듯한 그의 뒷모습은 논 한 가운데에 서 있는 허수아비처럼 홀로 들녘을 지키고 있어서 차라리 안쓰럽다기보다는 진흙 창에 좌정하고 있는 한 마리 학처럼 고고해 보였다.

그런데 그가 내 이름을 소리쳐 부르고 있었다. 시산군이었다. 그의 얼굴은 안 보여도 목소리는 그가 분명한데 이상하게도 감옥이었다. 참으로 편안해 보였다. 그때 간수가 다가와 그를 끌고 형장으로 가고 있었다. 그때에서야 그를 향해 막 울며 뛰어가는데 그가 멀리서 나를 위해 울지 말고 너 자신을 위해 울라고 했다. "네!" 하며 손이라도 한번 잡아보고 싶어 아무리 뛰어도 제자리였다.

악몽이었다. 온몸에서 물 같은 땀이 흐르고 있었다. 방문을 열었다. 시산군이 사는 하늘을 쳐다보니 구름 속에서 낮달이 짠! 나타났다.

'아, 시산군은 범인(凡人)이 아니구나. 꿈과 낮달에까지 보이다니 어쩌면 그는 실타래처럼 꼬인 이 난국을 풀어 줄 현자(賢者)인지도 모른다.'

그 이후, 시산군이 꿈에 자주 나타나 빈객 형님 '처겸'은 모친 3년 탈상(脫喪) 끝에 구국의 혁명 전사가 됐는데, "빈객은 3년 몸부림 끝에 얻은 게 무엇인가요?"라는 시산군의 말이 자꾸 떠올랐다. 그때마다 처함은 지

그시 눈을 감은 채 벽에 기대면 시산군이 또 나타나

“어떤가? 혁명! 한번 해볼 만한 대장부의 일이라고 생각지 않나? 자신의 나태함과 이기주의와 교만함의 혁명, 나로 인해 멀어진 이웃과 형제자매의 관계 회복의 혁명, 사회의 악과 부조리에 대한 혁명…. 어떤가? 남자로 태어나기 어렵고, 장부로 태어나기 어려우며, 혁명을 만나기는 더더욱 어려운 일인데, 군자의 길이란 마치 등불 같아서 스스로 불을 밝히기 전에는 백 년을 말해줘도 알 수 없는 게야. 진실이나 정의, 그리고 사랑은 끊어진 곳에서부터 시작하는 것이 바로 군자의 도(道)야. 세간(世間)의 돈벌이가 부를 축적하는 것이라면, 세간의 소통은 내게 있는 것을 나누면서 출발해야 하는 거지. 대장부 이 세상에 남길 것이라고는 덕(德)과 명예(名譽)밖에 없느니….” 그런 그의 소리가 자꾸 들렸다.

‘그렇지. 자신의 욕망과 감정과 욕심 따위를 의지로 눌러 이겨야, 대장부가 되고 종내에는 군자(君子)가 되는 거지…. 그런데 까닥하면 그게 기만이 되고 위선자가 되고, 이중인격자가 되어 아아, 영원히 구제받지 못할 잡놈으로 끝나게 되는 것은 아닌지…’ 도무지 마음이 잡히지 않았다. 괴롭고 답답할 만도 한데 태연자약하게 술을 마시던 시산군처럼 술을 마셔 보았다. 그러나 괴로움은 없어지지 않았고, 더욱더 가중될 뿐이었다.

시산군이 “빈객(賓客)은 친구의 술이 된 적이 있는가요?” 이 물음이 준 충격은 컸다. 어떤 힘 있는 사람이 필요했다. 어떤 지덕체(智德體)를 겸비한 사람이 나를 이끌어 줘야 했다. 처함은 비로소 자신이 얼마나 부족하고 나약한 존재인가를 깨닫게 되었다. 지독히도 외로웠다.

…마침내 처함은 결정을 내렸다. 시산군을 다시 만나기로, 시산군을 만나서 이 흔들림을 규명해 보기로 했다.

그런데 그때 중종에게 가장 총애받는 경빈 박 씨의 아버지 박수림(朴秀林)의 소실 김 씨의 동생 건필이 찾아왔다. 이런저런 얘기를 하던 중에 부친 안당과 형 처겸 그리고 시산군이 경빈 박 씨에게 찍혔으니 조심해야 할 거라고 했다. 건필! 그도 한때 시산군의 사랑방에서 시사(時事)를 논하던 자였고 또 처가 먼 친척이었기에 가깝게 지냈는데, 그가 갑자기 찾아와서 이런 소식과 함께 뜻밖에 말을 쏟아냈다.

"인심이 어그러지고 또한 분개하고 원망하는 사람이 많은데 자네도 이 일에 나서야 하지 않겠는가?"

"나 같이 부족한 사람이 어찌 그런 일을 할 수 있겠는가?"

"이 나라를 망치고 있는 자들을 물리치는데 어찌 상하(上下)에 구별이 있겠는가. 누구라도 구국의 일념으로 이 일에 참여하는 자가 충신·의사(義士)가 아니고 무엇이겠는가?"

그런데 그때 처함은 무엇보다도 시급한 것은 자신의 문제였다.

나의 존재는 시산군으로부터 잊히고 있었다.

"나리, 저를 잡아 주십시오. 저는 흔들리고 있습니다. 저를 잡아 주세요."

그러나 소리를 내어 말하지는 않고 속으로만 말했다. 시산군은 이런 내 마음을 알고 있어야 했다. 그리해야 잡아 줄 수 있었다. 몇 걸음 남은 사랑방 사이로 바람이 지나가고 있었다.

사랑방에는 이미 세 분이 들어있어 그 한쪽 귀퉁이에 앉아 인사를 했는데 받는 둥 마는 둥 하는 그 때문일까. 그날따라 찬바람이 거세어 문풍지가 가끔 푸푸 한숨을 쉬는 듯이 울었다.

손님들이 방을 나갔다. 시산군이 내 쪽으로 시선을 던졌다.

"빈객은 오늘은 무엇을 따지러 왔는가요?"

"아닙니다. 뭘 좀 여쭤보려고요."

시산군이 고개를 두어 번 끄덕였다.

"그래, 화두는 순일(純一)… 다른 것이 섞이지 않고 순수한가요?

"자꾸 흔들립니다… 나리."

"무엇이 그렇게 흔들리나요?"

"마음이… 흔들립니다."

"마음이 어디에 있는가요?"

"아직 정한 곳이 없습니다."

"뜻을 정해 살아야지요. 뜻을 정해 한 걸음 한 걸음 나가지 않으니까 흔들리는 거지요. 뜻을 정해 가는데 외롭다거나 너무 험하다고 한다면 그것보다 더 부끄러운 일이 없느니 이제부터라도 뜻을 정해 그 한길로 쭉 가시기 바랍니다."

"네, 감사합니다."

그 이후 처함은 형 처겸이 하는 일을 잘 알지 못했지만, 적극적으로 따랐다. 그러자 비복(婢僕)들이 여기저기에서 수군거리기를 필시 저 형제는 한칼에 죽을 거라는 말을 들었어도 한번 마음먹은 이 대의(大義)를 저버릴 수 없었다.

그 이후 처겸과 권전이 잡혀 형장 신문을 받는다.

송사련이 바친 처겸의 글씨로 된 '인명건기(人名件記)'를 들이대고 처겸에게 "이게 모반의 결정적인 증거인데 이래도 시치미 뗄 거요?"

그러자 처겸이 "그 인명건기 안에 들어있는 이름들 바로 정상(鄭瑺) 윤세영(尹世英) 등등의 43인은 계(契)를 만들려고 쓰거나 자(字)를 기억하려고 쓰거나 그의 현명함을 듣고 써두거나 한 것이고, 또 김철견(金哲堅) 순이(順伊) 등등의 60인은 어머니의 분묘(墳墓) 곁에 살면서 불을 금지하고 도벌을 금단하는 사람들인데, 잊지 않고 술대접을 하려고 쓴 것입니다." 했다.

"거짓말하지 말아라. 우리가 그리 허술한 줄 아느냐? 사련이 이미 그들 몇몇을 잘 알아 뒷조사를 했는데 절대로 그런 일이 없었다고 했으니, 어서 자백해라." 다그치며 고신(拷訊)을 해도 자복하지 않았다. 안형과 권전을 형장 심문하여도 역시 자복하지 않았다.

송사련(宋祀連)의 공초(供招: 조선 때 죄인이 범죄사실을 고백하는 일) 그 조서 안에는 '그 역모를 아름다운 일이라고 하며 서로서로 격려하기까지 했다고 하는 그 공초를 들이대며 윽박질렀으나, 그들은 모두 다 거사하기로 공모했다는 것을 자복하지 않았다. 그럴수록 고문이 세졌다.

권전은 비명을 지르면서 악몽이라도 쫓는 듯이 손을 미간에다 대고 지그시 눌렀다. 호흡도 거칠었다. 지친 모양이었다. 처겸 역시 천장을 올려다보며 기도하듯이 읊조렸다. "암, 사련의 무고(誣告)는 언제인가는 들통이 날 거야. 우리는 아직도 임금의 명철과 성총(聖聰)을 믿으니… 암, 주상은 반드시 내리실 거네."

권전이 입을 열었다. "그리될 것입니다. 그러나 그 전에 나는 시산정의 충절(忠節)을 잊지 않을 것이야. 한데 처겸, 시산정이 혁명을 부르짖었으나, 정작 그 방법은 인의(人義)이어야 한다고 해서 우리가 왜 이런 고초를 당하는가?"

"권전, 이 사람아. 자네는 잡생각이 너무 많은 사람이네." 처겸은 그에게 시선을 옮기면서 말을 이었다. "여보게 권전, 우리 사림(士林)이 고민해야 할 것은 한 가지일 뿐일세. 나도 이제 깨쳤는데, 그것은 죽음이라는 것이야(죽음은 선비의 휴식이자 모든 고뇌의 끝). 나는 끝까지 내 절개를 굽히지 않도록 기도나 해야겠네."

10월 15일

임금이, 팔도의 관찰사와 개성부 유수(開城府留守)에게 "중한 죄를 범하고 도망한 전 시산정 이정숙이 숨어있을 만한 시골집이나 깊은 산골의 사찰들을 수색하여 기어코 잡도록 하되, 수색하여 잡는 방법과 계획을 적어 방을 써 붙여라! 그리고 잡은 사람에게는 어떠한 상을 줄 것인가도 기록하여 보내니 경(卿)들은 잘 알아서 시행하도록 하여라."

10

고맙습니다

고맙습니다

고맙습니다
꽃밭에 지렁이가 꽃 밑에서 꽃의 가려운 데를
살살 긁어주고 있습니다
뽑아도 뽑아도 다시 올라오는 잡초들 사이에서
꽃 밑 꽉 막힌 물줄기까지 뚫어주고 있습니다
아, 나도 그대의 꽃밭에 지렁이고 싶습니다
이 세상 모두가 꽃이 되고 싶어 안달하는데
나는 저 땅속 어두컴컴한 데서 아무 말 없이
꽃의 가려운 데를 긁어주고 있는 지렁이처럼
나도 그대의 힘이 되는 사람이 되고 싶습니다
무슨 일을 만나도 힘내라고 나는 그대 편이라고
그대 이마에 땀 씻겨주는 사람이 되고 싶습니다
아아, 이런 기쁨을 준 그대가 참 고맙습니다
그대가 멀리 있어도 그대만 생각하면 힘이 나니
그대가 고맙습니다, 참 고맙습니다.

시산군은 중종 16년(1521년) 10월 15일 자수하는데, 그 4일 전 11일에, 명월이 병 요양차 내려간 명월의 고향 매안이 '구터(남원시 사매면 관풍리 관촌마을)'로 가고 있었다.

그가 명월이 고향 계룡산 아래 구터, 관촌마을에 가기로 작정한 까닭은 명월을 보고 싶은 것도 있지만 또 다른 이유가 있었다. 그것은 얼마 남았을지도 모르는 자신의 생을 반추해 보면서, 남은 생을 거기 가면 편안하게 정리할 수 있을 것 같은 그 은밀한 희망 때문이었다. 그리고 오랜 숙제인 '한 사람의 사후 업적은 무엇 무엇에 의해 결정되는가?' 그것도 왠지 거기 가면 정리할 수 있을 것 같았기 때문이다. 그리고 마침 명월이 상단의 행수도 만났기에 그의 도움이면 구터가 아무리 멀어도 명월을 한 번 만날 수 있을 것 같았다.

시산군은, 그동안 머물고 있던 암자를 떠나 명월의 행수 안내를 따라 나섰다. 그에게 명월에게 데려다 달라는 말은 아직 못했지만, 그를 따라가면 명월을 금방 만날 것만 같아 그 뒤를 바짝 좇고 있었다. 아래로 아래로 내려갈 때마다 숲에 가려졌던 아랫마을이 보이기 시작했다. 머리 위로 안개가 잔뜩 끼어 있는데도 불구하고 발걸음을 뗄 때마다 마을은 더욱 선명해졌다.

그렇다. 우리가 아무리 우겨 쌓여도 언젠가는 환해지듯이 진실은 언젠가는 드러나게 마련이다. 그런데 어제 암자에서 보았던 인천 바다는 이젠 보이지 않았다.

그렇다. 한동안 성공만 계속하다 보면 갑자기 만(灣)으로 내리 깎인 까마득한 노대 위를 거닐었던 날들을 잊기 쉽다. 어디 그뿐이랴. 먼 해변으로 펼쳐지면서 다투어 높이를 자랑하던 산협(山峽)도 어찌나 가파르고 험한지 햇빛도 그사이로는 비집고 들어오지 못할 것 같았다. 하지만 때가 되어 응달에도 해가 들고 또 휘파람 소리를 내며 불어오는 바람을 맞노라면, 영원한 위험도 강자도 없는 것이다.

그러고 보면 내 사후에 날 평가할 때의 그 덕목, 그 업적, 첫째는 정직이고 둘째는 겸손이고 셋째는 예의(禮儀)가 아닐까?

그런데 산에서 내려오다가 김오리가 쭈르르 미끄러졌다. 다행히 얼굴과 손을 좀 할퀴어 안심했는데 발을 삐끗했나 절 뚝, 절뚝거리기 시작했다. 갈 길이 먼데 큰일이었다. 그래도 어찌하겠나 내려가야지 시산군과 행수가 옆에서 붙잡고 부축해 내려오는데 걸을수록 통증이 심한가 끙끙 앓는다. 그렇게 한참을 내려와 쉬면서 그의 발을 보니 발목 움푹 들어간 데가 복숭아뼈가 보이지 않도록 부어오르고 있었다. 그래, 스님이 발목에 좀 넓은 나무를 대 지지하고 허리띠를 풀어 둘둘 감아놓고 거기에 쓸 접골목(接骨木) 약초를 찾아 나섰다.

"접골목 효능은 무엇인가요?"

"접골목은 인동과이며 생약명으로, 속명으로는 딱총나무. 말오줌나무. 말오줌대나무인데, 효능은 뼈가 부러지거나 금이 갔을 때 타박상으로 멍들고 통증이 심할 때 손발을 뼜을 때 등등에 달여 마시고 달인 물로 목욕하면 효과가 더욱 좋습니다. 그러니까, 천연 약초 가운데서 통증을 가장 빨리 멎게 하는 것이 이 나무라 할 수 있죠. 그리고 접골목은 소변을 잘나가게 하고 또 관절염, 디스크, 요통, 신경통, 통풍, 부종, 소변이 잘 안 나올 때, 신장병, 신경쇠약, 입안에 생긴 염증, 인후염, 산후 빈혈, 황달 등에도 두루 신통하다고 할 만큼 빠른 효력을 발휘합니다. 잎이나 잔가지 줄기 30g을 진하게 달여 하루 3번 나누어 마시면 좋습니다." 하니, 모두 다 놀라며 접골목의 생김새를 설명해 달라고 했다.

"그 나무는, 산골짜기 물기가 약간 있는 곳에 분포하며 4월경에 연한 황록색의 꽃이 핍니다. 6~7월경에는 구슬 모양의 빨간색 열매가 맺으며 3미터쯤 자라는 잎 지는 나무입니다."라고 했다.

"다른 약초도 여기 많을 것 같아요?"

"네, 여기 있는지는 잘 모르지만, 저는 괭이밥 뿌리로는 유행 감기를 치료하고 무궁화 뿌리를 달여 만든 고약으로 피부병을 고칩니다. 범꼬리풀 뿌리를 짓이겨 뽑아낸 즙은 설사와 부인병에 효험이 있습니다. 뿐만이 아닙니다. 후추는 특효 소화제고요, 머위는 기침을 가라앉힙니다. 그러니까 접골목을 찾으실 때 소화제로 좋은 용담이나 감초도 있나, 잘 찾아보시기를 바랍니다."

"정말 약초가 다양하군요. 그런데 약초가 아닌 식용 식물도 많이 있을 것 같습니다만…."

"네, 많죠. 그 얘기는 나중에 하기로 하고 우선 접골목 찾으러 갑시다."

그래 그들은 흩어져 시산군이나 행수는 한참을 헤맸어도 한참을 헤맸어도 못 찾았는데, 스님만 접골목 한 보자기 하고 괭이밥 뿌리 몇을 찾아 캐 왔다.

그렇게 헤매다 보니, 배가 고파 버섯이라도 따서 허기를 면해보려고 하는데 주위가 온통 안개여서 산협이 바다로 열렸는데도 불구하고 인천은 볼 수 없었다.

스님은 시산군 일행이 마을까지 내려올 때까지 따라와서 보살폈다. 그리고 아까 직설적으로 말한 게 조금 미안했는지 지금부터 해야 할 일을 일깨워 주었다.

그러나 성균관 학유 김오리는 암자를 내려오는 내내 힘들어했다. 그리고 그 접골목나무가 효능이 있겠는가? 어서 빨리 내려가 침을 맞아야 할 텐데 하면서 불평했다.

그리고 스님과 행수와 시산군이 그를 위해 산을 헤매며 그 나무를 찾아왔지만, 그는 그리 달가워하지도 않고 또 수고했다는 말도 없었다.

한 사람의 성격은 어려울 때 드러난다. 그는 열렬한 유학(儒學)의 추종

자였으나 그의 말투나 태도에서 일종의 편협한 사고방식 같은 것이 묻어났다. 말하자면 권력 구조에서는 치밀한 사람이었으나, 정작 주위의 인간관계는 거만하기가 여우 같고 음흉하기가 두더지 같았다.

그는 부친으로부터 물려받은 재산이 어마어마한데도 욕심이 떼놈 같고 또 상대의 질문이 마음에 들지 않으면 슬그머니 그 자리를 빠져나와 버리면서 그 모임 자체를 무시하는 동시에 그 질문자를 무안하게 만드는 재주도 있었다.

그런 그를 생각하면 한 대 쥐어패고 싶지만 어쩌겠나, 그래도 같이 걸어가야 할 동행인데. 그래 우리가 평소에 가져야 할 덕목 넷째는 신의(信義)이다.

앞에서도 김오리의 이야기를 조금 한 바 있다. 물론 남들에게서 들은 이야기도 있다. 실제로는 김오리를 한 번도 본 적이 없으면서도 역시 들은 이야기를 나에게 전해 준 사람도 적지 않을 것이다. 그러나 그때 나는 명월의 사랑방에서 함께 세상사를 논할 때부터 그가 신진사료들의 모임 곧 '백암' 회장인 것을 잘 알고 있었다.

그래, 그는 원칙적으로 조광조 다음으로 사림파를 이을 적법한 후계자인 동시에 실제로 으뜸가는 성리학 해석자이기도 했다. 때문에, 그는 사림파의 실세 조광조 같은 전임자와도 도덕과 지혜를 겨루지 않으면 안 되었다. 그는 안으로는 정관을 실천해야 했고, 밖으로는 백암 재정을 반석 위에 올려놓지 않으면 안 되었다. 게다가 원로들과 신입회원들이 하나가 될 수 있도록 하는 일도 그의 몫이었기 때문에, 비록 부친이 그 백암을 시작할 때 금전적으로 많이 이바지했어도 더 겸손해야 했다.

그런데 독자 여러분, 그는 말예요. 갈수록 태산이라 제 애비 욕만 먹이고 있는데 그래도 품고 가야 할까요? 아니면 유령 취급할까요?

어쨌든 시산군은 명월에게 동안의 고마움과 감사에 인사를 전하고 싶었다. 그리고 할 수만 있다면, 명월이 병을 대신 앓아주고 싶었다. 그러나 그의 고향, '구터'를 숨긴 데 대한 서운한 생각은 쉽사리 지워지지 않을 것 같았다. 그래서 어떻게든지 해서 그 속사정을 명월이에게 속 시원히 듣고 싶었다. 어쩌면 역모의 수배자라는 것을 잊고 싶거나 혹은 마지막 정을 나누고 싶은 것인지도 몰랐다. 그러나, 그 앞날은 시산군 자신도 모르는 일이었다.

시산군 일행은, 북한산에서 내려오자 날이 저물어 그 산 아래 스님의 신도 집에서 하룻밤 쉬어가기로 했다.

그 집은 초가삼간 집인데 전망이 꽤 좋은 외딴곳에 있었다. 드넓은 부지에 수수 대로 담 시늉만 내는 수수 대 대문을 들어서면 커다란 은행나무가 우뚝 섰다. 적어도 수령 백 년은 된다고 했다. 땅 위에 솟은 뿌리에 서서 위를 올려다보면 초록 이파리가 하늘을 가려 버렸다.

집주인의 안내로 수숫대가 은행나무를 우회하듯 빙 돌았다가 곧장 사랑채로 들어갔다. 창문이 단 하나인 사랑방으로 창고를 개조한 감옥 또는 감옥을 개조한 창고 같은 인상을 주었지만. 그러나 결코 불결하거나 어두운 느낌은 아니었다, 위로 열리는 창문을 열어 받히면 부엉이 우는 소리가 들려온다. 그러나 창호지는 햇볕에 바래 단풍색이다.

여장을 푼 후, 스님은 곧장 부엌으로 가 접골목을 깨끗이 씻어 1시간 동안 푹 끓이기 시작했다. 그리고 한참 후 정성스럽게 끌인 접골목을 김오리에게 주자, 그는 그 쓴 것을 단숨에 들이마셨다.

시산군과 김오리는 방에 눕자마자 깊은 잠에 빠졌다.

몇 시간이 지났을까. 누군가 몹시 방문을 두드리는 소리에 시산군은 소스라쳐 눈을 떴다.

'이 밤중에 누굴까?'

이부자리 속에서 숨을 죽인 채, 시산군과 김오리는 신경을 귀로 가져

갔다. 또다시 몹시 방문이 울렸다. 온 집 안의 문이란 문은 모두 울리고 있었다. 사람이 아니었다. 바람이었다. 바람과 더불어 오래 살았으면서도 시산군은 바람을 잊고 있었다. 바람은 시산군이 잠에서 어서 빨리 깨어나기를 바라고 있었던 듯했다.

바람이 점점 거세졌다. 곧이어 비가 마구 쏟아졌다. 태풍이었다. 나무들이 성내어 울부짖고 있었다. 소용돌이치는 파도와 같은 울부짖음이었다. 그 끝없는 공포는 사라지지는 않고 있었다. 태풍을 틈타서 포졸들이 침입하고 있는 것 같은 불안감이 있었다. 방문이 끽끽 소리를 내고 있었다. 금세, 방문을 열고 험상궂은 포졸들이 들이닥칠 것만 같았다.

자꾸 방문이 흔들렸다. 덩달아 책상도 흔들렸다. 책들이 내동댕이쳤다. 그러나 시산군은 태풍보다도 사람이 무서웠다. 지금 누군가 집에 숨어있는 것으로만 느껴졌다. 우지끈 쫙 쫙 나뭇가지가 찢겨 나가는 소리가 났다. 그 소리 바람에 몰려 사라졌는가 했더니, 또다시 방문이 몹시 흔들렸다. 시산군도 어둠의 공포에 견딜 수가 없어졌다. 조심조심 손을 뻗쳐서 머리맡의 호롱에 불을 켰다. 그때, 어둠을 칼로 베는 듯한 날카로운 빛이 시산군의 손에 번쩍 비쳤다. 번개였다. 다시금 깊은 어둠의 세계로 되돌아오자 방 안이 한층 더 어두워졌다.

오랫동안 정적만이 흘렀다. 시산군과 김오리는 아무도 입을 열지 않았다. 그렇게 뜬눈으로 밤을 지새우는 동안 시산군은 김오리가 그렇게 겁을 집어먹은 모습을 본 적이 없다. 그는 늘 무모할 정도로 자신만만하고 활기가 넘치는 사람이었다.

"구터, 거길 찾아간다지만 명월이를 만날 거란 보장은 없지 않습니까?" 한참 만에 시산군이 입을 열었다.

"명월의 성품에 대해서는 내가 잘 알아, 그의 뜻이 아니면 저 행수도 여기 나타나지 않았을 거야."

김오리가 땅이 꺼지라고 한숨을 내쉬었다. 시산군은 곤혹스러웠다.

졸지에 쫓기는 신세지만 잠깐이나마 쉬면서 신변 정리를 할 곳을 찾았지만, 김오리의 안전까지 걱정하게 될 줄은 꿈에도 몰랐다.

그리고 그동안 조금 이상하다고 생각했던 것이 기우가 아니었음을 확인하게 되었다. 김오리의 감정 기복이 너무 심했다. 그래, 가다가 어떤 돌출행동을 할지 몰라서, 불안감이 물밀듯 밀려왔다.

희망이란 문밖의 바람인가? 그런 가운데에도 명월은 항상, 어둠과 빛에 은밀하게 뒤섞여 있다. 그래서 잡히는 것은 아무것도 없고, 희망뿐이었지만, 그래도 모든 것이 기쁘고 설　ㄹ네ㅆ다.

이튿날, 부스스한 얼굴로 일어났다. 오랜만에 아무 생각 없이 잘 잤다. 양다리를 쭉 뻗고, 낡은 창호지 사이로 비치는 햇빛을 바라보며 시산군은 홀가분한 듯이 숨을 내쉬었다.

김오리도 어젯밤 스님이 정성스럽게 달여 준 접골목 그 약 덕분인지는 잘 모르겠으나, 걸을 만한가? 방을 왔다갔다 했다. 덩달아 시산군 기분도 아주 홀가분했다.

그리고 그는 거상 명월에 관해 생각하기 시작하였다. 그런데 그는 대방 대신 명월이라고 불러 달라고 했는데, 왜인지 대방 같기도 하고 또 여선비로밖에 생각할 수가 없었다. 그래, 대방님! 그렇게 불렀다가 그녀에게 싫은 소리를 들었으므로, 그 뒤에 명 선비! 하고 불렀더니 그녀는 씽긋 웃었다. 어쨌든 그는 그녀의 귀여운 모습을 보아버린 것이다.

언젠가 쓰개치마를 확 둘러쓰고 돌아선 그녀의 매혹적인 자태를 그는 잘 알고 있었다.

그녀는 시산군이 그토록 심혈을 기울여 전파하는 유학과 중용의 추종자이며 후원자로서 이제는 시산군의 일이라면 발 벗고 나섰다.

문득, 그녀의 나이를 다시 한번 꼽아 보았는데, 아무래도 서른 위로는 생각되지 않았다. 그렇다면 아주 상큼한 이야기였다. 그야말로 한참 피어나는 꽃봉오리 아닌가. 그는 곧 몸에 썩 잘 어울리고 또 나이보다 젊어 보이는 옷을 입은 매력투성이인 그녀의 모습을 마음속에 그렸다. 그러자 전율이 팍 일었다. 또 얼마나 덕스럽고 사리 판단이 정연하고 아름다운가! 그런 그녀를 그리니, 어서 빨리 만나고 싶다는 생각이 들었다. 그녀에게 동안 고마웠다는 말이라도 전할 것을 생각하니, 자꾸 더 보고 싶어 빨리 가고 싶었다. 이것이 사랑이라는 걸까?

그녀와 얼굴을 맞댈 시간을 조금이라도 줄이기 위하여 그는 되도록 빨리 옷을 갈아입었다. 이윽고 아침을 먹을 때도 그의 마음은 구터에 가 있었다.

"많이 드십시오."

어제 간 줄로만 알았던 행수가 건너편에서 조용히 속삭였다. 시산군과 김오리는 그를 바라보고 자기도 모르게 안도의 숨을 내쉬었다. 그는 창을 등지고 있었는데, 매우 든든하게 보였다. 조금 전까지 구터를 어떻게 찾아갈 것인지 몹시 걱정했는데, 한시름 내려놓게 되었다.

그런데 영감님이 차려주신 산나물 반찬에 구수한 된장찌개에 밥 한 그릇을 뚝딱 아주 잘 먹었는데, 스님이 안 보여 여기저기 찾던 중 부엌문을 열어보니, 스님과 그 집주인 영감님이 보였다. 어젯밤에 그 영감님 혼자만 계셔서 이상했는데 여전히 할머니는 안 보이시고 그 두 분이 부부처럼 또 접골목을 정성스럽게 끓이시며 서서 누룽지를 발우 공양하듯이 깨끗이 비우고 있었다. 아니 그럼 쌀이 없어서? 그런 생각을 하니, 미안함과 감사함이 물밀듯이 밀려왔다.

그래 시산군은 가지고 있던 엽전 2냥과 두루마기를 안 받겠다고 극구 사양하는 영감님께 간신히 벗어주고 나오자 행수가

"나리, 전주 거쳐 남원까지 가는 상단 마차가 있는데, 짐꾼으로라도 따라가겠습니까?" 했다.

시산군은 아주 고맙고 신이 났지만, 그 고마움이 달아날까 싶어 작은

목소리로

“네, 그렇게 해주시면 저야 정말 감사하지요.” 하니, 김오리가

“저도 짐꾼이든지 노비든지 뭐라도 괜찮으니 전주까지만 같이 가게 해주세요.” 그러면서, 그는 소매를 걷어 올리고 힘 자랑을 했다.

“전주에 아는 분이 있나요?” 시산군이 물었다.

“네, 당숙이 거기 삽니다.”

“네….”

시산군은 고개를 끄떡이며, 제발 김오리가 조용히 그리고 묵묵히 가주기를 빌었다,

김오리는 스님이 정성스럽게 끓여준 접골목을 또 한 사발 쭉 들이켰다. 그리고 그제야 스님께 그는 감사 인사를 했다.

스님의 도움과 안내로 무사히 북한산에서 내려온 뒤 시산군과 그 일행은 도부꾼으로 변장해 간신히 숭례문을 빠져나와서, 수원에서 바라본 하늘은 참으로 높고 푸르렀다.

그러나 얼마 못 가 경사진 언덕 위, 소나무 사이로 나 있는 좁은 진흙 길이 나왔다. 언덕을 오르기에는 너무 더운 날씨였으나 냇가를 따라 온갖 나무와 풀들이 빽빽이 널려 있는 것이 좋았다. 정파 이익에 쫓겨 가는 시산군은 곧바로 정쟁(政爭)을 벗어난 듯한 기분이었다. 드문드문 농가가 있었고 들판에는 벌써 벼들이 누렇게 익은 벼들을 수확하는 농부들이 보였으며 언덕배기에는 검은색에 한시도 입을 다물지 못하고 음매, 음매, 염소 떼를 돌보는 어린아이가 보였다. 그 위로 참새들이 자유롭게 날아다니면서 조잘조잘 노래를 부르고 있었다.

가을볕은 밤이며 대추 사과 배 위에서 한껏 제 기운을 자랑하니, 방아깨비가 툭 튀어나와 고개를 연신 끄덕 끄덕인다. 그때 바람이라고 가만히 있을 수 있냐는 듯이 시나브로 가지와 가지 사이를 헤집고 들을 넘

어 앞으로 자꾸 가고 있었는데, 어쭈, 고추잠자리만이 제자리를 맴돌고 있었다.

늦은 밤에야 천안에 도착하여 짐을 부리고, 싣고, 객주에 들어 허기진 배를 채웠다. 그러나 곳곳에 시산군과 김오리의 얼굴이 그려진 방이 현상금과 함께 붙어 있었다. 그래, 허둥지둥 마차로 돌아와 짐 속에 누우니, 귀뚜라미 우는 소리가 더욱 구슬펐다.

어느새 그렇게 하루가 쏜살같이 지나갔다. 그 이튿날도 매일 밤 주먹밥으로 식사가 끝난 뒤, 마차 짐 속으로 들어갈 때마다 김오리는 아, 또 하루가 지났군요. 하고 말했지만, 시산군은 명월이 생각에 그런 말도 귀에 들어오지 않았다.

이틀 만에 마침내 전주가 보이기 시작하자, 김오리는 짐 속에서 나와 하얀 바지저고리에 검은 두루마기를 입고 창백하고 힘없는 얼굴로 이 마차 주인이라도 되듯이, 전주 첫 번째 객주 앞에 내려달라고 했다. 시산군은 잠자코 있었다. 이런 경우에 무슨 말을 해야 할지 몰랐기 때문이다. 게다가 서운한 말을 했다가 그가 큰 소리로 떠들면 어쩌나, 그것이 무엇보다도 두려웠다. 마지막 인사는 이미 어젯밤 짐 속에서 했다. 이로써 단둘이 마주 볼 기회가 없어졌다고 생각하니, 그는 오히려 홀가분했다. 그러나 한편으로 염려가 됐다.

김오리는 명월이 시산군을 위해 별채에 마련해 준 사랑방 모임의 유생 대표이었다. 그 사랑방에 주로 참석한 이들은 갓 출사한 사림(士林)들이나 정치에 뜻있는 유생들이 한 달에 두 번 15~20명 정도 그 별채 대청에서 모였다.

강의는 시산군과 외부 강사가 번갈아 했는데, 명월은 그곳에 하인 여럿을 두어 강의가 끝날 즈음 꼭 다과와 더불어 술상을 내와 자연스럽게 사회 정치 경제를 주제로 토론이 이어졌다.

명월은 또 거기에 출입하는 가난한 선비들도 돕고 경조사도 챙기라고 큰돈을 그에게 줬지만, 그는 자신의 친분에 따라 돕고 경조사 때도 제 마음대로 했다. 그게 들통나 동료들이 지적하면 그것은 다른 사람이 추천해 그런 그것이라고 했다. 어려운 동료 선배를 살피는 정도는 다른 사람에게 맡겨도 즐겁게 했을 것이다. 하지만 그는 그렇게 하지 않았다.

한 모임의 대표는 여러 가지 일을 한다. 의무적으로 하는 게 아니라 소명(召命)으로 한다. 그러므로 한 모임의 발전은 자발적으로 하냐 억지로 하느냐에 따라 그 모임의 분위기도 다르고 성과도 다르다. 그러므로 한 모임의 리더는 그의 의식(儀式) 수준만큼 그 모임을 이끈다.

그런데 나는 그 모임에 어떠한 공헌을 한 것일까? 요컨대 나는 그 모임에 참석함으로써 그 모임을 힘을 보탠 것이다. 그게 끝인가? 아닐 거다. 우리의 모임, 이 공동체는 아직도 내가 온 힘과 정성으로 가꾸어야 할 어린나무이기에 시시때때로 진드기가 꾀어들고 있어 약도 치고 거름도 주고 또 물도 주어야 한다. 그러나 그는 내팽개쳤다. 아마 그것이 그 나름의 그 나무를 키우는 방식이었을 것이다. 그렇지 않으면 내가 잘못 본 것이고, 그는 그 일을 억지로 하는 것인지도 모른다.

김오리는 여러 방면에 능했는데, 무엇보다 주자학(朱子學)에 뛰어난 성균관 3명 중 한 명이었다. 그는 조정(朝廷)에 어느 정도 알려진 인물이었지만, 열여덟 살에 이미 성균관 학유가 된 그 이후로는 출셋길이 내리막길이라는 인상이 드는 그런 인물이기도 했다. 그는 부친에게 물려받은 기와집이 다섯째나 되는 엄청난 부자였다. 그러나 큰 당숙이 혼자 어렵게 살다가 지병으로 죽었어도 부의(賻儀)를 안 했다가 그 사실을 안 모친이 등 떠밀어서 서푼인가 한 냥인가 한 그가, 왜 그 작은 당숙네를 찾아왔는지 나는 모른다. 그는 벌써 그가 당숙에게 한 행동을 벌써 잊었을까?

서늘한 바람이 끝없이 부는 저녁, 그는 전주 초입, 객주 앞에서 내려 물어 물어서 작은 당숙네를 찾아갔다. 작은 당숙네 집은 생각보다 훨씬 큰 집이라 놀랐다. 더 놀란 것은 대문 앞에 '성덕(盛德)의원'이라고 적힌 간판이었다.

'아니 그럼 작은 당숙이 한의원?'

안내하는 사람을 따라 진료실에 들어선 거실에는 금강산 한 폭포가 흘러내리는 산수화가 걸려 있었는데 어찌나 섬세하고 수려하게 그렸는지 풍덩 뛰어들고 싶을 정도로 아름다웠다. 대기하고 있는 사람이 다섯 명이나 되어 한참을 기다린 끝에 진료실에 들어갔다.

작은 당숙은 낙골 시절과는 달라져 있었다. 몹시 친절해 보이는 입술과 정중한 예의, 하얀 은발을 지닌 할아버지가 되어있었다. 인자하게 빛나는 두 눈이 그의 얼굴에서 두드러졌는데, 그 때문에 지금의 모든 것을 다 이해한다는 인상을 주었다. 한마디로 말해서 무슨 병이든지 다 고칠 힘을 지닌 사람처럼 보였다.

부드러우면서도 톤이 낮은 잔잔한 목소리가 편안하다는 느낌을 더해주었다. 그의 목소리에는 심지어 자기가 좋아하지 않는 사람조차 윗사람 대하듯 정중한 태도가 깃들어 있었다. 그런 까닭에 낙골 시절에는 그를 깔보는 사람들도 있었다.

그는 나이 차이가 있었지만 그를 늘 성균관 학유로 대접해 주듯이 그도 자기를 늘 당숙으로 대접해 주길 바랐다.

그들은 진료실을 나와 뜰을 거닐면서 잠시 담소를 나눴다.

"이 먼 데를 어찌 왔는가?" 그는 주위를 열심히 살피며 말했다.

"네, 좀 쉬러 왔습니다."

"아니 한창 일할 나이인데 왜?" 자꾸 묻자 그는 그제야 조정의 권력 다툼에 연관되어 쫓기고 있다고 하며 "며칠 만이라도 쉬어갈 수 없을까요?" 했다.

"아, 그런가? 푹 쉬어가게 일전에 우리 큰형님 상 당했을 때 자네가 부의(賻儀) 서푼인가 한 냥인가 한 것도 있으니 한 며칠 푹 쉬어가게." 했다.

김오리는 안절부절 연신 허리를 굽히며 그것은 다 하인이 한 일이라고 하니까, 주위 사람들이 무슨 일인가 하고 자꾸 몰려들었다.

그 모습을 지켜보고 있던 시산군은 위험을 직감하고 서둘러 그 자리를 떴다.

시산군은 그를 그렇게 내려주고, 곧장 남원으로 달려가는 도중 내내 그가 마음에 걸렸다.

그래도 그 할아버지는 그에 당숙이니 지난날에 그가 당숙에게 조금 뭘 잘못해 마음이 많이 상했어도, 그가 이 어려운 처지를 잘 설명하면 혈육이니 잘 거두어 주리리라 믿고, '오수'에 들어서니 그날따라 장날인지 온 거리가 시끌벅적했다.

포목전 앞을 지날 때, 짐 속에서 빠끔히 내다보니, 어느 할머니가 손녀 머리에 동백기름을 바른 다음 참빗으로 곱게 빗고 있었는데, 그 윤기 자르르한 머리칼이 바람에 흔들릴 때 문득 명월의 얼굴이 떠올랐다. 우시장 거리로 접어드는데 또 갑자기 비가 내렸다. 그러나 부지런한 사람들은 송아지를 사서 떠나고, 늙수그레한 몇이 객주에서 막걸리를 들이켜고 있었다. 그러나 이 비도 늦어도 내일 아침에는 그칠 것이라는 온 삭신의 노곤노곤한 뉴스를 들으면서. 시산군이 행수에게 "행수님의 길은 무엇인가요?" 물으니 한마디로

"희망이죠." 했다.

그렇다. 길? 그것은 나의 목적이다. 그리고 내 양심이다. 그래, 1519년 그 시대에 조선의 유학자로 산다는 것은 권력의 암투 그 중심에 서 있

는 것과 흡사했다. 요컨대 명예를 택할 것인가? 권력에 아부하면서 안락을 택할 것인가? 그 시대가 그 둘 중의 하나를 선택하라고 강요하고 있었다.

그때, 그의 동생 벽계도정(벽계수)는 일찍이 어떤 신분에 속하건, 사람은 언제나 무슨 일이건 간에 어떤 선택을 해야 한다고 했다.

벽계수는 스스로 절조(節操)가 굳다고 말하면서, 자신은 황진이에게 유혹을 절대로 당하지 않을 뿐만이 아니라 그를 쫓아버릴 수 있다고 호언장담했다. 이 얘기를 들은 황진이가 벽계수를 유인해 오도록 했다. 황진이의 부탁을 받은 사람이 과거에서 낙방하고 집으로 돌아가는 선비 차림으로 벽계수에 가서, 구걸하면서 그의 말벗이 되었다.

"어디 사는 뉘시오?"

"네, 개성 송악(松嶽) 사는 김고리입니다."

"아, 그러면 여기가 고향이시구려…."

"네."

"그럼, 고향, 송악의 가을 경치를 좀 들려주시오."

그러자 그는 유창한 언변으로 송악의 가을 경치를 얘기하니, 벽계수는 흥취를 못 이기어 그에게 같이 구경할 것을 재의했다. 그러자 그는 벽계수를 유인해 일부러 저녁에 달이 뜬 다음 경치 좋은 곳으로 인도했다. 벽계수가 경치에 마음이 끌려 있는데, 마침 황진이가 나귀를 몰고 나타나 고삐를 잡은 채 노래 불렀다.

青山裏碧溪水(청산리벽계수) 청산 속 맑은 물아

莫誇移移去(막과이이거) 쉽게 흘러감을 자랑마라

一到滄海不復還(일도창해부복환) 한번 푸른 바다에 가면 돌아오지 못하노라.

明月滿空山(명월만공산) 밝은 달빛 빈 산에 가득하니
暫休沮去伊若何(잠휴저거이약하) 잠시 쉬었다 가면 어떠하리오

청산리(靑山裏) 벽계수(碧溪水)야 수이 감을 자랑마라
일도창해(一到滄海)하면 다시 돌아오기 어려우니
명월이 만공산(滿空山)하니 쉬어간들 엇더하리

황진이가 이렇게 읊었는데, 명월은 황진이 호였다. 황진이의 노랫소리를 들은 벽계수는 그 노래에 취해 자신도 모르게 나귀에서 떨어졌다. 그것을 본 황진이가 왜 나를 쫓아버리지 못하느냐고 비꼬니, 벽계수는 크게 부끄러워했는데….

이 노래의 초장의 '청산'은 영원히 변함없는 자연을 나타내며, '벽계수'는 순간순간 쉬지 않고 변해가는 인간의 삶을 뜻한다.

바로, 한번 늙어 이 세상을 떠나면 다시 어쩔 수 없으니, 잠사라도 영원을 간직하는 마음으로 살아가자는 내용이다.

그리고 '벽계수'는 맑은 시냇물과 왕족인 벽계수를, 그리고 '명월'은 밝은 달과 황진이 자신을 의미하는 중의법이다.

그 당시, 황진이는 자존심도 강하여 당시 10년 동안 수도에 정진하여 생불(生佛)이라 불리던 천마산 지족암의 지족선사(知足禪師)를 유혹하여 파계시키고 또 당대의 대학자 서경덕을 유혹한 용모가 출중하며 뛰어난 총명과 민감한 예술적 재능을 겸비했지만, 시산군은 어쩌지 못했다.

그 당시, 시산군은 정말 '난득호도(難得糊塗)의 고수'였기 때문이다. '난득호도'는 총명해지는 것도 어렵지만 총명한 사람이 어리석어 보이는 건 더 어렵다는 뜻의 고사성어인데, 그 당시 시산군의 혁명은 유학(儒學)을

전면에 내세웠지만, 그 가슴 깊이를 가늠할 수 없는 개혁을 감춰 두고 있었던 것이었다. 지금 권력을 잡은 훈구파의 학정(虐政)을 도저히 두고만 볼 수 없다는 시대적 사명이 있었던 것이었다.

그는, 왜 이때 갑자기 아우 벽계수가 생각나고 또 황진이의 시조(時調)가 생각났는지는 잘 모르겠지만, 그는 벽계수와 명월을 생각할수록 우리가 태어난 시대마다, 시대적 소명이 있는 만큼, 내 시대를 제대로 살려면 오욕(五慾)에 빠지지 말아야 한다는 것이었다. 그리고 우리 사이가 믿을 만한 사람이 되는가는, 자신의 삶 속에 지조와 의리가 있느냐 없느냐에 달려있었다.

매안리에 들어서자 행수는 구터 가는 길을 알려주고 곧바로 남원으로 갔다.

법 없이도 사는 구터(관촌마을) 마을엔 착하고 순하기 이룰 데 없는 이십여 세대가 옹기종기 모여 사는 작은 마을이었으나 만석꾼이 있을 정도로 매안리 일대에서는 이름난 곳이었다.

그러나 시산군이 구터에 도착해 명월이를 찾았지만 없었다. 그런데 한 노인이 얼마 전에 저 만석꾼집에 어느 귀부인이 찾아왔는데 혹시 그분일지도 모르니 거기로 가보라고 했다.

그래, 그 집 앞에 당도해 문을 두드리고 있었는데 갑자기 뒤에서 건장한 사람 몇이 나타나 다짜고짜 붙잡으려고 할 때 마침 그 집 하인들이 나타나서 문을 열어주어 쏙 들어간 후 난 이 집 아씨를 찾아왔는데 저 사람들은 불한당 같으니 얼른 문을 닫으라고 했다.

그 불한당 같은 놈들은 마구 문을 두드리며 어서 문을 열라고 고래고래 소리를 질렀다. 그들은 누굴까? 혹시 포졸? 시산군은 몹시 불안했다.

그래 그 집 하인에게 명월의 이야기 하니, 명월은 모르고 얼마 전에 아씨 한 분이 오셨는데, 지금 옆 동네 매안이(여의터) 마을 정기 씨네 집에 갔다고 했다. 그러면서 저 불한당들은 자기들이 적당히 빼돌릴 테니 어서 거기로 가보라고 뒷문으로 안내했다.

구터서 여의터로 가려면 구불구불한 들길을 지나 낮은 고개 하나를 넘어야 했는데, 이 고개를 사람들은 여시재라 불렀다. 이 고개는 나지막해도 누구라도 할 것 없이 모두 여시가 확 나타날까 봐 헛기침을 한두 번은 꼭 해야 만이 고개를 넘을 수 있기에 기침 고개라고도 했다.

그런 이 고개는 늘씬한 처녀 허리처럼 잘록해 보였는데, 그것은 그 고개를 가운데 두고 우뚝 솟은 계룡산이 있기 때문이다. 그 산은 지리산 북쪽으로 덕유산을 이루고, 남쪽으로 만행산 줄기에서 다시 맺은 산인데, 봉우리가 2개로 되어 있어 은근히 형제간 우애의 뜻을 암시하기도 했다.

구터 마을 쪽에 솟아 있는 봉우리는 마치 어머니 젖가슴 같은 흐름새로 솟아 있기도 했는데, 그 기슭 아래 만석꾼의 스무 칸 기와집이 있고, 그 백 미터 옆에는 그분의 수중 별장이 있고, 그 별장 가운데는 여인네의 가장 은밀한 속치마 같은 누각이 있는데, 그 누각을 연결하는 다리가 어딘지 모르게 암팡진 데가 있어, 누구나 한번 건너가고 싶었으나 함부로 열어주지 않아서, 그 다리를 자유롭게 건널 수 있는 것은 그 주위를 지키던 벚꽃이파리뿐이었다.

여의터 쪽에 있는 봉우리 밑에는, 무제라는 큰 바위가 있었고 그 바위 밑으로 5m 높이의 석천 폭포가 있는데, 비가 오지 않으면 이곳에서 기우제를 지내면 반드시 3일 이내 비가 내렸다고도 한다.

시산군이 막상 여의터에 왔지만, 명월이가 마실 온 정기 씨 집 찾기가 쉽지 않았다. 그래 한참을 헤매다가 꼴을 지게에 잔뜩 짊어진 총각의 안내로 명월이가 거처하고 있다는 정기 씨 집에 도착했을 때는 저물녘이었다. 그 총각이 가르쳐 준 그 집 대문 앞에 서서 주인을 찾자 동자치(부엌일 하는)인 듯한 늙수그레한 아낙 한 사람이 물 묻은 손을 앞치마에 훔치며 나와서 문을 열어주었다.

"어느 댁에서 오신 뉘시라고 여쭐까요?" 그 아낙이 시산군을 바라보며 물었다.

"서울에 사는 시산이라는 사람이 찾아왔다구 하시오."

아낙은 놀라는 빛이 완연했다. 그러나 내색 없이 들어갔다. 다시 나와서 들어오시란다고 문 앞을 틔워 주었다. 아낙의 안내로 툇마루 앞에서 헛기침하자, 버선발로 명월이가 뛰어나와 시산군의 손을 덥석 잡으면서

"아이고 나리, 이 먼 곳을 어떻게 찾아오셨나요?"

"팔도를 유람하다가 나도 모르게 여기까지 왔네~ 요"라고 말끝을 흐리며 얼버무렸다.

"누추하지만 들어오세요."

시산군이 방 안으로 들어오자 앉아있던 한 중년이 앉은 채로 자리를 옆으로 당겨 시산군 앉을 자리를 내주었다. 방이 매우 협착했다. 시산군을 포함해서 방안에 든 사람이 모두 셋인데 온방이 그들먹하였다. 시산군이 걱정스러운 표정으로 좌중을 둘러보며 말했다.

"혹시 이분이 정기 씨인가요?"

"네. 남원 사또도 함부로 못 하는 남원에서 가장 영향력 있는 유지예요."라고 명월이가 말했다.

그리고 정기 아재는 이 윗집에 살며 이 집도 그분 것인데 그녀가 자기 집처럼 잠시 쓰고 있다고 했다.

"네." 시산군은 황급히 일어나 그에게 정중히 인사를 하고 명월이에게 물었다.

"행수에게 듣기로는 몸이 불편해서 요양차 이곳으로 내려갔다고 하던

데….”

그러자 명월은 잠시 멈칫하며 시산군의 똑바로 시선을 한동안 마주 보다가 슬쩍 말머리를 돌렸다.

“…차차 말씀드리겠습니다. 그건 그렇고 별고 없으시지요?”

명월이가 마치 친근한 사이처럼 말하였다. 시산군도 빙그레 웃으며 받았다.

“말이 자꾸 수렁에 빠지는구려. 지나가던 새들이 들었으면 건지러 오겠소. 그리고 그 새들도 수렁에 빠지면 그 말은 죽소.”

시산군으로서는 드문 재담이었다. 그만큼 그는 이 방문(訪問)이 가져올 결과에 대해서 걱정하고 있었다.

“아이고 나리, 이 집엔 수렁은 없으니 그런 걱정은 하지 마시고 제 방으로 가시지요.” 했다.

안방을 나와 정제 옆에 있는 명월이 방은 적막에 잠겨 마치 폐허 같은 느낌이었다. 침구 옆에서 우두커니 서 있는 등잔에 불을 켰다. 어렴풋이 음식 냄새가 풍겼다. 청국장 냄새였다.

시산군이 정제 쪽으로 난 문을 자꾸 바라보는 것을 본 명월이가 호롱에 불을 켠 후 냉큼 정제로 내려가 늦은 저녁상을 차려왔다.

“시장하시겠어요. 찬은 별로지만 천천히 많이 드세요.”

“아이고, 진수성찬이네요. 고맙습니다” 하고 바라본 소반엔 하얀 쌀밥이 고봉으로 윤기 자르르 흐르고 있었고, 그 옆에는 구수한 냄새가 솔솔 피어오르는 청국장이 있고, 그 앞에는 배추김치 파김치 옆에 콩장이 있고, 그 옆에 보리굴비가 떡 버티고 서서 군침을 돌게 하고 있었다. 비록 오두막이었지만 이런 시골에선 상상도 못 할 밥상이었다. 거상은 뭔가 달라도 달랐다. 오랜만에 허기진 배를 꽉 채우고 나니 졸음이 몰려와서 방문을 여니, 살짝 한 귀퉁이가 닳아버린 듯한 반달이 눈앞에 떠올랐다. 오른편에는 안방 불빛이, 왼편에는 크고 작은 마을 집들의 불빛이 보였다. 문을 닫자. 어디선가 강아지 우는 소리와 귀뚜라미 우는 소리가 뒤섞인 애절한 울음이 마치 연기처럼 부옇게 굴뚝 위로 떠 올랐다.

명월이가 저녁을 다 먹은 소반을 들고 정제로 나간 문에서 반딧불이 희미하게 빛났다. 그러나 그 빛은 너무나 약하고 그 색깔은 너무도 엷었다. 그러나 명월이를 만난 지 꽤 오래됐지만, 그는 아주 밝고 선명했다. 그래서 그리움이란 늘 선명하게 타오르는 듯한 빛을 내는 것이라 여겼다. 언제 마지막으로 명월이를 봤는지 생각해 보았다. 대체 어디였을까, 그곳은? 그러나 그때 풍경은 떠올릴 수 있었다. 그러나 장소와 시간은 알 수 없었다.

한참 후, 그 동자치가 숭늉을 들고 방문을 여는 소리가 들렸다. 그리고 그 문 위로 헤아릴 수 없이 많은 반딧불이가 날았다. 숭늉 앞에 앉은 명월이를 보자 시산군은 만감이 교차했다. 무슨 말부터 해야 할지 몰라 그는 눈을 감고 잠시 그 복잡한 어둠에 잠겼다.

긴 침묵을 깨려는 듯이 갑자기 부엉이가 부엉부엉 울었다. 그제야 시산군은 그녀에게 고개를 슬쩍 돌려 눈을 맞췄다. 그러자 그녀가 "잠깐 함께 걷지 않겠어요?" 하고 그녀는 우물쭈물하며 고개를 돌렸다. 유난히 맑고 검은 눈, 넓은 이마, 그리고 숱 많은 머리가 윤기 있게 빛났다. 커다란 엉덩이, 큰 유방이 달빛에 출렁였다. 그런데 결혼은 왜 안 할까? 그게 자꾸 궁금한데, 그런데 그녀의 말은 단순하고 명쾌하고 지적이어서 조정 관료 느낌마저 들었다. 그리고 큰 상단을 이끌며 시산군의 유학과 중용을 전적으로 후원할 뿐만이 아니라, 전파하는 데 앞장서서 그런지 묘하게 동료 선비 같은 느낌이 들기도 했다. 아무튼, 두 사람은 함께 오두막을 나왔다.

길은 조용했다. 두 사람은 거의 입을 열지 않았다. 그렇게 두 사람은 잠자코 걷고 있어도 별로 심심하거나 따분하지는 않았다. 말 따위는 필요 없었다. 이웃집 울타리 감나무 있는 데서 나직이 고양이 우는 소리가 들렸다. 자세히 보니, 어둠 속에 고양이 그림자가 둘이 어렴풋이 보였다. 그들은 서로 몸을 꼭 붙인 채 두 사람이 지나가도 꼼짝도 하지 않았다. 그것을 본 명월이가 말문을 열었다.

"집 놔두고 밖에서 왜 그러고 있을까요?"

"노숙해도 둘이 있으니 아주 행복해 보여요."

"저 고양이들도 우리를 연인이라고 생각했을까요?"

"무슨 일이든 진지하게 생각하는 성격인 것 같아요."

"네. 아마도 그 탓에 사람들이 저를 좀 어려워하는 것 같아요."

"네."

"그렇지만 저는 나리와 얘기하는 건 좋아요. 아시는 것도 많고 또 젊잖아서요."

시산군은 연신 고개를 끄떡이며. 그녀가 속에 있는 말을 다 할 수 있도록 도왔다.

"그런데 가족들은 어디 갔나요?" 그 물음에 그녀는 한참 천장을 쳐다보다가 자신의 발을 한참을 쳐다보다가 말문을 열었다.

"어머니는 제가 2살 때 저를 데리고, 지금의 아버지에게 후처로 들어오셨는데, 오라버니가 장에 갔다가 사 오신 생선, 병어조림을 드신 후 원인 모를 병으로 시름시름 앓다가 1년 만에 돌아가셨대요."

"그 넓적하고 눈이 작은 병어… 참 맛난데… 그 만난 걸 드시고 왜…?"

"전 그때 어려서 잘 몰랐는데 훗날 그 동네 어르신에게 들은 얘기에요."

"오라버니나 동생들은?"

"의붓오라버니가 한 분 있는데 올케는 상처(喪妻)했어요."

그녀는 또다시 멍하니 천장을 쳐다보다가 또 자신의 팔을 한참을 내려다보았다. 두 눈에서 눈물이 주르르 흘러내렸다. 시산군은 명월을 다시 쳐다보았다. 그리고 낮은 목소리로 이것저것 더 묻기 시작했다.

"부친은 어떤 분이셨나요?"

"새 아버지요.?"

"네."

"아버지는 매안이에서 내로라하는 부자이셨지만 늘 겸손했고 늘 가난하고 어려운 이웃을 내 몸같이 돌보셨는데, 우리는 엄히 키우셨어요. 그래 아버지에게는 누구도 '아니요'라는 말을 하지 못할 만큼 아버지는 우리 집의 왕이어서 아버지의 말은 절대적이었어요. 그런 아버지가 자신의 피가 하나도 안 섞인 저를 끔찍이 아끼면서 어머니가 돌아가시자마자 저를 친딸로 입적도 시켜주고 또 늘 곁에 끼고 살았어요. 그런데 그때부터 저를 오라버니가 미워하고 못살게 괴롭히기 시작했어요."

"굉장히 힘들었겠어요?"

"네, 처음엔 오라버니도 저를 많이 예뻐하며 많이 챙겨주었는데··· 어머니가 돌아가신 후부터 아버지가 옆에 없을 때면··· 밥도 못 먹게 하고 심지어 때리기도 했어요."

그는 그녀의 말을 들을수록 안타깝다 못해 분노가 치밀어 올랐지만, 그보다 더 그녀의 다음 〈이야기〉가 더 궁금해졌다. 그런데 겨우 세 살 때 일을 기억할까? 그런저런 우울한 맘으로 그녀를 다시 바라보니 기분이 좋아졌다. 날씬한 몸매에 비해 가슴이 컸고, 부잣집 아씨처럼 꼿꼿한 자세가 더욱 두드러졌다. 그녀는 동네 어귀를 지난 다음 달빛에 걸려 있는 느티나무 쪽으로 앞장서 걸어갔다. 희끄무레한 넓은 바위를 발견하고 그녀는

"좀 쉬어갈까요?"

시산군은 아무 말 없이 고개를 끄덕이며, 몹시 궁금한 표정으로 명월을 바라보았다. 다소곳이 바위에 걸터앉은 그녀의 모습은 청초했으나 어

딘가 슬픈 구석이 있었다. 그때 들고양이 둘이 후다닥 지나갔다. 놀란 그녀가 그 틈을 놓치지 않고 시산군 쪽으로 몸을 기울였다.

"제 그 이후 얘기가 궁금하시죠?"

"네."

"제가 기생이 된 얘기인데요, 들어보실래요?"

"실은 아까부터 몹시 궁금했어요."

"근데 말이에요, 오라버니가 원래는 나쁜 사람이 아니었는데 기루(妓樓)에 출입이 잦은 후 달라졌어요. 사흘이 멀다고 거기서 아침부터 저녁까지 먹고 잤으니 결국 그게 전부 돈이니…"

"오라버니와의 관계가 더 나빠졌었을 것 같아요?"

"네 맞아요. 그때 설상가상으로 아버지는 중풍으로 누워 계셨는데도 오라버니는 계속 기루에 출입했어요."

"그런데 아주 어릴 적 얘기일 텐데 기억하네요?."

"네, 기억나는 것도 있고 또 여기에 와서 동네 어르신에게 들었는데, 오라버니가 부친의 유산을 독차지하기 위해서 제가 세 살 때 남원 기생집에 팔아버리고, 부친에게는 남원 장에 가서 잃어버렸다고 했대요. 그 뒤에 부친은 저를 찾기 위해서라면 무슨 일이라도 마다하지 않았대요. 그리고 저를 찾지 못하면 유산을 오라버니에게 물려주지 않고 가까운 친척들에게 나눠주겠다고 공공연히 협박했대요."

"그 모든 것을 언제 알았나요?"

"저는 남원에서 김 참봉 영감님을 만나 정읍에서 성장했죠. 또 나리도 잘 알다시피 거기서 김 참봉 영감님이 물려주신 기루(妓樓)에서 돈을 좀 모아, 장사에 뛰어들었는데 그 정읍을 떠나기 전에 어렴풋이 기억나는 고향을 찾아가서 아까 그 어르신을 만나 알았지요."

"그럼. 그때 부친과 오라버니도 만났겠네요?"

"아니요. 부친은 매안리 부자 중의 부자이었지만 늘 겸손했고 늘 가난한 이들을 외면하지 않고 구제해 명성이 자자했대요. 그런데 하나뿐인 아들이 이상한 친구 꾐에 기루에 출입하다가 그곳 어느 기생하고 눈이 맞아 덜컥 사내 하나를 낳았대요."

"그래, 어떻게 되었나요?"

"그 어르신에게 들은 얘기인데 올케는 그 여자를 집에 한 걸음도 들이지 못하게 해서 조카는 유모 손에 컸대요."

"그런데 그 올케는 왜 그렇게 일찍 죽었나요?"

"속병으로 돌아가셨대요… 아마도 저희 오라버니가 속을 썩인 탓이겠지요."

"그럼 부친과 오라버니는 언제 만났나요?"

"그 어르신을 만난 이후, 어렴풋이 집안 사정을 조금 알았지만 당장 부친에게 달려가서 내가 당신이 그렇게 찾던 딸이요. 하기에는 겁도 나고 또 들은 이야기가 사실인지도 명확하지도 않아서 일단 좀 지켜보기로 마음을 먹고, 그 어르신에게 얼마간의 돈을 쥐여주며 무슨 일이 있으면 우리가 거래하는 남원 포목 집으로 연락해 달라고 하고 서울로 돌아왔는데, 약 한 달 후 저희 행수가 남원에서 급한 서찰이 왔다고 해서 읽어보니, 오라버니가 오수 장에 갔다 오다가 풍천마을과 구터 중간 후미진 골목에서 우마차에 치여 많이 다쳤다는 소식을 듣고 부랴부랴 이틀 만에 도착했는데, 오라버니는 다친 그날 바로 죽어 친척들이 그 이튿날 장례를 치렀다고 하더라고요. 그리고 부친은 치매에다가 중풍을 앓고 있어 저를 기억했다, 못 했다 오락가락하고요."

"그래서 어떻게 하셨나요?"

"조카를 찾아 나섰지요. 그리고 제 몫의 유산은 종중이나 어려운 사람에게 기증하려고 이 지역의 유지 중의 유지이신 정기 아재에게 의논하는 중이었어요." 할 때 두 눈에서 눈물이 주르르 흘러내렸다.

애처로운 명월의 가족사(家族史)를 들은 일행은 점점 슬퍼졌으며, 어떻게든 명월을 돕고 싶었던 시산군은 결국 크게 낙심하고 말았다.

참으로 측은하고 안타까워도 지금 당장 뭐 해줄 게 없어 그는 얼른 손수건을 명월에게 건넸다. 그런데 사고로 죽은 그 오라버니를 이틀 만에 장례를 치른 그 친척들이 고맙게 보이기는커녕 왜 이리 모두 야박하단 말인가! 오후에라도 장례를 차렸으면 명월이 그 한(恨)과 그 눈물을 그의 마지막 가는 길에 뿌려주었을 텐데, 아침 일찍 장례를 치러 그의 가는 길 배웅도 못 하게 한 그의 친척들이 못내 야속했다.

허우대는 멀쩡한데 욕심 때문에 아주 편협한 삼식이, 예의 예(禮) 자를 뒷간에 두고 가난한 친척 업신여기기 일쑤인 한심이, 꼬투리가 달린 땅콩 같은 두식이, 자의식도 없고 앞뒤 꽉 막힌 막식이, 이제 나이 70이 넘었으니 명예를 위해 살라고 했더니 되레 핀잔을 주었던 무식이, 정직하지만 구경만 하는 구식이…

그런데도 묵묵히 물레방앗간 물레 같은 정기 씨 행실이 제일 맘에 든다고 그는 생각했다.

그러고 보면 사람은 제 행실에 따라 존귀에 처하기도 하고 비천에 처하기도 한다. 그 행실의 시작은 자신의 관심에서부터 이루어지는데, 자기 뿌리에 관심이 없다면! 이것이야말로 쌍놈 중의 쌍놈이 아닐까?

아무튼, 작금의 문제(선조를 기리는)에 생기를 불어넣어 주는 이들은 어디에 있는가? 어렵고 힘든 일이지만 서로 격려하며 그 짐을 나누어지려고 하는 이들은 어디에 있는가? 있다. 있어 지금도 이름도 없고 명예도 없는 머슴처럼 일하는 그들은, 종사(宗嗣)에 늘 앞장서서 애쓴단 말이야.' 또 그들은 겸손하며 그것으로 인해 생기는 짐도 기꺼이 졌다. 그 점이 그가 힘을 내야 하는 이유였다. 그때 그는 명월이 가리키는 반딧불에 이끌려 그녀 곁으로 갔다. 그녀는 또 시산군을 보며 나머지 얘기를 더 했다.

"조카를 그 어르신이 2년 전에 기생집에서 봤다는데 그 후엔 아무도 몰라요. 죽었는지 살았는지도요."

"몇 살인데요?"

"열네 살이에요."

"그런데 그 나이에 벌써 기생 집에 출입해요?"

"유전이죠. 지아비가 한량이니 지아비 닮았겠죠. 그러니 세상사(世上事) 다 뿌린 대로 거두고 또 뿌린 대로 돌아오는 거죠."

뿌린 대로 거둔다는 말에 시산군은 한숨을 내쉬었다. 그 말의 뜻을 알지만, 겸연쩍어 그냥 고개만 끄덕였더니, 명월이는 그것을 정말로 이해했냐는 듯이 그를 힐끗 쳐다보며 다시 말을 이었다.

"우리 조카, 말도 안 되는 이야기지만, 지아비가 사흘이 멀다고 기생집을 드나드니까. 아예 기루(妓樓)를 경영하고 싶다면서 거기로 갔대요. 그런데 그렇게 된 결정적인 것은 오라버니가 병들은 부친은 돌보지 않으면서 기루 출입만 일삼아, 집안에 음률이 그치지 않았대요. 어디 그뿐인가요. 건달 자객과 벗 삼아 늘 낭자하게 술자리나 벌여 만석꾼의 재산을 거의 거덜 냈는데, 조금 남은 재산을 저 혼자 가로채려고 제가 세 살 때 기생집에 팔아버린 거예요. 지금 그 벌 받은 거예요. 정말로."

시산군은 고개를 끄덕일 수도 없고 해서 입만 딱 벌리고 명월이를 바라보았다.

"오라버니는 재물에 눈이 멀어 인륜(人倫)을 저버리더니 결국 비명횡사(非命橫死)했고요. 자식까지 행방불명인 거예요."

"안타깝네요."

"그런데 더 걱정인 게 하나 더 있어요."

"먼데요?"

"마을 그 어르신이 그러시는데, 저희 아버님이 작고하시면 그 많은 재산이 모두 친척들에게 돌아간다는 거예요."

"임자도 있잖아요?"

"저요? 아직 확인은 안 해 봤지만, 저는 의붓딸이고 아주 어릴 적에 집을 떠났기에 아직 호적에 남아있는지도 모르겠고요. 그리고 또 오라버니 죽음이 저와 연관성이 있지 않을까 하는 얘기가 온 동네에 퍼져 있다는 거예요."

그 저녁에는 많은 일이 일어났다. 참으로 묘한 날이었다. 명월의 부친과 오라버니의 이야기도 들었고, 명월의 과거도 그럭저럭 들었다. 그런데 아까 그렇게 다정하게 보였던 그 고양이들이 다투었는지, 그 둘 중 한 마리는 눈 씻고 보아도 안 보이고 그 한 마리만이 방문 앞에 우두커니 쪼그려 앉아있었다. 그리고 그는 가끔 구슬프게 울었다.

"언젠가 나리께서 제게 하신 말을 기억하세요?"

"글쎄요. 하도 말을 많이 해서…."

"지난 일이지만 어쩌면 나리께서도 저를 좋아하고 있는 건 아닐까? 하는 생각이 문득문득 들었어요. 그리고 우리 사이에는 뭔가 통하는 게 아주 많았죠. 그러나 우리는 이제껏 아무것도 변한 게 없지요.

그러나 나리를 향한 내 마음은 계곡을 떠난 물처럼 험한 산새를 뚫고 강하게 내 가슴 속으로 한꺼번에 밀려 들어오고 있었어요. 그리하여 내 가슴은 그 봇물로 자그마한 물레방아를 만들었어요. 내 가슴이 만든 물레방아. 그래요, 맞아요. 나는 내 가슴이 만든 물레방아에서 곡식을 빻는 대신 아아, 공연히도 빻아버리고 싶은 아아, 나의 운명, 그 슬픔, 그 공허, 나로서도 어쩌지 못하는 그 참담함을 찧고 있어요. 아시겠어요? 오늘도 내 가슴속 물레방아는 돌아갑니다. 마구 돌아갑니다. 그리하여 무얼 만드느냐고요? 아니요. 저는 뭘 만드는 게 아니고 부수고 있어요. 우리 사이에 가로놓인 운명(運命)을요."

11

계룡산

계룡산

鷄龍山高萬丈橫 계룡산 높은 봉우리 가로누웠고
明月埜骨月色正分明 명월얼굴엔 달이 아주 밝게 빛나네!
多么精心侍奉父亲 얼마나 부친을 정성으로 봉양했나?
窓外唯餘一水聲 창밖에는 오직 물소리만 들리네!

시산군은 명월의 부친을 생각하니, 기가 막혔다. 그토록 보고 싶은 딸을 찾았으나 이미 몸은 병들어 오늘내일하고 또 하나밖에 없는 손자는 행방불명이고 그런데 더 기막힌 것은 그 많은 재산을 친척들이 호시탐탐 노리고 있다고 하니, 명월의 지극한 간호로 하루빨리 쾌차하시기를 빌며 걷고 걷는데, 그렇게 쭉 가다가는 길을 잃을지도 모르겠다는 생각이 문득 드는데 길을 막아서지는 않았지만, 나뭇가지들이 뻗쳐 얼굴에 부딪힐 것만 같아서 갑자기 걸음을 멈추었다. 그 나무는 싸움터에 나가는 장수처럼 우락부락해 보였으며 세상에 단 한 그루밖에 없는 나무 같았다. 그림자가 넓게 드리워져 있었으며 빽빽이 들어선 나뭇잎 사이로 간간이 달빛이 새어 나왔다. 나무는 제2의 생명을 잉태한 듯 서서히 허물을 벗기 시작했다.

그 둘은 한참을 달빛에 풀벌레 울음소리로 걷다가 시산군이 명월에 말문을 열었다.

“전주에서 내린 김오리는 어떻게 되었을까요? 그리고 어제 구터에서 만난 불한당인지 관군인지 하는 그들은 지금 어디에 있을까요? 그리고 나의 일평생 꿈인 유학 전파는 어디쯤 와 있는 걸까요?”

“저는 나리께서 지금 어떻게 사는 것도 중요하지만 무엇을 남길 것인가? 그 일에 매진하고 있다고 봅니다.“

”네, 어떻게 그리 제 마음을 아세요?“

삶은 총체적이기에 나의 존재론적인 의미인 ‘현재’라는 것은, 지리적으로나 상황적으로 내가 지금 처해 있는 바로 그 상황을 의미한다. 그래, 시산군은 지금 의금부 나졸들에게 쫓기는 그 상황들이 마지막으로 명월이를 한번 만나보고 싶은 그 ‘마음’을 격하시키는 것을 용납할 수 없었다. 그리고 명월이 도움으로 죄어오는 칼끝을 잠시 조금이라도 미룰 수 있다면, 명월의 속 깊은 정과 사랑 하나로 명월 옆에서 동안의 강론을 집대성(集大成)해 남기고 싶었다.

어쨌든 그가 명월이를 찾아간 건 마지막 꿈이었다. 그리고 명월을 둘러싸고 있는 모든 갈등과 분열을 알고 난 후부터는, 그 상처를 가만히 보듬어주는 사람이 되고 싶었다.

그래, 동안 틈틈이 메모해 두었던 글을 다시 정리하기 시작하면서 알게 된 건데, 맏이가 가문 대대로 내려오는 전통과 형제 우애를 저버리면 맏이의 축복이 차자에게 돌아가고, 나중 된 자가 먼저 되는 일도 있었다. 어찌 그뿐이더냐. 꿈이 없기에 현실에 안주하는 사람이 있는가 하면, 어른 구실도 못 하면서 어른 대접만 받으려다가 흔적도 없이 죽은 사람이 많았다.

그러니 자식들을 꽃망울같이 키워, 그들이 요즘 별처럼 잘나가는 사람이 되었다 한들 가훈(家訓)도 가규(家規)도 없어, 제멋대로 살다가 풀과 같고 바람같이 사라지는 사람이 너무 많았다.

그러니 명문가(名門家)를 이룬 율곡(栗谷) 이이의 말마따나 이 세상의 소박한 희생(성공을 위해 뒷산에 밤나무 만 그루를 혼자의 힘으로 심은)은 얼마나 고귀한 것인가.

그러니 부모가 그 자식에 전수한 진실과 성실과 예(禮)의 향기(家風)가 얼마나 진한가에 따라서 자식들이 존귀에 처할 수도 있고 비천에 처할 수도 있다.

그러니 우리의 존재를 어떻게 지킬 것인가? 우리의 존재를 무조건 내세우려고 하거나 어떤 일들은 자신의 존재보다 낮은 일이라고 말함으로써 자신의 우월성을 들어내려고 하면은 안된다. 군자(君子)의 영광, 존엄성, 위엄 등은 그의 생활과 사역 위에는 나타나는 자신의 가치관(價値觀)의 능력에 의하여 유지되는 것이기 때문이다. 그러기에 그 사람의 평가는 그의 인의(人義)와 덕(德)에서 그의 위치가 정해진다.

시산군은 명월이를 따라 동네 한 바퀴를 돈 뒤 다시 정기 씨의 집으로 돌아가고 있었는데, 좁고 긴 골목 어둠 속에서 갑자기 명월이 상단 행수가 헐레벌떡 막 뛰어오면서 "저 좀 구해 주세요!" 하면서 푹 쓰러졌다. 그 순간 명월이가 뛰어가 행수를 부축했다. 그러자 그는 명월의 목을 꽉 껴안고 삼베옷에 풀 먹인 것처럼 달라붙어 흐느끼면서 이상한 소리를 지껄이고 있었다. 명월은 그가 아무 데도 다친 곳이 없다는 것을 재빨리 확인한 그녀는 그가 왠지 위험에 처해 있다는 생각에 눈물이 솟구쳤다.

"행수님. 행수님. 천천히 말씀하세요. 행수님이 하는 말을 하나도 못 알아듣겠어요." 시산군이 그를 다독이며 안정시키자. 행수는 조금 뒤로

물러나서 젖은 눈을 두 손으로 비비면서

"처음 본 놈들인데 구터에서부터 계속 따라왔어요!"

명월도 그를 진정시키려고 무진 애를 썼으나 그는 눈을 크게 뜨고 팔을 휘저으며 쉴 새 없이 말을 쏟아냈다.

"그 망할 놈들이 절 계속 따라와서 한 골목에 숨어서 기다리다가 이단 옆차기로 그놈 둘을 넘어뜨린 후 막 뛰어왔어요"

그때의 기억이 되살아나는지 그는 몸을 크게 부르르 떨었다. 그리고 숨을 크게 쉰 후,

"이번에 내려온 전주 관찰사가 우리 상단 전주지점이 세금을 포탈했다고 거래장부와 점장을 잡아갔어요." 했다. 그리고 아무래도 이것은 대방님께 알려야 할 것 같아서 급히 구터에 도착해 대방님을 찾을 때 대방님 집 주변을 어슬렁거리는 건장한 두 사람이 있어 참으로 이상했는데 대방님 계신 곳이 여의터라는 것을 안 후 이곳으로 넘어오는데, 그 두 사람이 계속 따라오는 거예요!"

그는 명월의 품에 안긴 것이 부끄러웠던지 팔을 마구 휘저으며 훌쩍이고 있었다. 명월은 허공에서 노는 그의 손을 가만히 잡고 등을 두드려주었다.

"이제 안심해도 돼요."

명월은 계속해서 그를 안심시켰다.

"우리가 옆에 있으니까 이제 괜찮아요. 아무도 행수님을 해칠 수 없어요." 하며 명월이가 시산군을 힐끗 쳐다보니 시산군이 어느새 번쩍 뜬 눈을 사방으로 굴리며 그들을 지키고 있었다.

"관찰사 이름이 뭐라던가요?" 명월이가 물었다.

"주기회라고 하던데요."

명월은 주기회라, 주기회라 하면서 한숨을 크게 쉬며 하늘을 쳐다보았다. 별들이 구름에 들어가고 있었지만, 시산군의 눈은 유난히 반짝

이고 있었다. 명월은 그런 시산군이 그냥 옆에 서 있기만 해도 왠지 든든했다.

아직도 겁에 질린 채 오돌오돌 떨고 있는 행수의 모습을 본 명월이 "일단 우리 집에 가 좀 쉬세요." 그러자 그는 "네." 하면서 고맙다고 연신 고개를 끄떡였다.

행수를 데리고 명월은 정기 씨 집으로 걸어갔다. 그녀의 마음은 조금 혼란스러웠고 기분이 격앙되는 듯하였으며 시산군만이 이 기분을 진정시킬 수 있을 것 같았다. 그러나 시산군도 이 상황을 어떻게 판단하고 있는지 몰라 도움을 쉽게 청하기 어려웠다. 그래 그녀는 무의식적으로 빨리 걸었고 몸이 마음을 따라가지 못할 지경이었다. 드디어 그 일행이 정기 씨 집, 골목에 들어서자 길 잃은 것 같은 강아지 한 마리가 명월이 앞으로 다가왔다. 그것을 본 명월은 문득, '사랑이란 내가 먼저 그에게 다가가는 걸까?' 이런 생각에 미치자 명월은 알 수 없는 깊은 심연 속으로 빠져드는 것만 같았다. 그리고 그 강아지가 미친 듯이 어미를 찾는 듯한 그 놀라운 사랑에 두려움마저 느끼게 된 명월은 그 강아지를 한참을 쳐다보았다. 그리고 강아지가 사라져 버리자 명월도 일어나 전쟁을 준비하는 군인처럼 집으로 돌아왔다.

전날과 다름없이 오늘도 해가 솟았고 시산군과 행수가 일어나 세수를 하자 정제에서는 명월이 아침을 준비하는가 달가닥 소리가 멈추지 않았다. 시산군은. 아침을 먹는 내내 어젯밤과 마찬가지로 마음이 무거웠다.

이쯤에서 명월의 마음을 들춰보면 그녀가 기댈 사람은 시산군뿐이라는 것을 어렵지 않게 가늠할 수가 있다. 그런데 그들이 머물 곳은 섬뿐이다. 그런데 그 섬은 집채만 한 파도 너머에 있었다. 그런데 그 섬엔 갈매기 울어도 해당화 피는데, 그 해당화 꽃잎을 바람이 자꾸 흔들고 있었다.

누구나 위험 앞에서는 몸을 사리기 마련이다. 그 위험에 어쩌면 목숨도 걸어야 하기 때문이다. 그러기에 한 사람이 이 땅에 남긴 덕목(德目)과 업적(業績) 그 생전(生前) 일곱 가지 일 중 그 여섯 일곱은 덕(德)과 명예(名譽)가 아닐까?

그때, 시산군은 명월이 일도 복잡한데, 자신까지 폐를 끼치고 있는 것 같아 몹시 난처했다. 그리고 명월이를 보는 것만으로도 위안이 되고 힘이 되지만, 더 머문다는 건 도리가 아니라는 생각이 들었다. 그러나 명월이가 이렇게 어려움을 겪고 있는데 나만 편하겠다고 그냥 떠나는 것도 양심상 도저히 용납할 수 없었다. 그리고 쫓기는 몸이지만 주기회를 잘 아니 그를 만나 간곡히 부탁하며 사정하면 전주 명월이 상단 일이 원만하게 잘 해결될 것 같기도 했으나 여전히 불안했다.

아침을 먹고 난 후, 명월은 시산군 모르게 살짝 집을 빠져나갔다. 그러고는 한참 후 그가 요즘 유산 문제를 상의하고 있는 정기 씨와 다시 돌아왔다.

그들이 방에 들어설 때 시산군은 명월에게 자기 생각을 말해야 할 것만 같았다. 적어도 지금은 말을 건네기에 아주 좋은 기회였다. 그러나 명월은 시산군이 말을 꺼내기 전에 먼저 정기 씨에게 그간의 사정을 간략하게 설명했다.

"이분은 시산군으로 세종대왕의 증손인데 지금 억울하게 누명을 쓰고 쫓기고 있는데, 구터에서부터 우리 행수를 뒤쫓아 온 이들이 시산군을 잡으려고 온 포졸들인 것 같아요." 했다. 그러자 정기 씨가 깜짝 놀라면서 밖으로 나가 두리번 살피고 나서 아무도 안 보이자 다시 들어왔다. "밖엔 아무도 없어요. 자 안심하세요. 제가 지켜드릴 테니까요." 하자 "또 하나 난감한 건 자신의 상단 전주지점 점장이 하지도 않은 세금을 포탈

했다고 관아에 붙들려 갔는데 거기 관찰사가 내 주위를 맴돌며 치근대던 주기회라는 사람인데 어떻게 하면 좋을까요?" 했다.

그러자 시산군이 "그 주기회는 한때 저와 정읍에서 알고 지내던 사이이니 제가 한번 찾아가 사정을 해볼까요?" 했다.

그러자 정기 씨가 "이것은 주기회라는 그 사람이 시산군과 명월의 관계를 잘 알고 있는 만큼 그가 시산군을 잡기 위해 쳐 놓은 하나의 덫 같아요. 그러니 시산군께서는 그를 찾아가면 절대로 안 됩니다." 했다.

시산군은 이 문제를 곰곰이 생각해 보았다. 내가 지금 명월의 이 어려움을 외면한다는 것은 상상할 수도 없는 일이었다. 그리고 이 불의에 굴복한다는 것도 도저히 용납할 수 없었다. 그런데 시산군을 잡아 공을 세우려는 이 기회주의자, 이 주기회를 만나 담판 짓다 여차하면 혼내주지 않으면 그는 일생을 두고두고 후회하게 될 것만 같았다.

일찍이 선친 길안도정이 그에게 이르기를, '재산은 언제든지 다시 모을 수 있지만, 신의(信義)를 잃으면 그 관계는 끝일뿐만이 아니라 금수(禽獸) 취급을 받는다.' 이렇게 선친이 말한 것처럼 시산군이 명월의 일에 뛰어드는 것은 금은보화와도 바꿀 수 없는 신의 때문이었다. 그래 그는 명월의 문제에 대한 구체적인 대안이나 행동을 제시해야 했다.

"자, 이 일을 어찌쓰야까이." 정기 씨가 먼저 쾌활하게 중얼거렸다. "제가 전주 관찰사 주기회를 한번 만나보겠습니다." 시산군이 이렇게 말하자. 정기 씨가 막 화를 내며 손사래를 치면서

"이 일을 우리 집안에서 알았으니 이 일은 우리 집안일이기도 하고요 또 우리 집안의 명예와 직결되는 일이기에 우리에게 피난 오신 나리를 지켜드린다는 건 대단한 영광이요 또한 인간의 도리일 테니 그냥 가시게 놔둘 수는 없습니다."

시산군은 오랫동안 생각에 잠겨 천장을 쳐다보다가 호롱불을 멍하니 쳐다보았다. 명월의 방에는 명월이 그린 그림, 까치가 홍시를 쪼는 그

림 한 점이 걸려 있었다. 그는 차츰 그 그림에 시선이 끌렸다. 그 그림 속 까치는 엄숙한 모습으로 그를 노려보는 듯했다. 그러고는 전주이씨(全州李氏)들이 선천적으로 가지고 있는 그 대담성이 그에겐 모자라는 것을 힐난하는 듯했다.

이윽고 그는 여러 가지의 상황을 가정해 보았다. 곧 주기회의 졸개들이 이 방에 들이닥쳐 싸우게 될지도 모른다. 하나둘, 셋, 넷, 혹은 그 이상의 무리가 들이닥쳐 싸우게 될지도 모른다. 그런데 그들은 정말로 포졸들일까? 아니면 도적 떼일까? 아무튼, 그들에게 달려들면 서로 두들겨 패면서 서로 어서 항복하라고 호통을 치겠지. 흥! 걱정하지 마세요! 그놈들은 내 주먹을 먼저 받게 될 테니까요. 나는 왜구들과 싸운 병사들처럼 내가 먼저 그놈들의 얼굴에 주먹세례를 퍼부어 줄 거니까… 그가 그런 생각을 잠겨 있을 때였다.

명월은 불안한 시산군을 안심시키려는 듯 환한 미소를 지으며 말했다. "그놈들이 아직은 안 보이니 어떤 놈들이든 간에 우리가 유리해요. 그리고 어떻게든 시산군 나리를 제가 지킬 거예요." 했다.

앞으로 주기회와의 벌어질 싸움에서 우리 가문의 명예가, 우리 사이에 우뚝 가로놓인 고지처럼 전략적 지점이 될 것이며, 그 싸움은 내 집에 찾아온 의로운 자 '시산군'을 지키고 보호하는 일에서 벌어져야 할 것이라고 정기 씨가 힘주어 말했다.

시산군도 최악의 경우를 생각해 봤다.

이 모든 것이 주기회가 날 잡을 유인책이라고 치자. 그렇다면 한때 같이 학문을 논하던 사람으로서는 아주 간교하고 비겁한 것이다. 내가 잠자코 물러설 자가 아니라는 건 그자도 잘 알 테니까, 그러니까 그는 나를 그 자리에서 죽여 버리려고 할 게다. 그러나 철부지 같은 시절 같으면 그렇게 할 수도 있겠지. 그러나 지금은 어림도 없다. 그도 좀 배운 사람이고 양심이 있는 사람이니까. 그리고 명월이를 아주 좋아하고 있지 않은가!

만약 그런 짓을 했다가는 내일이면 곧 그자의 악행은 고향과 성균관에 쫙 퍼지고 말 게다. 남의 흉보기 좋아하는 그들은 얼마나 신이 나서 그자의 악행을 퍼뜨릴 것인가! 이 집에서 일하는 아낙도 명월이 나에게 깍듯이 한다고 수군거리고 있다. 그러나 그게 다 무슨 소용이 있는가. 상단 행수를 따라온 괴한들이 곧 들이닥칠지도 모르는데, 그런데 만약 내 안위만 생각한다면 나는 훗날 나 자신을 멸시하게 될 것이다. 그런 내 행동은 한평생 씻을 수 없는 커다란 치욕이 될 것이다. 그리고 이런 치욕은 온갖 오점(汚點) 중에서도 가장 빠져린 오점인 것이다.

그런데 명월의 상단 전주지점 점장을 잡아간 주기회에 대해서 이미 겁을 먹고 있지 않은가? 아니다! 그자에게 잡혀 죽는 한이 있더라도 가만히 있을 수는 없는 것이다. 어떻게든 명월을 도와야 한다. 그게 명월이에게 동안 받은 사랑에 대한 최소한의 예의다.

그런데 내 안에 또 다른 내가 나와서 조선인 중에 가장 비열한 주기회와 나를 비교하려는 것이 아닌가! 그런데 당신은 그자보다 도덕적이나 학문적이나 모두 우월하다고 하면서도 왜 망설이고 있느냐고 그가 날 질책한다. 내가 정말 그런가? 내가 정말 그렇게 인정이 없고 인색한가? 그렇다면, 내 친구들이 내게 의리를 지킬 것이라고 기대할 수 있겠는가?'

그러기에 나의 선택은 나의 특권이요, 인간적인 특혜이기도 하지만, 그것은 그 선택이 참된 선택일 때만 그렇다. 그러기에 참된 선택이란 항상 내적 및 외적인 강요로부터 자유를 바탕으로 삼는다. 그러기에 내가 존재하는 곳에 내 신의도 존재하기에, 내가 내 세계의 중심이고 내 세계가 나의 중심인 것이다.

그들은 명월 상단 전주지점 문제를 밤을 꼬박 새워가며 의논한 끝에 일단 명월이가 전주 관찰사 주기회를 만나보기로 했다.

그런데 더 큰 문제는 행수 뒤를 따라 쫓아온 온 자들이었다. 분명 그들은 시산군을 노리는 게 분명한데 어떻게 여길 빠져나간단 말인가? 이구동성으로 그 걱정을 하자. 정기 씨가 벌떡 일어나서 "제 집에 찾아온 귀한 손님이니, 제가 어떻게든 따돌려볼게요." 하고 밖으로 나갔다.

그들은 불도 못 켜고 뜬눈으로 밤을 지새운 뒤 다음 날 새벽, 명월이와 행수와 시산군 그 셋은 정기 씨가 마련해준 마차를 타고 여의터를 떠났다. 오수에 이르렀을 때 좋지 못한 소식이 그들을 기다리고 있었다.

훈구파와의 등쌀을 견디지 못한 중종이 사림(士林)파의 핵심인물인 조광조를 사사(賜死)했다는 소식이 오수에 파다했다. 명월은 이 소식을 듣고는, 시산군이 위험하다는 것을 직감하고, 전주 초입 김오리의 당숙네 약방 앞에 시산군을 내리게 했다. 시산군도 자신 때문에 명월이 주기회와 만남에 악영향이 끼칠까봐 거기서 그 결과를 기다리기로 했다.

12

피는 물보다 진하다

계륵鷄肋

평소에 아무 소통이 없는 친척들을
시제時祭 때 선산에서라도 뵈면요잉
쇡이 박하 먹은 것맹이로 화아아니 할텐디
올해도 못 뵈이니
차말로 껄쩍지근하구만요잉

아따 기와집이 크다는 소문도 좋고
사랑방 문턱이 높다는 소문도 다 좋은디
올해도 소문으로만 흘러가니
웨메어 어찌 된 영문인거어
암튼, 정신채려라아잉, 정신채려어
돈, 돈만 좇으면
종당에는 홀로 쓸쓸히 외롭게 죽능거이여

그런께 올해도 시제에 참석했다고

나의 도리를 다한 거 아니여
나의 길을 부모님의 길로 바꾸어야 하는 거여
가까운 사이일수록
서로서로 할머니 할아버지가 되어야 하는 거여.

해가 뉘엿뉘엿 저물어갈 때 시산군이 김오리 전주 당숙네 한의원 문을 두드리며 "계세요?" 하니, 김오리 당숙모 할머니가 크흠, 마른기침을 하며…. "누구여? 누구대요?" "날도 저물었고 우리 의원 양반도 안 계시는디 어찌… 여그 외겼능교?"

"일전에 김오리 조카와 왔던 사람인데 잠깐 쉬어갈 수 있을까요?"

"아, 아, 어쩌코오. 어쩌꼬잉… 우리 김오리 조카 방금 관아에 잽혀갔는디… 그라고 우리 영감님도 거기 가셔서 나혼자 뿐인디… 어쩌꼬잉."

"네에…" 시산군은 어찌할 바를 몰라 그저 그 할머니 얼굴만 쳐다보고 있으니, 불쌍해 보였던지 사랑방을 가리키며 "어쩌것소. 밤도 짚어가는디 들어오시쑈잉"

시산군은 사랑방으로 들어와서 감사에 큰절했다.

"울 조카를 잘 아는 관찰사가 새로 부임을 했으니께 우리 조카는 곧 풀려날 것 같구먼요 잉, 그라고 우리가 어렵게 살아도 우리 쥔 양반이 약재에 관심이 많아 심심찮게 구하러 다닌디 그 귀한 약재를 구해다가 거 머시냐 에렵고 불쌍한 사람 많이 살리고요잉 또 머시냐 우리 쥔 양반이 붓으로 그린 저 그림을 뭐라고 한답디어?" "서화(書畫)요." "그라요잉 쩌 그림 우리 쥔 양반 그린건디 이번에 부임한 관찰사 나리가 탐을 낸다고 다들 해쌌트만~ 그런께 우리 조카는 우리 쥔 양반이 어떻게든 빼낼 거구만요 잉."

"그럼요. 그렇고 말고요." 시산군은 김오리 당숙 할머니 말에 맞장구를 치면서 감사하다는 말을 연발했다. 한때, 김오리가, 당숙이 어려울 때, 외면하다 못해 업신여긴걸, 당숙은 어느새 다 잊고, 조카의 구명 운동에 뛰어든 그 어르신이 존경스럽고 새삼 피는 물보다 진하다는 것을 느꼈다.

한참 후, 조카 뒤따라 관가에 갔던 그 당숙 어르신이 돌아왔다.

"김오리 학유는 어떻게 되었나요?"

"나도 어뜨게 된 사정으로 잽혀갔는지 아직 잘 모르것꼬 그저 이방한테 거 머시냐 아, 관찰사 양반한테 다리를 좀 놔 달라꼬 몇 푼 집어주고 돌아왔구만이라우."

"네…."

아직 잠잘 곳도 없는데, 몸은 그 와중에도 피곤한가 졸음이 몰려와 깜박 조는 걸 본 그 어르신이 여로에 피곤할 테니 누추하지만 여기서 간곡히 자고 가라고 했다.

시산군은 거기서 하룻밤을 묵었다. 잠자리가 낯설어선가 잠이 안 와 뒤척이는데, 아까 김오리 당숙모가 김오리 조카 걱정하는 소리맹이로 우는 거 머시기 아, 그렇지 소쩍새가 어미 찾은 소리맹이로 소쩍소쩍 울어쌌는 소리가 베갯머리로 축축하고 애련하게 파고들었다.

잠이 안 온 그는 소쩍새 우는 소리를 김오리 당숙모 말로 흉내를
내 보아도 좀처럼 잠이 안 왔다.

그 소쩍새 울음소리를 처음 들은 것은, 북한산 암자를 빠져나와 수원에 이르러 그 수원성 들어가기가 겁나 그 행궁을 피해 돌고 돌아 산을 넘을 때였다. 그때 하도 배가 고파 칡뿌리를 캐서 허기를 겨우 면하고 맨바닥에 팔을 베고 누우면 이름 모를 새가 저렇게 애간장을 태우며 울어댔었다. "저 소리가 무슨 소리요?" "두견새 울음소리입니다." 행수가 그렇게 알려주면서 어서 눈을 좀 붙이라고 했던 때가 엊그제 같았는데, 또 그 소리를 전주, 김오리 당숙네 집에서 들으니 왠지 앞길이 아득했다.

이튿날, 그는 그 집에서 아침을 잘 대접받고 대문 밖을 나서려는데, 갑자기 마차 한 대가 그 앞에 멈췄다. 이윽고 내리는 사람은 뜻밖에 김오리였다. 그런데 그는 관아에 끌려간 사람답지 않게 아주 깔끔한 차림이었다. 시산군은 반가웠으나 마냥 지체할 수도 없는 처지라 악수만 하고 가려고 하니 김오리가 꽉 잡았다. 시산군은 그렇지 않아도 김오리 그간의 사정이 궁금했는데 갑자기 이렇게 만나니 약간은 당황스럽기도 하고 의아하기도 했다. 그 모습을 지켜본 그 당숙 어르신이 밖에서 이렇게 언제까지 서 있을 것이냐 하면서 그 둘을 반강제로 사랑방으로 들이밀었다.

이윽고 이런 때를 미리 짐작이라도 한 듯 소반에 농주(農酒) 한 주전자에다가 김부각과 감장아찌를 내왔다. 그런데 시산군은 무슨 말부터 해야 할지를 몰라 술을 연거푸 두 잔을 마셨다. 김오리도 아무 말 없이 술을 두 잔을 마셨다. 주기회에 붙들려 갔다는 김오리가 멀쩡한 모습으로 돌아왔다. 어떻게 된 것일까? 무슨 거래가 있었을까? 아니면 옛정으로 그 선의로 풀려난 것일까? 아니면 저 당숙 어르신이 힘을 쓴 덕택일까?

시산군은 한참을 이 문제를 곰곰이 생각해 보았지만, 도저히 감을 잡을 수 없었다. 그런데 어제 주기회를 만나러 간 명월은 어떻게 되었을까? 그들 둘이 만약 만났다면 어떤 해결책을 찾았을까? 그리고 이 아침 일찍 김오리가 여길 찾아온 궁극적인 목적은 무엇일까? 그렇게 말없이 술잔이 몇 잔 더 오간 뒤 김오리가 말 문은 열었다.

"당숙의 도움으로 풀려났습니다." 그 말을 한 후 또다시 말문을 닫았다.

"당숙이 어떻게 했길래요?"

"네 저도 그 내막은 잘 모르는데, 옥에서 나올 때 간수가 이게 다 당숙이 힘을 써준 덕택이라고 했습니다."라고 했다.

시산군은 그랬냐는 둥 어쨌냐는 둥 아무 말도 없이 그를 그저 그냥 빤히 쳐다볼 뿐인데 김오리는 그의 눈을 피해 그저 열심히 진짜라고 장황하게 설명했다. 시산군은 그의 말을 그냥 믿기로 했다. 마음 같아선 밖에 있는 그 당숙 어르신을 불러들여 어떻게 된 거냐고? 어떻게 조카를 구해내었냐고 묻고 싶었지만, 그 어르신의 인품과 정을 어제 겪어보았기에 더 따지지 않고 김오리의 말을 믿기로 했다. 그리고 시산군은 그 덕분에 좋은 교훈을 하나 얻었다. 평상시에 덕(德)을 많이 쌓아야 어려울 때 뜻하지 않는 사람에게 도움을 받는다는 사실을,

얼마 후, 명월의 상단 행수가 시산군을 찾아와서 여기 오래 머물면 위험하니 전주 상단으로 안전하게 잘 모셔 오라고 명월이 간곡히 부탁했다고 하면서 어서 가지고 재촉했다. 그리고 김오리 학유도 함께 왔으면 참 좋겠다는 말도 전했다.

명월이가 김오리도 왔으면 좋겠다는 말은 어쩌면 김오리가 석방되었다는 것을 이미 알고 있다는 뜻이고 또 그가 이번 사건의 연결고리라는 말도 내포해 있다고 시산군은 생각했다.

그것을 간파한 시산군은 어떻게든 김오리를 데리고 가려고 가볍고 부드러운 말로 김오리에게 말했다.

"뭐 오랜만에 회포나 풀자는 거니까 같이 갑시다."

시산군은 웃음기를 싹 지우고 다시 엄숙한 표정으로 말을 계속했다.
"동안 명월이에게 받은 정과 사랑을 생각해서라도 명월이에게 한번 들려야겠지요."

"네."

"암요, 오늘 밤 우리가 명월이와 함께 식사라도 하면 평생 잊지 못할 만찬이 될지도 모르지요."

"네."

그는 계속 네네 할 뿐 다른 말은 일절 없었다. 명월의 초대에 가겠다는 건지 안 가겠다는 건지 확실한 대답이 없이 네네 해서 답답했지만, 어쩌겠나 하고 그에 처분을 기다리는데…

"한 10리쯤 다른 길로 돌아가는 편이 나을 성싶은데요. 왔던 길로 가다가는 상단에 도착하기도 전에 포졸에게 붙잡힐지도 몰라요."라고 행수가 말했다. 그 말을 들은 김오리는 "저는 몸도 피곤하고 만사에 지쳐 좀 쉬어야겠습니다." 했다.

어쩌겠나 할 수 없이, 그야말로 말로만 지식인 놈들, 권력의 발끝에 기생하는 기생충 같은 놈들, 겉으로는 예의를 떠드나 알게 모르게 은근히 가난한 자들을 업신여기는 인면수심(人面獸心)인 놈들, 진짜 저밖에 모르는 금수저 꽁생원들, 그 부모의 유지(維持) 아랑곳없이 그 유산 더 많이 차지하려다가 신경쇠약 증세에 조루, 불감증으로 씹도 제대로 못하는 놈들이 주기회 관찰사 부임 축하연회에 참석하기 위해 제 얼굴에 개기름을 번지르르 바르고 있는 그즈음, 시산군 일행은 조용히 김오리 당숙네 집을 빠져나왔다.

한 시간 후에 시산군 일행은 명월의 상단 널따란 별실에 도착했다. 겉으로 보기엔 매우 쓸쓸한 방이었다. 일부는 병풍이 둘려 있고 일부는 짐짝으로 가려져 있었다. 이윽고 곱상한 젊은이가 원형 식탁을 방 한복판에 놓을 때쯤 행수가 들어왔다.

"한우성! 나리께 인사드려." 하고 행수가 시산군 쪽을 보며 말했다. "어때요, 잘 생겼죠? 저희 주인이 간절히 찾던 오빠 아들입니다. 우성아! 너 몇 살이지?"

"오는 12월이면 열네 살이에요."

시산군은 놀랐지만 "아, 그래요… 그런데 명월은 왜 안 보이나요?" 행수는 대답 대신 시산군을 식탁으로 안내했다.

그러자 늙수그레하나 어딘가 범상치 않은 한 사람이 큼직한 보따리를 들고 나타났다. 명월은 나타날 기미도 없는데 그는 불쑥 들어섰다. '이상한걸. 이 별실에서 무슨 회의나 협상을 할 것 같군.' 시산군이 그런 생각을 하고 있을 때 뜻밖에 김오리 당숙도 역시 아까 온 사람 것과 똑같은 보따리를 들고 들어왔다. 그러자 범상치 않은 그 사람이 일어서서 그를 맞았다. 그 둘은 아는 사이처럼 가볍게 머리를 숙여 인사를 교환했다. 그리고 시산군에게도 정중히 인사를 했다. 그는 훤칠한 키와 호리호리한 몸집에다가 유달리 혈색이 좋은 남자였다. 그런데 번쩍이는 옷과 안경을 낀 말끔한 차림은 꼭 기생오래비 같았다. 그런데 김오리 당숙은 그에게 유난히 정중했다.

왜, 나이도 더 든 그 당숙이 그에게 그럴까? 그의 정체가 점점 궁금해질 무렵, 행수가 "여러분, 방금 들은 소식인데 저희 주인께서 저희 전주 상단 점장을 면회 갔다가 투옥되었답니다. 원래는 저희 주인께서 여러분께 전주 점장이 붙들려 간 문제에 대해 조언을 듣고자 초대한 자리인데 갑자기 엎친 데 덮친 격인 이 문제를 어떻게 대처해야 할지 여러분께서 많은 조언과 고견을 부탁드리겠습니다."라고 행수가 말했다. 그리고는 기생오라비 같은 그 사람을 가리키며 다음과 같이 그를 소개했다.

"이분은 화순 금방앗간(금광)의 주인이시며 남도 민요와 판소리를 가르치는 전주 소리 원의 주인이시며 저희 전주 상단의 최대 주주이시기도 합니다. 그리고 저희 주인의 조카 우성 군이 기루(妓樓)에 기거하며 마약에 중독되어 거의 폐인 된 걸 구해 주실뿐만이 아니라 어엿한 명창으로 길러주셨습니다. 어디 그뿐이겠습니까 우성 군의 됨됨이에 반해 그의 가계도를 조사하러 매안리도 몇 번 다녀오셨다는데 결국 생면부지 고모도 만나게 해준 우승호 나리이십니다."

행수는 이어 잘 다듬어진 하얀 수염과 유난히 맑은 눈을 가진 그 온화한 김오리 당숙을 가리키며 말했다.

"이 어르신은 서예(書藝)와 침술의 대가이신 이당 선생님 밑에서 다녀간 수련한 침술로 가난한 사람들을 무료로 고쳐주던 중에 우성 군도 치료해 주었고 또 주 관찰사가 부임한 날 중풍 끼가 있어 신분을 숨기고 아전들의 안내로 이 어르신 집에 몇 번 찾아와 침을 맞을 때마다 그 방에 걸린 산수화 그 풍경에 푹 빠져서 시간 간 줄도 모르는 사이 다 나았다고 큰 사례를 한 일이 있는데, 일전에 조카 김오리 석방을 위해 가보(家寶)나 다름없는 그 서화를 주 관찰사에게 주고 조카를 구한 어르신이십니다."

시산군은 이런 공치사는 간략하게 하면 좋겠다고 생각했다. 그러나 그의 또 하나의 이성이 나타나서 이런 선한 일은 응원하는 것이야말로, 선한 사람이 되는 첫걸음입니다. 했다. 그 말에 그는 또 이렇게 〈다만 속으로〉 대답했다. 그렇다면 어떤 인연에 선함이란 인의(仁義) 아닌가? 그런데 어떤 인연에 인의(仁義)란 제 기분에 따라 제멋대로인 엿장수 가위 같은 것 아닌가?

'의리(義理)가 있잖아!' 그는 마지막으로 명월을 생각해 보았다. 그는 매사(每事)를 늘 아침 해같이 하고 있었다. 또 그는 '끊임없이 솟아나는 샘물처럼 늘 새롭단 말이야.' 또 그는 늘 베풀기를 좋아하며 그것으로 인해 생기는 어려움을 혼자 책임지고 시기와 질투까지 감수했다. 그 점이 그가 명월을 도와야겠다고 한 이유이었다. 그때 그는 우승호의 보따리에 이끌려 그의 곁으로 갔다. 그는 시산군을 보고 웃고 있었다.

"우승호 나리는 이 더운 날 이렇게 큰 보따리를 들고 오셨군요?" 시산군은 무척 궁금한 목소리로 말했다. 우승호는 그의 옷보다 홀쭉한 몸집과 예의 바른 게 더 좋았으며 이것이 그를 목석(木石)같은 남자들과 구분지어 주는 요소였다. 분위기가 조금씩 부드러워져 가는 것을 느끼면서 시산군은 우성이에게 시선을 주었다. 그는 다른 사람의 뒤편 의자에 앉아서 팔꿈치를 얼굴에 괴고 있었다. 시산군은 그도 자신과 같은 생각을 하고 있을 거라는 생각이 들었다. 그는 무심한 듯, 우울한 눈빛으로 맞은편 창밖을 바라보고 있었다. 시산군은 손에 찻잔을 든 채 우성에게 천천히 다가갔다.

"무슨 생각을 그렇게 골똘히 하세요?" 그가 물었다.

그는 조금 놀란 듯했지만 곧바로 대답했다.

"고모요."

'사람과 사람 사이에 의리(義理)를 빼버리면 짐승이나 다름없고, 가족과 일가친척이 어려울 때 모른 척하면 제 부모를 욕보이는 것이 되는데…' 그런데 그때 우성이 자리에서 벌떡 일어나서

"천신만고 끝에 고모를 만났는데 이 모든 게 저 때문인 것 같아요. 제가 가서 제가 모든 걸 했다고 하겠습니다."라고 이우성이 말했다. 그러자 행수가 "이 일은 자네가 나설 일은 아닌 거로 아는데…." 했다. 그러자 좌중의 모든 시선이 일순간 시산군에 쏠렸다.

"…그렇습니다, 여러분. 이 모든 것 저 때문이니, 제가 풀겠습니다. 제가 해결하겠습니다. 여러분도 잘 알다시피, 정의는, 불의보다 힘이 세니까요. 제가 그 정의를 믿고 자수하겠습니다. 정의는 부질없는 부귀와 아첨과는 달라, 화살처럼 날아가며, 쓰디쓴 걸 달콤하게 익히며, 얽히고설킨 걸 푸니까요. 이 모든 것을 한마디로 말한다면 고난이 정의를 만나면 의리를 남기고요, 그 의리가 죽음을 만나면 명예를 남기니까요."라고 시산군이 말했다.

그날 오후 늦게까지 시산군은 무작정 주기회를 찾아가 자수하겠다 했고, 다른 이들은 무작정 가면 안 된다는 의견이 분분한 가운데 결국 시산군을 따라 행수, 우성과 김오리 당숙, 우승호 씨가 함께 가기로 했다.

13

무고(誣告)의 증거들

간신 모함

奸臣诬陷, 詩山君西角沒 간신모함, 시산군서각몰
银月夜仲明 은월야중명

近见时流乐 근견사류악
远清孝道城 원청효도성

간신모함, 시산군 서쪽 모서리에 지니
은빛 달, 밤 중에 밝구나

근래 시대에 악(惡)을 볼 때
멀리서 새벽이 오는 소리 들리네

시산군은 정암 조광조와 검소한 도의(道義)로 교분을 맺어 합심하여 끊어진 학문을 창도하고 격물치지와 성의정심에 전심하여 수업의 날이 돈독하니 조광조가 깊이 신뢰하였다.

시산군은 그 이후, 조광조와 더불어 서로 안과 밖이 되어 나아가고 물러남에 덕을 같이하니 때의 간당이 미워하고 시기함이 특심하였다.

사화(士禍)가 일어남에 조광조는 귀양 가 죽고 시산군은 관작이 삭탈되니 이후로부터 여러 소인(小人)들이 국권을 잡고 날마다 어진이 죽임을 일삼았다. 한해 넘어 신사년에 조광조의 잔당이라 하여 달구고 불구어 만든 옥사가, 신사무옥(辛巳誣獄)이다.

이 무옥은 1521년(중종 16) 10월 11일 관상감 판관(觀象監判官) 송사련(宋祀連)과 그의 처남인 평민 정상(鄭瑺)이 안치겸의 모친 장례식에 온 인사들의 방명록을 안당 일파의 역모 가담자 명단이라고 거짓 고변한 사건이다. 주범 송사련은 안처겸의 모친상 방명록을 역모 고변의 증거로 제시했고, 중종은 곧 의금부에 국문을 열었다. 안당과 그의 아들 안처겸 안처근 등, 그리고 권전(權碩), 이충건(李忠楗), 조광좌(趙光佐) 등이 살해되었다.

그때, 시산군도 이 사건에 연루되어 (중종 16년) 10월 11일 수배돼, 피신한 지 4일 만에 10월 15일 자수(自首)했는데, 주리고 목마르던 차에 술을 마시고 정신이 혼미한데 엄한 문초에 정신을 잃고 말을 못 하였다. 이에 곤장을 잡은 자가 위협하며 유도하니 더욱 황당한 진술을 하여 '안처겸(安處謙) 등이 나를 세워 왕으로 삼으려 했다'고 억지 자백했다.

신사무옥(辛巳誣獄) 그 간악한 무고(誣告) 모의(謀議)를 20일 전부터 준비했다(그 모의 알리바이).

《중종실록》 43권, 중종 16년(1521년) 10월 11일 기축

○ 송사련·정상이 안처겸 등을 역적모의로 고변하다. 그런데 훈구파 핵심 남곤 등이 국문에 참여하기를 사양하다.

《중종실록》 43권 중종 16년 12일 경인

시산군의 종 순이·안처근·권장을 심문하고 신석을 잡다. 조정의 기강 해이를 들어 대간이 사직을 아뢴다. 신변·이수건·최세관·박순·황현이 국문 받는다. 안처함의 진술하고, 안처근. 권전이 심문받는다.

《중종실록》 43권, 중종 16년 10월 13일 신묘

○ 안처겸 등을 경기·충청·강원도엔 무인으로, 타도는 유시를 내려 잡게 하다.

《중종실록》 43권, 중종 16년 10월 14일 임진

○ 안형을 심문하다. 조계상이 안당을 명초케 하기를 아뢰다 대간이 전의 일을 아뢰다. 권전. 안처겸을 형장 심문하다. 민간. 한근 등이 국문 받는다.

《중종실록》 43권, 중종 16년 10월 15일 계사

○ 안처겸·양손을 추문케 하다. 황현을 가두고, 양손·안처겸을 신문하다. 이몽린 등을 삼도에 보내어 정숙을 체포케 하다. 이정숙 체포에 관해 관찰사 개성 유수에게 명한다. 이정숙을 잡을 방법을 전교하다. 유여겸. 임보가 이정숙을 잡아 오니 논상케 하다. 시산정 이정숙의 진술. 권전이 형장으로 죽고 안형·신변·항현 등을 형장 신문하다.

《중종실록》 43권, 중종 16년 10월 16일 갑오

○ 최세철을 추문케 하고 안처겸·안형·신석·이성간 등을 신문하다.

이정숙·안처겸·안형 등을 처형하다.

《중종실록》 43권, 중종 16년 10월 17일 을미

망명한 안처겸의 일로 김정·기준을 교형에 처하다. 이학년은 능지처참, 이귀는 처참, 안처겸 등의 가족은 교형에 처하다.

《중종실록》 43권, 중종 16년 10월 18일 병신

○ 이학년의 아버지를 연좌법에 따르다.

○ 이장곤을 귀양보낼 것을 아뢰니 윤허치 않다.

○

《중종실록》 43권, 중종 16년(1521년) 10월 29일 정미 4번째 기사.

봉천상이 형장을 받고 진술하다.

봉천상(奉天祥)이 두 차례 형장을 받자 진술하기를,

"지난 9월 20일 무렵에 안처겸(安處謙)이 정상(鄭瑺), 송사련(宋祀連)과 배천(百川) 강서서(江西寺)에 와서 신을 청했으나 신은 가지 않았습니다. 이틀이 지난 뒤 안처근(安處謹)이 신의 집에 와서 말하기를 '시산정(詩山正), 안처겸, 권전(權碩) 등이 자네를 만나보고 일을 의논하고자 한다."

(그러니까 송사련이 고변 일은 10월 11인데, 봉천상의 공술에 의하면 9월 20일 무렵에, 자신을 청했으나 가지 않았다고 하니.... 송사련 무리가 〈20일 전부터 무고 옥사를 준비했다.〉

그리고 배천은 시산군 씨족... 배천공 부인 평산신씨와 계모 합천이씨가 세거하였던 곳이다.)

【태백산사고본】 22책 43권 32장 B면
【국편영인본】 16책 80면
【분류】 사법-재판(裁判) / 변란-정변(政變)

○

《인종실록》 2권, 인종 1년(1545년) 5월 11일 임신 4번째 기사.
삼공이 사문에 관해 아뢰다.

"사문(赦文) 곧 나라의 경사를 당하여 죄수를 석방할 때 임금이 내리는 글은 국가에 관계된다(關係國家)는 말은 성종(成宗) 말년에 무슨 일 때문에 나왔는지 모르겠으나 폐조(廢朝) 연산군에서 그대로 썼고 기묘년 중종 이후에도 늘 쓰고 폐기하지 않았는데, 이것은 조종(祖宗)의 성법(成法)이 아니고 옛날 군주의 사문에 있는 것도 아니므로 물의가 온편하지 못하게 여깁니다. 조정(朝廷)이 번번이 바로잡으려는 생각하는지 참으로 오래되었으나, 사문을 반포하는 날에는 으레 반드시 바쁘고 또 제 시기가 아닐 때 아뢰는 것이 온편하지 않으므로 아직 아뢰지 못하였습니다. 이제 정시(正始)의 처음을 당하여 더욱이 이런 말을 그대로 써서는 안 되겠으므로 감히 아뢰니다."

하니, 답하기를,
"이 뒤로는 국가에 관계된다는 말을 사문에서 빼도록 하라." 하였다.

사신은 논하다. 대개 용사(用事)하던 소인(小人)이 만들어 낸 것이겠으나, 지금 근거가 없으므로 우선 의심스러운 대로 남긴다.

또 사신은 논한다. 적신(賊臣) 심정(沈貞)이 남곤(南袞)·이항(李沆) 등과 사람(士林)을 모함하여 그 죄가 아닌 것으로써 조광조(趙光祖) 김정(金淨) 등을 억울하게 죽이고도 마음에 시원하지 못하여, 조금만 이름 있는 선비라면 모두 당적(黨籍)에 넣고 드디어 이들이 범한 것은 국가에 관계되는 것이므로(關係國家) 죄가 사유(赦宥) 바로 용서할 수 없는 데에 해당한다. 하여 그 무리를 아주 죽여 없애려 하였기 때문에, 사문(赦文)에 반드시 이 4자를 넣었으니, 실로 또한 모두가 구례(舊例)를 핑계하여

1. "조광조는 이학(理學)의 학통(學統)을 김굉필(金宏弼)에게서 전통(傳統)해서 한결같이 옛사람처럼 되기를 스스로 기약하고 말과 행동을 반드시 예법(禮法)에 맞게 하였으며, 도탑게 믿고 힘써 배워 조예가 날로 깊어갔다. 기묘 년간에 중종을 만나 어려운 일 하기를 권하고 좋은 일을 진술하며 자기가 아는 것을 남김없이 말하여 임금의 마음을 바르고 도덕과 학술을 밝히는 것을 자기의 임무로 삼으니, 사습이 한결같이 바르고 촌락의 아이들과 천한 노예들까지도 배우지 않는 자가 없었다. 그런데 간인(奸人) 심정(沈貞)·남곤(南袞)·이항(李沆)·홍경주(洪景舟) 등이 짜고서 딴마음을 품었다고 무고하여 상의 마음을 경동시켰으므로 장차 헤아리지 못할 화란이 일어나려 했는데 영의정 정광필(鄭光弼)이 애써 구원하여 잘 수습되었다. 한때의 어진 이들이 남김없이 일망타진되고 조광조도 끝내 귀양지에서 사사되니 사람들이 모두 원통하게 여겼다. 그런데 윤원형이 또 을사년의 사람들을 기묘년 사람들의 잔당이라 하였기 때문에 상께서 조광조의 어짊을 알지 못하고 이러한 전교를 하신 것이다."

사신은 논한다. 기묘년 사림의 화란은 남곤·심정·홍경주 등이 일으킨

것이다. 사람들이 모두 원통하게 여기는데, 전에 중종께서 깨닫지 못하였을 뿐만 아니라 이어 정권을 잡고서 사람의 입을 틀어막아 조정의 바른 의논이 끊어지도록 하여 임금으로 하여금 못듣게 한 것이다. 당시의 공론이 어떻게 조광조의 죄 없음을 알 수 있었겠는가.

【태백산사고본】 16책 25권 82장 B면

【국편영인본】 20책 536면

【분류】 정론-정론(政論) / 행정-지방행정(地方行政) / 인사(人事) / 인물(人物) /역사-사학(史學)

○

《선조실록》 109권, 선조 32년(1599년) 2월 18일 무진 3번째 기사

정엽(鄭曄)을 동부승지로, 경섬(慶暹)을 필선(弼善)으로, 오백령(吳百齡)을 부수찬으로, 박진원(朴震元)을 사서(司書)로, 정광적(鄭光績)을 대사헌으로, 이응해(李應獬)를 온성 부사(穩城府使)로, 김종득(金宗得)을 만포 첨사(滿浦僉使)로 삼았다.

사신은 논한다. 정엽은 송익필(宋翼弼)을 스승으로 섬겼는데 송익필은 기묘사화 때 고변한 송사련(宋祀連)의 아들이다. 송사련은 심정(沈貞)이 남곤(南袞)의 사주를 받고 선류(善類)를 해쳤으며, 송익필은 종으로서 주인을 배반하여 인륜에 죄를 지었는데 정엽은 무엇을 취하여 스승으로 섬겼단 말인가. 대체로 그 은미한 심술이 부정에 근본을 두었기 때문에 기축 옥사(己丑獄事: 선조 22년에 일어난 정여립(鄭汝立)의 옥사) 때 정철(鄭澈), 백유함(白惟咸) 같은 무리의 심복이 되어 없는 죄를 만들어서 한

시대의 청류(淸流)로 하여금 마침내 살아남지 못하게 하였으니, 그 교활한 기교와 수단은 그만한 유래가 있었던 것이다.

【태백산사고본】 68책 109권 27장 A면
【국편영인본】 23책 578면
【분류】 역사-사학(史學) / 인사-임면(任免) / 인물(人物) / 변란- 정변(政變)

○

《인조실록》 8권, 인조 3년(1625년) 2월 20일 기해 4번째 기사

병조판서 서성, 부호군(副護軍) 정엽(鄭曄)·청천군(菁川君) 유순익(柳舜翼)·동지중추사 김장생(金長生) 등이 상소하여 망사(亡師) 송익필(宋翼弼)의 신설(伸冤)을 청하니, 상이 윤허하지 않았다.

(송익필은 곧 송사련(宋祀連)의 아들이다. 송사련은 고상(故相) 안당(安瑭)의 종이었는데 안당이 매우 불쌍하게 여겨 속신(贖身)하여 관직에 임명되도록까지 했다. 기묘사화(己卯士禍) 뒤에 송사련이 안당의 아들 안처겸(安處謙) 등을 모반했다고 무고하여 안처겸은 처형되고 안당도 연좌되어 죽었으므로 사람이 통분했다.)

간당(奸黨)이 몰락했을 때 송사련은 이미 죽었는데, 아들 5인이 있었으니 곧 송익필. 송한필(宋翰弼) 등이었다.

그 당시, 백유양(白惟讓)의 무리가 조종의 실권을 잡고 있으면서 깊이 송사련을 미워한 나머지 송사련의 아들 송익필 송한필 등은 양인이 된 지 2대가 되었다는 이유로 서인이 처벌을 반대했지만 논쟁 끝에, 도로 환천되어 노비신분이 되었다.

송익필과 송한필은 학술이 있었고 글을 잘 지어 후생들을 가르쳤는

데. 당대의 인사들도 수업받는 자가 많았다. 서성도 그의 문생이었는데, 이에 이르러 상소하기를,

"송익필 등이 속천(屬賤)하여 양민이 된 지가 이미 오래되었는데, 일시에 환천 했으니 원통하고 억울한 점이 없지 않습니다."

하니, 상이 형조로 하여금 회계하게 하였다. 형조 판서 오윤겸(吳允謙)이 회계하기를,

"지난날 송익필이 계속해서 3대(代)째 양역(良役)이 되어 이미 60년의 대한(大限)을 경과했으니 환천시킬 수 없다는 것이 분명하게 법전에 실려 있습니다. 단지 백유양과 이발이 미워한 나머지 한때의 위세를 업고 법을 무시한 채 환천시켜 온 가족이 떠돌다가 마침내 곤궁한 처지에서 죽게 되었으므로 지금까지 식견 있는 인사들이 모두 마음 아파하며 원통하게 생각하고 있는데, 30년이 지나도록 아직 신설(伸雪)되지 못하고 있습니다.

송익필은 고금의 학문을 널리 통한 사람이었는데, 노예라는 천한 이름을 면하지 못하고 있으니, 이 어찌 문도(門徒)들만이 깊이 통탄할 일이겠습니까. 실로 성명한 시대의 큰 흠이라고 하겠습니다. 당시 송익필을 환천시킨 공사(公事)는 시행하지 말도록 하는 것이 어떻겠습니까?"

하니, 상이 선왕조에 있었던 일이라고 가볍게 의논하기 어렵다고 하며 윤허하지 않았다.

【태백산사고본】 8책 8권 29장 A면

【국편영인본】 33책 681면

【분류】 정론-정론(政論) / 사법-행형(行刑) / 사법-재판(裁判) /신분-신분변동(身分變動)

송사련은 은혜를 배반한 조선시대 대표적 악의 인물이다. 그런가 하면 은혜를 갚은 천사 같은 인물도 있다.

그자의 이름은 반석평(1472년~1540년)이고 자는 공문(公文), 호는 송애(松厓)이며, 시호는 장절(壯節)인데. 송사련보다 24년 일찍 태어났다.

그의 어머니는 첩이어서 반석평은 과거 응시가 불가했다. 그래 이 참판댁 일꾼으로 들어가서 그 참판댁 아들 이오성 어깨너머로 공부했는데 반석평이 너무 총명하여 이 참판은 깜짝 놀랐다. 그는 하나를 가르치면 열을 아는 천재였다.

이 참판은 그의 재주를 아깝게 여겨 그를 같은 반 씨 집안의 양아들로 보내 대를 잇게 하고 공부를 계속하도록 해주었다. 그리고는 이 참판댁과 연락을 두절시켰다. 양아버지 반서린의 집에 가서는 더욱 공부에 매진하여 32세 때 생원시에 중종 34년(1539년) 67세 때에 한성판윤을 거쳐 형조판서까지 올랐는데, 그는 젊은 시절에 보살펴준 이참판댁 생각이 나서 은혜를 갚기 위해 시골 〈전라도 옥구〉 살던 곳을 찾아갔으나 참판댁은 무슨 이유인지 망하고 폐가가 되어 있었다.

실망하고 서울로 돌아와 살던 중 길거리에서 우연히 만난 참판댁 아들 이오성을 만났다. 말도 없이 거리를 걷던 은인의 아들을 만나니 너무 반가워 말에서 내려 인사를 하였다. 반갑게 맞이하여 은인의 아들 이오성을 집으로 데려갔다. 밤새도록 이야기꽃을 피우며 지난 일을 이야기했다.

다음날 반석평은 조정에 나아가 중종 임금에게 자기의 출세 과정을 솔직하게 얘기하고 자기의 벼슬을 내리고 은인의 아들 이오성에게 벼슬을 줄 것을 고했다. 중종은 반석평의 마음에 감동하여 벼슬은 그대로 두고 은인의 아들에게 사옹원 별좌 관리로 특별 임용했다. 당시 상황으로 극히 통과되기 힘든 일이 일어났다.

여하튼 시산군은 신사무옥(辛巳誣獄)에 연루되어 중종 16년(1521년) 10월 11일 수배된 지 3일 지난 14일 밤, 그는 주기회를 찾아가 자수했고, 명월은 곧바로 풀려났다. 그와 동시에 시산군을 바로 체포해 감옥에 가둔 주기회는 김오리 당숙과 우승호 씨의 간청에도 불구하고 내일 아침 일찍 서울로 압송한다고 했다.

중종 16년(1521년) 10월 15일 실록《국역》엔 시산정 이정숙(詩山正 李正淑)을 포도부장(捕盜部將) 유여겸(裕汝謙)과 임보(任寶)가 복병(伏兵)으로 자수해서 체포했든, 수색해서 체포했든 시산군을 잡아 공이 크다고 했다.

그리고《대동야승》제11권. 시산군의 사적: 구화 사적(構禍: 사적事蹟)엔 시산정 정숙(詩山正 正叔)은 도망하여 숨었다가 4일 만에 자수하였다 했다.

그 소식을 나중에 들은 명월은 시산군을 지켜주지 못한 걸 통탄하며 땅을 치며 울부짖었다. 그것을 본 우승호 씨가 김오리 당숙과 행수와 이우성을 모아놓고 우리도 무엇인가 하지 않으면 죄 없는 시산군뿐만 아니라 명월이까지 잃을지도 모른다고 하면서 며칠 안에 일본으로 수출할 금을 잔뜩 가지고 왔는데 그 금괴를 주기회에 주고 시산군을 빼 오자고 했다. 그 말에 김오리 당숙도 가지고 온 보따리에서 인삼을 가득 내놓으면서 "주 관찰사 그놈은 워낙 탐욕스러운 놈이니 이 금괴와 인삼을 주면 어쩌면 시산군 나리를 풀어줄 것 같습니다." 했다. 그러자 행수가 "아무리 탐욕스러워도 나라에 녹을 받아먹고 사는 관찰사인데 시산군을 풀어주면 그도 온전치 못할 건데요." 했다. 그러자 이우성이 "주가 그놈이 난색을 하면 전주 마지막 길 그 한적하고 으슥한 길에서 우리가 탈옥시킬 테니 못 이기는 체, 쫓는 시늉만 해 달라고 하는 건 어떤가요?" 했다. 그 말에 모두 이구동성으로 어쩌면 그 방법이 통할지도 모르니 일단 내일 부딪혀 보자고 했다.

그 방법을 전해 들은 명월은 그렇게라도 시산군을 빼낼 수 있다면 전 재산을 내놓겠다고 했지만, 불안해서 뜬눈으로 밤을 지새운 뒤 이튿날 아침 일찍 우승호와 함께 시산군을 면회하러 갔다.

그런데 중죄인이라 면회가 절대로 안 된다고 했다. 그래 옥졸에게 아끼던 은비녀를 빼주고 사정사정해 간신히 면회했는데, 간밤에 얼마나 고문을 했는지 온몸이 피로 얼룩져 있었다.

"나리, 주기회는 뭘 더 바라기에 이렇게 고문을 했나요."

"임자와 내가 모의한 걸 불라고 하는데 모의한 게 있어야 불지 안 그런가요?"

"주기회가 이 감옥에 와서 신문하던가요?"

"아니요. 코빼기도 안 비쳤어요. 다만 아전을 시켜 원한다면 약을 주겠다고 제안했어요."

그때 시산군 건너편 감옥에 있는 어느 누군가 "나리께 주겠다는 그 약 받아 제게 줄 수 없나요?" 하고 외쳤다. 명월은 경멸하는 표정으로 그에게 대답했다.

"이 제안은 진심이 아닐 거지만, 설령 그 말이 진심일지라도 그 약은 아마도 마약일 거예요." 했다. 그러자 그가 무슨 약이든 좋으니 약을 좀 달라고 그가 미친 듯이 옥문을 흔들다가 팍 미끄러져 바닥에 누워서도 외쳤다.

오, 약 좀 주시오. 약을 좀 주시오….

시산군은 그 사람의 울부짖음이 끝날 때까지 뜻 모를 침묵에 잠겨 있었다. 한참 후 요란하게 약을 찾던 그가 지쳤는지 그 노래를 멈추고 시산군을 빤히 쳐다보자 시산군이 그에게 입을 열었다.

"자네 고통은 알겠지만, 자네에게 줄 약은 없네. 하지만 간절한 걸 보니 좋군. 그러니까 자네는 이미 자네가 원한 약을 가지고 있는 걸세. 이 세상에서 최고로 좋은 약은 간절함이니까. 그 간절함이 곧 이 감옥에서 자넬 구해 줄 걸세. 아, 그런데 여긴 왜 오게 되었으며 어디가 아픈가?"

그는 이를 악물고 허공을 한참을 바라보다가 쇠창살을 붙잡고 목이 타는 듯 마른침을 연신 삼키며 입을 열었다.

"나리가 누구신지는 잘 모르겠지만, 제 스승이셨던 조광조 나리께서는 위정자들은 항상 백성을 위한 백성의 정치, 바로 민생(民生)에 최우선을 두어야 하는데, 지금의 집권세력 훈구파는 내 정파를 지키기와 내 밥그릇 지키기에 몰두하고 있으니, 우리 스승님은 지금 구천에서 이렇게 울부짖고 있을 것입니다. '여러분 자신이 스스로 행동하는 양심이 되십시오. 그러면 이 고귀한 조선은 우리 이성계 태조 대왕의 꿈인, 도덕적 삼성을 가진 민족체를 형성할 것입니다. 도덕이야말로 법의 근본이고 정치의 근본이고 인간공동체의 근본이니. 조선의 백성들은 적어도 알량한 수구 훈구파를 미워하고 있습니다. 하루빨리 훈구파를 멀리하시고 사림파에게 한 5년만 더 이 국정을 맡긴다면 우리나라의 국력은, 세종대왕 때의 그 부흥과 그 평안을 다시 가져올 수 있으리만큼 충분하리라고 나는 믿습니다.'"

"아, 네. 그런데 여긴 어떻게?"

"저는 남부 유림 여러 벗에게 아까 한 말〈지금이야말로 사림파의 집권이 필요하다!〉을 한 적이 있는데, 그 말 때문인지, 아니면 전주 숙부님 환갑잔치에 가다가 만난 사람〈나중에 안 일이지만 주기회 큰아들〉이 주점에서 행패를 부리는 걸 보고 뜯어 말기다가 좀 밀쳤을 뿐인데 그 일 때문인지 잘 모르겠으나 숙부님 댁에 도착하자마자 붙들려왔습니다." 했다.

시산군은 그 선비의 밝고 맑은 눈을 응시하며 그의 말을 듣고 있었다.

“선비다운 선비가 되기 위해서는 얼마나 오랜 세월이 걸리는가? 또 얼마나 많은 시련과 고통을 견디어야 하는가?” 시산군이 그 선비를 바라보면서 말하자 “미래가 있는 사람은 지금의 고난이 내일의 보약이 아닐까요?” 그렇게 명월이 대답했다.

창살을 신경질적으로 잡아당기며 명월을 돌아본 그 선비가 명월에게 말했다. “제가 아씨라면 군대를 일으켜 지금 면회 온 저 나리를 멋지게 빼냈을 거예요. 그러기 위해서는 아씨는 무사들이 필요하고 돈이 많이 필요할 거예요. 전 할 수만 있다면 전혀 비열할 것 없는 세상, 바로 정의가 강물처럼 흐르고 결사의 자유와 언론의 자유가 있는 세상에서 인생을 다시 시작하고 싶어요. 그러나 아씨, 아씨 마음은 지금 추국장(推鞫場) 같기만 할 거예요.”

“모든 남자가 좋아하는 부귀영화와 사랑이 없어도 사림들이 정권을 잡으면 선비님은 정말 만족하겠습니까?” 명월이 정중한 태도를 물었다.

“전 지금 갇힌 몸이에요.” 선비는 입술을 깨물며 재빨리 대답했다.

“그러니 지금은 중용(中庸)할 때예요.”

“전 단지 아씨가 비웃는 가벼운 정과 사랑을 말하는 거예요. 왜 요즘엔 심청이 같은 여자가 안 나타날까요?”

명월은 그의 조롱에 기분이 상했으나 재치 있게 해줄 만한 말이 딱히 떠오르지도 않았고 또 이런 말 잔치는 시간 낭비라고 생각되어 한동안 입을 다물고 있는데,

“옥에 갇힌 당신이 ‘내 다리는 성하다’고 해보았자 무슨 소용없겠지요.”라고 그 옆에 있는 자가 말했다. 그러자 “전 믿어요. 전 믿어요.” 그 선비가 중얼거렸다. “나는 하나님이 있다는 것을 믿어요. 죄를 짓고 회개하지 않으면 하나님이 심판하실 거라고 믿어요.”

“그러니까 양심과 정의와의 간격을 없애야만 합니다.”라고 시산군이 말했다. 그 말이 끝나자마자 옥졸이 명월이에게 면회시간이 너무 길었다

고 그만 나가 달라고 했다. 그러자 명월이가 시산군에 "나리, 어쨌든 몸 잘 추스르세요. 몸 건강히 잘 계시면 곧 좋은 일이 있을 거예요." 했다. 그러자 시산군이 고개를 끄덕이며 모든 것을 담대히 받아들이는가 했더니 갑자기 지필묵(紙筆墨)을 부탁했다.

그리고 얼마 후 시산군은 일필휘지(一筆揮之)로 상소문을 써 전하께 전해달라고 명월에게 주었다.

세종대왕의 증손인 시산부정 신(臣) 시산군 엎드려 아뢰나이다. 신(臣)은 한때 전하의 온갖 총애를 한몸에 받은 정암 조광조와 정읍 칠보에서 이 나라의 동냥이 되고자 도학으로 의리를 맺어 친히 사귀며 이 나라의 앞날을 논(惀)하였으며 전하께서 등극하신 이후에는 조선 유학자의 우두머리가 되어 유교 부흥에 매진하였습니다.

그 뒤 조광조의 사림파들과 더불어 천거제를 도입하여 지방의 사류와 성균관의 학생들을 정치에 참여시켰고 공론정치를 강화하여 재지사족(在地士族)의 의견도 정치에 수렴하려고 노력하였습니다. 그리고 향약(鄕約)을 실시하여 전국적으로 많은 지지와 성원을 받았으나, 안처겸의 옥사, 바로 신사무옥에 억울하게 누명을 쓰고 목숨이 풍전등화이오니 부디 통촉하여 주시기를 비옵나이다.

작금의 조정 세태를 말씀드리오면 이번에 정권을 잡은 공신 재상(훈구파) 중 다수가 비리로 탄핵 되어 자신들의 존립에 심한 위기의식을 느낀 나머지 강도가 되고 바른말 하는 사림들과 뜻있는 선비들은 어육(魚肉)이 되어 바야흐로 도탄에 빠져, 노예 같은 신세를 면치 못하고 있습니다. 이러고서 조선 강산의 종묘사직을 어찌 보전할 수가 있사옵니까. 불의를 눈감은 것은 스스로 불의를 저지르는 것이고, 웃물을 흐리면 아랫물도 흐리니 이것이 나라가 망하는 길이 아니옵니까?

미신은 나라를 어지럽히는 근본이요. 점은 일을 그르치는 원인이옵니다. 그런데 용산 궁의 애첩 김 씨가 용산을 미신과 무당에 이끈 장본이라고 하니 기가 찰 노릇입니다.

하(夏)나라 걸 왕은 그의 말희(妹喜) 왕비가 망쳤고, 상(商)나라 주왕(紂王)은 포사 유왕의 왕비가 망쳤고, 당나라 명황(名皇)은 양귀비가 망쳤으니 통촉하여 주시옵소서.

중니(仲尼: 공자의 자)가 이르기를, "나라가 흥하려면 반드시 착한 신하가 나고, 망하려면 요망한 계집이 생긴다." 하였으니, 통촉하여 주시옵소서.

하옵고, 매관매직(賣官賣職)은 역대 사기(史記)에도 볼 수 없는 일이온데, 중앙의 내직과 외적인 수령 직임(職任)을 암암리 사고파는 탐관오리가 수령은 6.7천 금(金) 이번에 전주 관찰사로 내려온 주기회도 5.6만 금(金)을 먼저 바친 후에 내려왔다는 소문이 전주 고을에 파다한데, 그가 부임하자마자 죄 없는 농사꾼, 선비, 장사치를 죄인으로 만들어 잡아 가두고 참혹한 형벌로 돈을 긁어모으고 있으니, 이것 또한 나라가 망하는 길이 아니옵니까?

나라의 기둥인 관리들이 도덕심이 땅에 떨어졌다는 것은 이 세상이 그만큼 부패해 썩어가고 있다는 증거입니다. 우리 태조께서 세운 조선의 강토 3천 리가 전하의 대에 와서 전하의 다스림을 받다가 하루아침에 망하게 된다면 이 어찌 억울하지 않겠습니까. 신이 통곡하며 간절히 아뢰오니, 인사(人事)가 만사(萬事)이오니 인사는 반상(班常)

의 구별 없이 탕평인사를 하시고요. 부자세(稅)를 신설하여 그 재원으로 집 없는 자들의 내 집 마련할 수 있는 기틀을 마련해 주시고요, 무엇보다 언로(言路)를 막지 마십시오. 그리고 지역 토호세력의 정경유착 엄히 막아주시고, 왜구와 오랑캐 침공이 빈번하오니 국방을 튼튼하게 하시옵소서.

14

후손들에게

말言

양심이 꽃다발이다!

내 말에 그대가 상처를 입을까 봐
나의 모난 것을 다듬는 고통이
이상과 현실을 아우르는 진통이
꽃다발이다.

배려가 꽃다발이다!

내 말에 그대와 나의 의가 상처를 입을까 봐
내가 조금 손해 본 그때가
내가 조금 양보한 그때가
꽃다발이다.

그리고 시산군은, 자신의 마지막이 가까운 것을 직감하고 다시 대대(代代) 후손들에게 다음과 같은 글을 써 전해 달라고 했다.

여러분은 매사에 중용(中庸)의 도(道)를 잊지 말기 바랍니다. 이것은, 인간(人間)의 처세(處世)를 바로 잡은 것이기 때문입니다. 그리기에, 여러분은 매사에 '천하의 이치에 따르며, 어디에 기울거나 치우치지 않아서 지나치거나 모자람이 없기'를 바랍니다. 그리고 모든 일에 몸소 실천하시기를 바랍니다. 또한, 사람다운 합당한 행동을 힘써서 인(仁)의 사람이 되시고, 학문하기를 즐거워하며 수신에 힘쓰는 지(智)혜로운 사람이 되시기를 바랍니다. 그리고 수치를 알고 부끄러워할 줄 아는 용(勇)기 있는 사람이 되시기를 바랍니다. 그리고 이들의 올바른 조화와 군자로서 꾸준한 자기성찰 및 학문수양을 통해 수신(修身)의 대도(大道)를 걷기 바랍니다.

이것을 실천하기 위해서…

첫째로 자족(自足)하는 동시에 남의 것을 탐하지 않는 사람이 되시기를 바랍니다.

둘째는 진실한 마음으로 남을 용서하고 사랑하는 충서(忠恕)의 사람이 되시기를 바랍니다.

셋째는 때에 따라서는 벼슬도 사양하고, 불의 앞에서는 서슴없이 저항할 줄 아는 사람이 되시기를 바랍니다.

넷째는 어떤 소득을 얻으면 그것이 정당하고 정의로운가를 되돌아보는 견리사의(見利思義) 사람이 되시기를 바랍니다.

다섯째는 나라에 충성하고 부모님께 효도하며, 상하(上下) 구분 없이 소통하며, 특히 형제자매들과 늘 희로애락(喜怒哀樂)을 나누는 소통의 대가(大家)가 되시기를 바랍니다.

15

눈

눈

부엉이 울 때마다
말없이 흔들렸던 초록 나뭇가지
아침이면 방울방울 이슬
매달았지

부엉이야 목마르지?
어서 와서 목 축이고
내님 어디까지 왔는지
소식 전해주렴

해님이 그의 신발 바꿔 신고 있네
정말 속 터지겠네
달 덩실 오르면 저 부엉이 또 날아들고
부엉부엉 내님 소식
아직 들리지 않고

빈 가지 끝에 눈만
대신 걸리네

시산군 면회를 마친 명월은, 어떻게든 구해낼 테니 끝까지 희망을 놓지 말라는 당부를 눈물로 하며 옥문을 나섰다. 그리고 우승호에게 어젯밤 계획한 대로 주기회를 만나보라고 하고, 전주 상단으로 돌아왔다.

그런데 억울한 누명을 쓰고 곧 형장의 이슬로 사라질지도 모를 시산군 구출과 그 실행 사이에 놓인 그 잔인한 간격 속에는, 많은 위험과 공포가 도사리고 있었다. 그러나 명월이에게 그것은 목숨을 건 문제였다. 아니, 그 이상으로 자신의 존재 이유의 문제이었다. 왜? 사랑하니까.

그래, 주기회 만나러 간 우승호를 기다리는 1시간이 천년 같았다. 그런데 해 질 무렵에 우승호가 돌아왔다.

"왜 이렇게 늦었나요?"

"완강히 거절할 줄 미리 알고 기루(妓樓)로 초대해 그의 머리에 가슴에 손발에 탐욕을 꼬악꼬악 집어넣는다고 좀 늦었지만, 결국 제 계획대로 받아들였습니다."

"그럼 그 금괴도 전했나요?"

"네."

"아, 그래요. 정말로 수고 많이 하셨습니다."

명월은 자기 방으로 올라갔다. 그러고는 조용히 짐을 꾸리기 시작했다. 내일 아침 일찍 명월이, 행수, 우성이, 우승호 그리고 우성호의 화순 광산의 심복 10명이 전주 초입 으슥한 산길에서 시산군을 기다릴 작정이었다.

그러나 이렇듯 자기 딴에는 고육지책으로 구출을 계획하면서도 가슴 속은 여전히 평온하지 못했다. 명월은 짐을 꾸리고 나서 불현듯 이런 생각을 했다.

최악의 경우를 생각해서 이것이 모두 주기회의 농간일지도 모른다. 나랏일이 그리 허술하지 않을뿐더러 설사 그 일이 성사되었을지라도, 언젠가는 들통나는데 혹시 어떤 꼼수가 숨어있는지도 모른다. 이번 기회에 나에게 동안 무시당했던 그 복수하려는 술책일지도 모른다. 그게 아니면 금괴만 챙기고? 어떤 일을 저지를지 모른다. 그렇다면 아주 흉측하고 위험한 일이다. 그렇다고 내가 잠자코 물러설 자가 아니라는 건 그도 잘 알 테니까. 그러니까 어쩌면 나를 없애 버리려고 들 게다. 정읍에서 살 때 같으면 그렇게 할 수도 있겠지. 그러나 지금은 어림도 없다. 우리는 전국적인 유통망을 가진 조선의 최대 상단이니까. 그리고 시산군은 조선의 최고 유학자가 아닌가! 만약 무슨 농간을 부렸다가는 내일이면 곧 그자의 죄는 온 나라에 확 퍼질 게다.

어떤 위험이 닥칠지라도 피신법은 있다고 하나님께서는 말했다. 그러나 의로우신 하나님은 빨리 승부를 짓기 위해 그 둘 중의 한 명은 반드시 이 방법을 잊어버리도록 할지도 모른다. 그래 그녀는 그들에게 마지막 대응할 카드로 우승호가 화순 광산에서 가져온 다이너마이트를 꺼냈다. 그리고 그 심지를 새것으로 바꿨다.

그래도 잠이 오지 않았다. 명월은 한참을 고민하다가 조카, 우성이에게 편지를 썼다.

'한우성에게' 편지를 쓴 다음 밀봉하고 겉봉에, '이 편지는 내 신변에 무슨 사고가 생겼다는 얘기를 들었을 경우가 아니면 절대로 뜯어 보지 말라.'

그렇게 썼다.

어떤 사고가 있을 때까지 안 된다는 그 짤막한 그 편지는 흡사 짧은 유언 투로 쓴 것이었지만, 그 반면에 자기 처지를 아주 정확하게 묘사한 것이었다. 그는 편지를 봉했다. 그때 저녁 식사하라는 우성이의 말을 듣자 그의 가슴이 거세게 요동쳤다. 방금 쓰고 난 편지에 온통 쏠려 있던 그의 공상은 비극적 예감으로 가득 차 있기 때문이다. 그러나 그는 한편으로는 시산군을 무사히 탈출시켜 임시 거처로 정한 화순 광산으로 가서 동안의 회포를 풀면서 즐겁고 행복하게 지내는 광경을 상상해 보았다. 시산군과 함께라면 첩첩산중도 괜찮고 폐광 동굴이라도 괜찮을 것 같았다. 그리고 아침에는 아침이슬로 잠 깨어 새소리로 밥 지어 먹은 후, 산에 올라 약초 캐면서 머루와 다래 따다가 시산군의 시(詩)로 술 빚으면서, 저녁에는 난(蘭)을 치다가 시산군의 이불이 될 수 있다면 더없이 행복할 것 같았다.

소설가처럼 자기 자신이 꾸민 얘기에 들뜬 명월은, 식당에 들어서자 거기가 왠지 화순 광산 같았다. 그는 식탁에 앉은 사람들을 둘러보았다. 그들의 표정까지도 자세히 살펴보았다.

그중에 우승호의 화순 광산 심복 그 세 사람, 그 들은 어떤 사람들일까? 이 거사를 앞두고 김오리의 얼굴이 어른거리고 있으니, 제발 그들은 김오리를 닮지 말아야 할 것인데 하면서, 거기 모인 사람들을 다시 한번 바라보니 결연한 얼굴을 하고 있었다. 흡사 전투를 앞둔 전사의 얼굴이었다. 일찍이 명월은 우승호가 그렇게 거룩하게 보인 적이 없었다. 그만큼 우승호의 얼굴은 위엄 있고, 믿음직해 보였다.

식사 후 그는 내일을 위해 일찍 잠자리에 들었다. 그런데 잠이 오지 않아 엎치락덮치락 하다가 겨우 잠이 들었는데 꿈에 어느 매우 넓은 정원이 나타났다. 그 정원은 누군가 훌륭한 솜씨로 아주 오래전부터 가꾸어 놓은 것 같았다. 그러나 나무들은 백 년 이상 묵은 고목들이었다. 그 정원은 어딘지 아방궁을 방불케 하는 그윽한 풍치가 있었다. 고맙게도 하늘은 맑게 개어 있었다. 그리고 구름 속에서 달이 짜잔 나타났다. 한참 후 달은 정원을 향한 현관을 정면에서 비추고 있었다. 조용히 다가가 보니 현관에서 불빛이 새어 나오고 있었다. 그렇게 공포에 떨어 보기는 생전 처음이었다. 그의 눈에는 더 여기 있으면 위험해 보였다. 황홀한 정열의 도취라고는 전혀 느낄 수가 없었다.

그래, 황급히 뒤돌아 가는데 갑자기 현관문이 열리는 소리가 들렸다.

"왜 돌아가시나요?" 몹시 감격스러운 시산군의 목소리였다.

"전 아까부터 당신의 일거일동을 지켜보고 있었어요."

명월은 몹시 놀랐다. 그는 어떻게 해야 할지를 몰랐다. 시산군은 자기를 사랑하지 않은 줄 알았다. 그러기에 매우 난처한 이 기회에 속마음은 털어놓아야겠다는 생각이 들었다. 그는 시산군에게 달려가 품에 덥석 안기었다. 참으로 따뜻하고 포근했다.

"어머나!"

명월이가 그의 허리를 꼭 껴안자마자 시산군이 풀썩 쓰러졌다. 그녀는 재빨리 자기 주위를 둘러보았다. 아무도 없었다. 다만 시산군의 창백한 얼굴이 보일 정도로 달빛은 환했다. 명월은 황급히 그를 편히 눕힌 뒤 이불을 찾았지만 없자 자기 치마를 벗어 덮어준 후 엉엉 울면서 크게 소리쳤다. "거기 누구 없소! 누구 없소!" 아무리 외치고 외쳐도 아무 대답이 없어, 허공을 마구 허우적거리다가 잠이 깼다. 다 꿈이었다. 식은땀이 등에 손에 흥건히 젖어 있었다.

내일 거사를 앞두고 불길한 생각이 갑자기 들었다. 그러나 꿈은 반대라는 말에 기대를 걸었다. 그래, 더욱더 순수해야겠다고 생각했다. 지금이야말로 그럴 시기다. 요즘은 사랑조차 장사로 보는 세상이니까 말이다.

다음 날 아침 일찍 상단 마차에 명월이와 우승호와 행수가 무기를 가지고 타고, 우승호의 심복 셋과 우성이는 보부상(褓負商)으로 변장하고 전주 초입 산길 쪽으로 달려갔다.

명월은 마차 안에서 품에 오래 간직한 자기의 은장도를 보는 순간 극도에 이르렀던 불안과 고통은, 주기회가 그를 겁탈하려고 했던 때보다 백배나 더 커졌다. 그때 주기회를 죽였더라면 그는 이 세상 여자 중에서 가장 정의로운 사람이 되었을는지도 모른다.

명월은 어젯밤 꿈에 만난 시산군의 얼굴이 떠올랐다. 사랑하는 사람이 죽는다! 참담한 일이다! 그녀는 품속에서 은장도(銀粧刀)를 꺼낸 뒤 무슨 생각에선지 칼날을 뚫어지게 바라보고 있었다. 그러다가 곧 그것을 칼집에 다시 넣고는, 아주 자연스러운 태도로 그것을 몸속 깊이 그것을 숨겼다.

명월의 이런 갑작스러운 행동에 우승호가 "은장도로 싸우시게요?" 하니 "아니요. 싸움판에 제가 뛰어들면 오히려 방해만 될 것 같아요." "그런데 왜 은장도는 꺼내시어 닦았나요?" "네 만약에 우리가 실패했을 경우 나 자신을 지킬 수 있는 유일한 무기를 점검했어요." "아 네…."

그 말에 모두 말문이 막혔고 얼굴은 납빛처럼 굳어져 갔다. 그런 침묵이 흐른 얼마 뒤, 우승호의 심복들이 미리 봐둔 산길에 도착했다. 그리고 명월은 가슴에 넘쳐나는 복잡다단한 심사를 이렇게 한 수 읊었다.

16

사랑하는 임과 헤어질 시간이 가까이 오면

和相爱的林离别的时间临近的话

사랑하는 임과 헤어질 시간이 가까이 오면

如同雨雪交加一般眼前一片漆黑

마치 진눈깨비가 내리듯 눈앞이 캄캄하여서

连自己身体都支撑不住啊

제 몸을 가누지 못하네

没有约定的海厚初次见面就交给初心

기약 없는 해후는 첫 만남 첫 마음에 맡기고

借着没唱完的歌再次等待春天

못다 부른 노래에 의지하여 다시 봄을 기다리네

绝望陷入悲痛之中时 动静中断

절망이 비탄에 빠질 때 인기척이 끊기고

阳光明媚地时候

햇살이 서릿발에 앉을 때

麻雀也坐着休息呢

참새도 앉아 쉬어가네

마침 해마저 저리 유심하니 그 정경 어찌하랴. 산, 길, 위, 해가 구름에서 나왔다가 다시 구름에 숨는다.

'아아, 참사랑은 서릿발에 햇살 같은 것이려니….'

명월은 그날부터 자신의 호를 운양(雲陽), 바로 구름에 볕이라고 결정하였다. 그리고 다시 숲에 몸을 숨겼다.

한참 후, 시산군을 사지(死地)로 압송하는 마차가 곧 올 고갯마루에, 하늘도 슬픈 듯 아, 비가 거세게 내리고 있었다.

그때 우성은 문득 시산군이 그에게 숙제로 남긴 유지가 생각나서 아까부터 나의 일거수일투족을 지켜보고 있을 것 같은 그의 선조, 세종대왕과 그의 왕자 영해군 할아버지께 이 난관을 어떻게 극복해야 할까요? 하고 조용히 아뢰었다.

'음, 우성아! 나의 삶이 네게 빛이 되었다고 생각하거든, 너부터 내게 본을 보여다오. 이 세상 모든 일은 우연히 되는 건 하나도 없으니, 너의 의지가 항상 정의로운 의지가 될 수 있도록 해라. 지금은 바야흐로 상실의 시대이니, 네 앞의 문제에 대해, 그게 그른 것인지 옳은 것인지 먼저 판단해 보기, 바로 무슨 문제에 먼저 멈춰서 생각하기, 바로 생각이 있는 삶을 살아야 한다. 그러면 그때부터 도덕성 인격이 장착되고 또 발생 되기도 하는 것이다.'

오, 이 재미, 이 새로운 변화의 목도(目睹). 가장 시산군의 중용(中庸)에 매료된 나의 시산군적인 나의 독자여, 그 사유(思惟) 간의 경야(經夜)여. 오, 명예를 중시하는 이여. 그러나 가만히 있으면 이 교훈은 그대가 생각하는 것을 도와주지는 않는다. 하지만 그대를 도와주기는 한다. 그대가 이 교훈을 이미 사유(思惟)하였으므로… 맙소사 그대는 그러한 어리석음에 어떻게 저항하는지를 배워버렸다. 게다가 양심은 내 발걸음보다 더 빨리 달린다.

그때 우성은 문득, 요즘 혜성처럼 나타나 세종왕자 영해군파를 잘 이끄는 이00 종회장이 생각나고 그 파종회에서 이름도 없이 빛도 없이 애쓴 이름들이 떠올랐다. 똥 속에서 순수한 모습을 추출한 것이다. 우성은 시산군이 이미 알고 있는 분은 그냥 지워 버릴까? 하다가 그러지 않았다. 뒤에 후회하게 될지 모르기 때문이다. 하지만 그가 이것을 지우지 않는 데는 이유가 있다.

어쩌면 이 이름들에는 예스(Yes)와 그래야 한다(It's got to be)는 것이 필연적으로 공존한다는 것을 보여주고자 했기 때문이다. 그들 중 누구나 원한다면 그의 주장이나 흔적을 지워 버릴 수도 있다. 그러나 가문의 역사에는 지워 버릴 수는 없다. 그러니까 그는 지워도 좋은 자료보다는 영원히 길이 보존할 자료를 쌓아 나감으로써 그의 후손들이 모두 시산군적인 중용의 눈을 화등잔(火燈盞)같이 뜨기를 바랐다.

선조의 얼과 공(公)은 우리 머리에 든 어떤 기억보다 낫다. 그 까닭은 우리의 선조의 얼과 공은 잊는 법이 아니라 그 기억을 환기하는 법이기 때문이다.

17

시산군의 유학과 중용을 이을 자는 누구인가?

조선 최고 유학(儒學) 자의 소명(召命) 으로
충효(忠孝) 와 중용(中庸) 과 명예(名譽) 를 전하는 시산군
그가 모함으로 역모의 죄를 뒤집어쓰고 한양으로
도축장으로 끌려가는 양처럼 끌려갈 때
그는 희망을 계시(啓示) 한다
인내하는 유학(儒學) 의 이름으로
신성한 인격으로
그 백성이 다시 태어나길 기원하는 시산군
지금, 이 나라, 이 백성의 영혼 속으로
희망을 선포하는 자
그 뒤를 이을 자는 누구인가?

시산군을 한양으로 압송하는 우마차가 보였다.

굵은 나무들이 촘촘히 박혀 있는 마차 안에서 눈을 감은 채 초연히 앉아있는 그를 본 명월은, 그 나무들이 정읍 영화루 뒤뜰의 나무로 보이기도 하고 또 영화루 뒤뜰 산책을 가로막은 가시나무 같기도 해서 막 달려가 치우고 싶어도 지금은 참아야 했다. 하늘도 슬픈가? 비가 내리고

있었다. 아주 세차게 내리고 있었다. 오, 맙소사! 이 무슨 끔찍스러운 길인가! 만약 이 거사가 실패할 경우 자신은 물론 가족들과 재산 그리고 친구들까지 화를 면치 못할 거다! 아, 그렇게 되면 얼마나 비참한 일이냐! 그리고 주기회가 정말로 시산군을 풀어줄까? 하면서도 명월은 점점 흐트러져 가는 마음을 가다듬었다.

"오늘 우리가 시산군을 구출하는 것은 의로운 일이라는 걸 잊지 마세요. 따라서 이 거사에 참여하는 여러분은 백 년에 한 명이 나올까 말까 하는 조선의 최고 유학자이며 정치와 경제의 거장(巨匠)을 구출하는 것입니다. 요 얼마 전에도 이런 기구한 운명으로 한 분이 돌아가셨는데 이번엔 우리가 꼭 구해야겠습니다."라고 우승호가 말하니, 그 수하 중 한 사람이 "안타까운 운명인 사람이라면…. 구체적으로 누구를 말하는 지요?"

"시산군 나리의 오랜 벗이며 정치 경제의 동료였던 정암 조광조 나리이지요. 그는 중종반정이 후, 이 나라를 개혁 개방으로 이끌던 현자이었지요. 그러니 이번엔 그런 일이 일어나지 않도록 우리 모두 힘을 모아 시산군을 꼭 구출합시다." 했다.

이때 명월은 우승호의 이 의협심과 정의의 빚을 갚을 여러 방법이 머리에 떠올랐다.

'돈! 그런데 돈은 나보다 그가 더 많다. 그럼 무엇으로 갚을까? 예쁜 여자! 그러나 그는 그런 데는 별 관심이 없어 보인다. 그럼 관직! 그러나 그것은 내 능력 밖에 일이고 또 그가 그것을 원하는지도 잘 모른다. 그렇다면 우승호의 이 정과 사랑을 갚으려면, 이 정의의 사나이가 가진 것보다 훨씬 더 빛나고 값진 것이 필요할 것이다. 그런데 아무 대가 없이 불의에 항거하는 우승호의 정의에 돈을 들먹이다니! 좀 부끄러웠다. 그런데 만약 아무 대가 없이 슬그머니 넘어간다면 나는 금수(禽獸)만도 못한 사람이 되는데 뭐로 갚지? 그런데 갚을 방법이 많을 것 같은데 딱히 갚을 방법이 없었다. 그래, 그 사랑을 위해서라도 꼭 시산군을 구출해야 그 은혜의 빚도 갚을 날이 올 것만 같구나.

그런데 그 사랑의 빚을 못 갚고 내가 죽으면 과연 우성이가 갚을까? 이래저래 모든 게 심란했다. 그리고 주기회가 약속한 대로 시산군은 풀려나면 집으로 돌아가겠지. 그러면 나는 또 먼발치에서 또 그를 그리워하겠지. 그리고 나는 두고두고 세상 사람들의 얘깃거리가 될 것이다. 사람들은 말하리라… 시산군은 저 명월을 왜 소실로도 받아들이지 못하지! 라고 수군거리겠지. 그러니 그 진실을 캐낼 것 없이 그에게 전적으로 맡기고 가만히 기다리는 편이 차라리 낫지 않을까? 아니지, 난 아까부터 시산군의 유학과 중용의 애제자가 아닌가? 그리고 거상, 송상, 대방보다 명월 선비로 불러주는 게 더없이 기쁘지 않았던가!'

명월은 잠시 흔들렸지만 어쩔 수 없는 운명, 그 피할 수 없는 운명을 받아들이기로 했다. 그리고 명월은 무작정 서울 본점을 오래 비워둘 수 없어 행수를 불러 본점을 잘 관리하라고 신신당부하여 서울로 올려보냈다. 그리고 마차 안으로 돌아와 다이너마이트를 점검했다.

한참 후, 시산군을 호송하던 마차와 맞닥뜨린 우승호는 그의 일행 10여 명과 복면을 하고 시산군을 압송하던 관군을 둘러 에워싸고 창과 칼을 들이대며 어서 당장 시산군을 풀어주라고 위협했다.

그 모습을 본 시산군은 깜짝 놀라면서 이러면 안 된다고, 이러시면 정말 안 된다고 온몸으로 마차를 두들기며 그만 멈추고 집으로 돌아가라고 고래고래 소리 질렀다.

"여러분, 여러분이 이러시면 저는 영영 구원받을 수 없는 진짜 죄인이 됩니다.

첫째는 제가 조광조와 더불어 왕도정치 이념에 입각한 개혁, 바로 경연(왕에 대한 교육)을 강화하고, 낭관(郎官)에 공무, 집행과정에 참여하는 권한을 부여하여 재상들을 견제할 수 있게 했고, 천거제를 실시하여 지방의 사류와 성균관의 학생들을 정치에 참여시켰고, 공론정치를 강화하여 재지사족(在地士族)의 의견도 정치에 수렴하려고 노력했고, 향촌의 운영에도 관심을 기울여 향약(鄉約)을 실시했던 것이 물거품이 되는 것입니다.

둘째는 나는 조선의 최고 유학자로서 무엇보다도 명예를 중시하며 살아왔는데, 여러분이 이러시면 저를 두 번 죽이는 것입니다, 여러분의 마음은 고맙지만 여기서 멈추시고 제발 집으로 돌아가세요." 그러자 명월이가

"나리, 저는 나리를 이대로 보낼 수 없어요. 절대로 보낼 수 없어요."

"아니요. 나는 가야 합니다."

"어디로요?"

"주상 전하를 만나 뵙고 조광조가 못다 이룬 개혁을 완성해야 해요."

그런데 이상한 것은 시산군을 호송하던 관군이 마차에서 한 발짝 물러나서 그저 그냥 창만 겨누고만 있었다. 우승호가 준 뇌물 탓일까? 우승호가 주기회에게 뇌물 주면서 부탁한 대로 정말로 지키는 시늉만 하는 건가? 그런데 더 이상한 것은 시산군의 간곡한 만류에 눈물을 무릅쓰고 명월이 화순 우승호 광산으로 떠나려던 순간, 명월이 마차 반대편 숲속에서 관군들이 화살을 마구 쏘며 와르르 쏟아져 나와 화살을 쏘았다.

함정이었다. 이 모든 것은 주기회의 함정이었다.

그런데 더더욱 이상한 건 명월의 마차를 에워싼 수십 명의 관군이 어서 항복하라고 말만 할 뿐 공격은 하지 않고 마차 주위를 빙빙 돌고 있었다. 그러다가 그들 중에 지위가 좀 높은 듯한 나졸 하나가 찢어진 마차 창틈으로 그 안에 우승호, 한우성 그리고 명월이 있는 걸 확인한 나졸 하나가 급히 숲으로 사라졌다.

역시는 그저 역시일 뿐이고, 한번 기회주의자는 평생 기회주의자인가

주기회 관찰사가 그 숲속에 진을 치고 명월이 일행의 일거수일투족을 지켜보고 있었던 것이었다.

한참 후, 늙수그레한 한 사람이 명월의 마차로 다가왔다. 그 사람이 마차를 힐끗힐끗 염탐하고 간 그 사람일까? 시간은 자꾸 가는데 변한 것 하나도 없었다. 그러나 곧 모든 게 끝날 것이다. 손과 발이 얼음처럼 시렸다. 하얗게 서리 낀 마차 안 찢어진 창문 사이로 구름 가득한 하늘이 차가워 보였다.

일단 우승호의 광산, 화순으로 가려고 후퇴했으나 포위되자 상황은 더욱 나빠졌다. 우승호 수하는 후퇴를 거듭하더니 어느덧 다 도망가고 이제 세 사람만 마차에 남았다. 불안과 공포는 극에 달했고 이 전투를 지휘했던 우승호마저 날아온 화살에 맞아 팔에 상처를 입었다.

그때 아까 늙수그레한 그 사람이 마차로 다가와 노크를 하였다.

"명월 송상, 아니, 명월 대방님 계십니까?"

"난데 왜 그러시오?"

"문 좀 열어주세요. 저 주기회입니다."

"아니, 관찰사 나리께서 웬일입니까?"

"존경하는 시산군 나리를 이번에 어떻게든 풀어드리려고 했는데, 조정에서 파견된 도사(都事)가 무슨 눈치를 챘는지 데리고 온 서리(書吏)와 사령(使令) 하나씩을 제 뒤를 졸졸 따라다니게 하는 바람에 이 일이 난관에 부닥쳤습니다."

"풀어줄 거면 좀 일찍 풀어주셨으면 좋았을 텐데…."

"저도 기회를 몇 번 노렸으나 감시의 틈을 찾을 수 없었어요. 그런데 방금 시산군께서 명월 대방 일행을 물리치는 것과 명월 대방님의 시산군을 향한 지고지순 사랑에 절로 고개 숙어집니다. 그러니 지난날 시산군 나리와 명월 대방님께 저질렀던 무례와 죄를 어떻게 씻어야 할지요? 그저 부끄럽고 죄스러운 마음 하늘 같사옵니다."

"이 난관을 어떻게 돌파해야 하겠습니까?"

"시산군 나리는 이미 자수했고 또 임금님께 동안의 일을 모두 아뢰고 싶으니 저희가 시산군 나리를 탈출시키는 일은 없던 일이 됐으니, 이젠 성총을 기대할 수밖에 없습니다. 그러니 명월 대방님과 저 두 분을 안전하게 탈출시키는 것이 제 마지막 소임인 것 같아 달려왔으니 제가 시키는 대로 하시기를 바랍니다."

"저도 시산군 나리를 따라가겠으니 저를 잡아가고 이 두 사람은 풀어주시기를 바랍니다."

"아닙니다. 시산군 나리께서도 여러분 모두를 꼭 안전하게 탈출하도록 도와달라고 했으니, 여러분은 모두 꼭 탈출하셔서 시산군 나리가 못다 이룬 유학과 중용의 도를 널리 전파하셔야 합니다."

"아니요, 전 시산군 나리를 따라가겠습니다."

"대방님! 그러면 시산군 나리가 더욱더 힘들어지니 훗날을 도모해 주시길 바랍니다."

"아니요, 저는 여기 남을 테니, 저 두 분만 탈출시켜 주세요."

"제가 여기 올 때 도사와 서기 사령들에게 명월 대방을 최대한 설득해 자수시키겠다고 왔는데요, 만약에 마차가 조금이라도 움직이면 실패한 줄 알고 곧바로 화살을 퍼부으라고 명령해놓고 왔습니다. 그런데 여기서 한 백 미터만 돌아가면 산세가 험한 숲이라 쉽게 탈출할 수 있을 테니, 뒷일은 저에게 맡기고 어서 가십시오." 하고 마차 말을 힘껏 이랴! 내리쳤다.

마차가 움직이자 화살이 비 오듯 쏟아졌다. 주기회는 온몸으로 화살을 막으며 마차가 안 보일 때까지 버티다가 풀썩 쓰러졌다.

곧바로 도사가 지휘하던 관군들이 추격해 오기 시작했다. 이제 쫓아오는 관군들을 저지할 방법은 명월이 가지고 있는 다이너마이트뿐이었다. 그런데 그것을 터트리면 죄 없는 관군들이 많이 죽을 수 있어 답답할 노릇이었다. 그런데 설상가상으로 한 화살이 우성이의 귀를 스쳤다. 연이어 날아온 화살이 명월의 복부에 꽂혔다. 피가 폭포수처럼 쏟아졌다. 마차 안은 피범벅이었다. 하는 수 없이 화살을 빼고 치마를 벗어 상처 부위를 꽁꽁 동여맸다. 다행히 피는 멈췄지만, 피를 많이 흘린 탓인지 명월은 눈을 감았다 떴다를 반복하고 있었다.

"고모, 정신 차리세요. 저 알아보겠어요?"

"알아…."

"고모, 저 누군데요?"

"내 조카… 우성이지… 사랑… 해…. 이거 꼭 전해줘라…."

그녀는 품속에 간직한 시산군의 서찰 둘을 우성에게 건네주고 끝내 숨을 거뒀다. 그런데 그들이 명월의 죽음을 슬퍼할 겨를도 없이 설상가상으로 관군들이 추가로 몰려와 우성과 우승호 뒤를 바짝 쫓고 있었다. 그들은 어떻게든 살아서, 시산군의 서찰을 임금님께 전해 주어야 할 것 같아서 마차가 한적한 숲 코너를 돌 때 우성이는 마차를 세우고 우승호와 화순에서 만나기로 하고 헤어졌다.

한참 후, 숲 바위 뒤에서 추격해 오던 관군들을 지켜보고 있었는데, 세워 둔 그 마차를 보고 우르르 에워싸더니 죽은 명월 고모를 끄집어냈다가 다시 싣고 그중 일부는 숲을 수색하고 나머지는 마차를 돌려 끌고 내려갔다.

그 모습을 숲 바위 뒤에서 지켜본 우성은 자신이 너무 슬퍼도 크게 울 수도 없어 눈물만 줄줄 흘렸다.

"이제 나 혼자 어떻게 하지… 가만있자, 이 경우엔 이런 대책이 어떨까?" 그는 분한 마음을 억누르며 혼자 중얼거렸다.

전주 황병산 골짜기 어디쯤 있을 고모의 시신이라도 찾아야 할 텐데… 걱정이었다… 그리고 시산군의 안부도…

곧바로 전주 상단으로 돌아왔다. 그리고 이렇게 우왕좌왕하는 이런

저 자신이 어리석어 보였다. 갑자기 시산군이 중용의 눈으로 지켜보고 있는 것처럼 느껴졌기 때문이다. 그러고 한참 후 그는 조용히 고모가 일전에 준 서찰을 읽어보기 위해 골방으로 들어갔다.

우성아! 내 편지를 뜯었을 경우, 시산군께서 전하께 올리는 상소문과 그 후손들에게 남긴 서신은 배천 시산군 문중 어른들에게 꼭 전해주라. 그리고 나의 재산은 시산군 후손들을 위한 육영재단을 만들어 나라와 가문을 빛날 인재를 양성하는 데 사용하도록 하라. 그리고 내가 죽거든 화장해 시산군 옆에 뿌려다오.

우성에게 명월의 사고를 들은 전주 상단 점장은, 여기에도 관군이 곧 들이닥칠 거라고 하면서 우성이를 자기 집으로 안내했다. 그러나 우성이는 그 집에서 밤이 되자 다시 가게로 나왔다. 그 가게를 드나들던 마차 마부 하나는 그 집 앞에 손님을 내려줄 때마다 한동안 멈춰 그 손님들에게 무슨 말을 장황하게 설명했다. 그런 그는 어쩌면 바로 그가 사고를 나던 날 우승호 일행을 태워다 준 사람인지도 모른다. 그리고 그는 그 사건에 관한 이야기를 마음대로 지어내고 있는지도 모른다. 그래 우성이는 그 마부가 올 때마다 그를 피했다.

이틀 후, 화순 광산으로 간 김오리 당숙이 돌아왔다. 그리고 시산군이 화순으로 오기로 한 날이 지나도 안 와서 혹시나 하고 전주 황병산에 가보니, 우승호의 수하 같은 한 사람이 창에 찔려 죽은 것 같은데 불을 지른 탓인지 누군지 전혀 분간할 수 없었지만, 불에 탄 한 두상(頭相)이 있는 걸 보면 그들 중 하나가 분명하다는 비참한 소식을 들었다. 그는 그 당숙에게

"그 시신은 어떻게 됐나요?"

"일단 수습해서 그 한적한 곳에 묻고 왔는데 어떻게 할 건가요?"

"당연히 예를 갖추어 잘 모셔야죠."

우성은 그분의 장례도 치러야 했고 또 고모의 시신이라도 찾아야 했고 또 이 소식을 시산군의 문중(門中)에도 알려야 해서 머리가 빠개질 것처럼 아팠다. 그래, 한참을 생각한 끝에 상단 점장에게 우승호의 수하 그 한 사람을 하루빨리 파악해 그 가족들에게 후한 보상과 더불어 정중한 장례를 부탁하고, 김오리 그 당숙 어르신과 함께 고모의 시신을 찾아 나섰다.

우성이는, 그 참담한 현장으로 가는 내내 어젯밤 꿈속에서 만났던 고모의 목소리가 들리고 또 얼굴이 아른거렸다가 금방 사라졌다.

그들이 말을 타고 시산군과 명월이 고모를 마지막으로 본 황방산 깊은 골짝에 가보니, 다행히도 비가 내린 탓인지 마차 바퀴 자국이 아직 희미하게 남아있었다. 그 길가에는 무성한 칡덩굴 사이로 상수리나무와 산딸기나무가 간간이 숨어있었고, 가시나무가 열린 하늘로 퍼져 가고 있었다.

그 길을 따라 한참을 따라가는데 갈림길이 나왔고, 온통 자갈밭이라 마차 자국이 하나도 안 보였다. 그래 그 둘은 헤어져 그 둘의 앞에 놓인 길을 거슬러 한참을 올라갔지만 오리무중이었다.

그래 발길을 돌려 갈림길에서 다시 만난 그들은 왼쪽 길과 오른쪽 길을 두고 고민, 고민하다가 왠지 왼쪽 길로 갔을 것 같아서 왼쪽 길을 따라 쭉 올라갔다. 또다시 그렇게 올라가다가 배도 고프고 목이 말라, 말을 그 길가 큰 나무에 묶어놓고, 개울가로 내려가다가 문득 발걸음을 멈췄다.

바위 아래 아주 작은 구석진 공간에서 돌미나리가 바위에서 떨어지는 물세례를 피하지 않고 굳건히 견디니… 숲 사이를 뚫고 들어온 햇살이 그를 뽀송뽀송 말리고 있었기 때문이다. 그 옆의 하얀 민들레 꽃잎이 휘날리고 있었기 때문이다.

돌미나리와 물보라와 햇살과 민들레는 묘한 인연을 띠고 있었다. 그것은 거의 반사작용으로 저에게 주어진 소임을 피하지 않고 있었다. 어쩌면 이들의 그늘 속이야말로 시산군에 대한 명월 고모의 마음인지도 모른다고 우성이는 생각했다.

오래전부터 황방산에서 덕진 골에 사는 여자 두 사람이 죽었다는 이야기가 전해오고 있었다. 불과 3년 전의 일이었다. 전주에 관찰사가 있어서 그 고을을 지켜준다고 하지만 어찌 된 셈인지 덕진 골에는 산적들이 수없이 들락거렸다. 그야말로 흉년이 들어서, 사내라고 생긴 것이면 군산으로 가서 배를 타고 고기잡이 어부가 되거나 아니면 화순 광산에 광부로 나갔고, 여자들은 산과 들에서 나물을 캐다가 장에 팔아먹고 사는 사람들이 부지기수였다.

이때 덕진 골 여자 둘이 그 산 숲에서 나물을 캐다가 변을 당한 것이었다. 그들은 여느 때와 마찬가지로 나물을 캐고 있었는데, 그 몹쓸 그놈들이 갑자기 여자들에게 덤벼든 것이었다. 여자들은 발버둥 치며 악을 썼지만, 우악스러운 산적들을 당해낼 수가 없었다.

황방산 골짜기 숲에서 네 사람의 산적들에게 나물처럼 살이 물러지도록 성폭행을 당한 그 여자 둘은 그 숲 나뭇가지에 허리띠로 목을 매달고 죽었던 것이었다. 그 말을 하는 사람에 따라서는, 그것은 전혀 근거 없는 말일 뿐이라고 하기도 했다. 그런가 하면 어떤 사람들은 병이 깊은 그 둘이 목을 매단 것이라고도 했다.

아무튼, 그런저런 원한 때문에 황방산의 숲 그늘에는 안타깝고 슬픈 기운이 잠기어 있었던 것이었다. 우성이와 김오리 당숙은 가도 가도 명월의 흔적이나 시신을 찾지 못해 돌멩이를 걷어차며 안간힘을 쓰는 듯한 소리를 코로 내 뿜으며 가시넝쿨을 헤치며 나갔다. 그때, 숲 그늘에 잠긴 계곡의 바위 뒤에서 하얗게 머리가 센 노인이 나왔다. 그 얼굴에는 땀방울이 송골송골 엉기어 있었다. 약초를 캐고 있었던 모양이다. 그 노인은 우성이를 보자마자 놀랐는지 외면해버렸다. 그리고, 돌아서서 바위 뒤로 들어갔다. 한데, 여기서 놀라운 일이 생겨 버린 것이었다. 그 노인은 아까 피한 옆에 조금 더 높은 바위 위에 걸터앉아 숲 사이로 새까맣게 타버린 한 무더기 잿더미를 바라보고 있었다.

덕진 골과 검푸른 황방산 위로 새털 같은 구름이 피어오르고, 그 바위 앞에서는 청설모들이 잣을 물고 계곡 쪽으로 흐르듯 나아가고 있었는데, 그 노인은 넋을 놓고 그 잿더미를 바라보고 있는 것이었다. 조금 전까지만 해도 그렇지 않았는데, 그 노인의 머리에는 흰 수건이 질끈 동여져 있었다. 흐르는 땀을 막기 위해 그렇게 한 모양이다. 그런데 그 수건으로 풀어 한동안 눈가만 훔치고 있었다. 그를 한참을 바라보던 우성이와 김오리 당숙이 그 옆에 다가가니. 망태에는 당귀 몇 뿌리와 영지버섯과 도라지가 반쯤 담기어 있었다.

"왜, 자꾸 따라오시오?"

그 노인이 바위를 내려오면서 흐느끼는 소리가 계곡 가장자리에 우거진 소나무와 박달나무와 개암나무 칡넝쿨 숲을 맴돌고 있었다. 우성이는 화들짝 놀라면서도 한 발짝 더 다가섰다. 그 노인의 이맛살은 찌푸려져 있었다. 눈은 충혈되어 있었다. 보는 사람 없는 이 바위에 걸터앉아 혼자 눈물을 흘렸는지 눈가가 촉촉했다.

"어디 편찮으세요?"

김오리 당숙은 물으니, 그 노인은 숲 사이로 아까 그 잿더미를 가리키면서 고개를 저었다. 그리고 현기증이 나는지 한 손으로 이마를 바치며 주저앉았다. 순간, 우성이는 어쩌면 그가 가리킨 잿더미가 그토록 찾던 고모가 타고 갔던 마차인지도 모른다는 생각에 가슴이 저렸다. 그리고 급했다. 어서 빨리 가서 확인하고 싶었다. 그런데 이 노인이 아주 정신을 놓아 버리기 전에, 업고라도 그곳으로 가고 싶었다.

"어르신 정신 차리세요···. 힘드시면, 제가 업고 갈까요?"

그 노인이 고개를 절레절레 흔들면서

"어제 참으로 눈 뜨고 못 볼 것을 오늘 또 보았더니··· 젊은이도 저 잿더미기 궁금한가 본데, 같이 가볼래요? 실은 나도 멀리서 보았는데, 이 첩첩 산 중에 어떤 놈들이 마차를 끌고 와서 불을 지르는 그 참혹한 광경을 보고도 무서워 가보지 못했는데 같이 가봅시다."

그는 헛소리처럼 그렇게 중얼거리면서 우성이를 빤히 쳐다봤다. 우성이는 그 노인 옆에 선 채로 그 잿더미를 내려다보았다. 타다 남은 나무 몇 토막이 보이는 듯했다. 가슴이 저렸다. 안타까웠다. 순간, 가슴속에서 꿈틀하고 일어서는 게 있었다. 그것이 뜨거운 눈물이 되어 그렁그렁했다. 눈앞이 아찔했다. 다리가 후들후들 떨렸다. 그는 그 잿더미로 내달렸다. 잿더미 앞에 들어섰다. 마차는 흔적 없고 나무토막 몇 개와 바퀴만 잿더미 옆에 비스듬히 누워 있었다.

뒤늦게 달려온 김오리 당숙이 그 참혹한 광경을 보고 망연자실 펄썩 주저앉아 대성통곡을 했다.

우성은, 이 각박한 세상에서 고모 일을 제 일처럼 나섰다가 상처를 입은 우승호와 안타깝게 목숨을 잃고 상처를 입은 그의 수하들과 그리고 끝까지 신의를 지킨 김오리 당숙 어르신 등등이 그저 존경스러울 뿐이었다. 그리고 고모가 그들에게 어떻게 대했기에 목숨까지 걸고 도울 수가 있는가를 생각하니 고모가 더욱더 존경스럽고 그리웠다.

이윽고 간신히 울음을 멈춘 김오리 당숙이 명월 고모로 추정되는 유골을 수습해, 전주 상단으로 가려고 했는데, 그 당숙이 위험하다고 자기 집으로 가자고 해서 거기로 가고 있었다.

그런데 그때 우승호 씨도, 옛 애제자인 우성이 소식이 궁금해 팔에 박힌 화살을 뺀 지 하루 만에 전주 상단으로 가지는 못하고 김오리 당숙

집으로 가고 있었다.

얼마 후, 누가 먼저랄 것도 없이 동시에 그들이 김오리 당숙 어르신 집에 도착했다. 그 당숙모는 진심으로 그들을 환영했다. 모두 모두 반가웠다. 가족들과 다시 만난 것 같은 느낌이었다. 우성은 거기 모인 모든 분이 진심으로 고모를 깊이 사랑하고 있다는 것을 새삼스럽게 느꼈다. 그는 또한 진심 어린 그들의 애도와 위로에 놀랐다. 그들의 순진함과 품위 있고 진중한 언동(言動)에 놀랐다. 그는 자기가 기방(妓房)에서 생활했던 온갖 불쾌하고 야비한 행동 방식에 대한 상상을 깨끗이 씻고 싶었다. 이분들 앞에서 다시 옛날의 모습을 보여준다는 것은 상상할 수도 없었다.

김오리 당숙모가 차려준 저녁 식사가 끝나자. 그 당숙 어르신이 말문을 열었다.

"우성 씨! 자네가 어서 빨리 서울로 올라가 상단 점검도 하고 또 인수인계도 받아서 고모가 못다 이룬 꿈인 시산군의 유학과 중용의 도를 널리 전파해야 하지 않겠는가? 그리고 시산군 나리도 살펴 도울 일이 있으면 도와야 하지 않겠는가?" 하니, 우성이 "네." 했다.

그 이튿날 우승호 씨도 불편 몸을 아랑곳하지 않고 기어이 우성과 함께 서울로 올라갔다.

18

희망심로(希望心勞)

한 포기 어린 꽃을 가꾸듯 살면서
아침에는 아침이슬로 일어나서
해처럼 일하다가
밤에는 고단한 잠을 지키는 따스한
등불이 되게 하소서

어지럽고 목마르던 말뿐인 정에
부디 눈감게 하시고
냇물이 바다에 이르기까지의 길을
내 꿈의 주소로 삼게 하소서

우리 사이가 술 숲에 갇힌 달빛일지라도
실망하거나 낙심하지 않게 하시고
신의信義 하나로 기쁨과 슬픔을 함께 나누는
진하고 맑은 우리 되게 하소서

오늘을 내 마지막처럼 살게 하시고
진실이 밥이 되고 정의가 발이 되어

나의 일터와 가정에 평화가 넘치게 하소서.

아아, 시산군적 나의 독자들이여… 문득, 권전〈형장에서 고문받다 죽음〉이 시산군에 적어 준 오언 절구(五言絶句) 시(詩)가 생각난다.

누더기 걸치고 꺼진 재 뒤집다가
홑이불 당기며 슬퍼하도다
쓸쓸한 밤 길기도 한데
창밖엔 비바람뿐이네

그리고 권전이 시산군에 말하기를 "자네는 계략이 많으니, 이런 뜻으로 처겸에게 말해주어 시급히 해가야 한다." 라고 했던 말이 자꾸 생각난다.

아아, 시산군적 나의 독자들이여, 이 대목에서 내가 만약에 시산군이라면, 나는 어떻게 했을 것인가를 생각하니, 가슴이 답답해져 와서 견딜 수 없다.

그 당시, 모든 사림(士林)과 권전도 인정했듯 시산군은 참으로 지략을 겸비한 유학자이었다. 그러나 모든 문제는 폭력이 아닌 인의(仁義), 바로 어짊과 의로움으로 모든 문제를 풀려고 했다.

그러나 그 당시, 죄도 없이 벌을 받는 선비들이 많아 사류(士類)들이 장차 씨가 마를 지경이었다.

각사(各司)의 관원들이 풍년인지 흉년인지를 헤아리지 않고 방심하여 마음대로 하므로 노비(奴婢)들이 곤궁 피폐하고 저자와 항간(巷間) 사람들이 모두 원망하고 한탄하니 인심이 흉흉했다.

아아, 시산군적 나의 독자들이여, 그 당시 내가 시산군이라면 어떻게 했을까? 아마도 현실 안주냐 개혁이 두 문제에 고민할 게 분명하다. 나는 현실 안주보다는 개혁을 택할 것이다. 그때나 지금이나 같은 조선의 남자임에도 한 무리는 시류(時流)에 묻어가는 그저 그런 사람이 있고 한 무리는 모든 미덕의 용기인 것이었다. 그러나 두 무리는 모두 자기 중심주의이었으나 나라와 이웃과 형제자매를 생각하는 마음이 달랐고 그들을 대하는 행동이 달랐을 뿐이었다. 그런데 문득 내 눈앞에, 이 두 무리에서 길잃은 내 모습이 보이는 것 같았고, 그 두 무리를 보고 있으려니 가슴이 쓰리고 아파 견딜 수 없었다. 나는 혼미해지는 정신으로, 이러한 두 무리의 길이 바로 내가 처한 처지인데,

「모든 불행의 원인이 내게 있는 탐욕 때문이다.」

서울 명월의 상단 본점에 도착한 우성과 우승호 며칠 전에 미리 올라간 행수를 만나 주기회가 벼슬을 매관매직(賣官賣職)한 김 대감님 댁을 찾았다.

우성은 행수로부터 김 대감과 주기회와 명월 고모 인연의 얘기를 듣고 시산군의 면회를 부탁하기 위해 간 것이다. 김 대감은 그때 한성판윤이어서 누구보다 서울의 시사(時事)에 밝기도 했고, 명월이 개성 인삼을 가지고 중국에 갔다가 돌아올 때마다 들여온 최고급 비단, 침향, 옥 등의 최우수 단골이었기에 행수도 잘 알고 지내는 사이였다.

"대감님, 이번에 중국서 몸에 그리 좋다던 침향을 들여와 대감님께 좀 드리려고 가지고 왔습니다. 라고 행수가 말했다.

"아니, 이리 귀한 걸 고맙기 그지없네, 아, 그런데 이분들은 누구신가?"

"이 젊은이(한우성)는 우리 대방님 조카인데 이번에 우리 상단을 물려받은 분이고, 그 옆 분은 우승호 나리신데 저 화순 금방앗간(광산) 주인이십니다."

"그런데 어쩐 일로?"

"한우성 대방 취임 인사도 드리고 또 뭐 하나 부탁드릴 게 있어…"

"뭔데 그리 뜸을 들인가? 이렇게 귀한 선물도 받았으니, 내 원만하면 다 들어주겠네."

"실은 존경하는 시산군께서 이번 사화에 연루되어 수배돼 어제 전주에서 자수해 서울로 압송되었는데 지금 어떻게 지내시는지 궁금하고 또 면회할 수 있다면 꼭 한번 하고 싶습니다."라고 우성이 말했다.

"음, 그런가…. 아, 자네 고모 명월은 잘 계신가?"

"아, 네, 갑자기 건강이 안 좋아 요양차 고향 남원, 매안이에 가 계십니다." 했다.

우성은 그렇게 대답했지만 가슴이 아팠다. 고모의 변고를 지금 그에게 알렸다가는 지금 부탁을 거절할 수도 있고 또 무시할 수도 있기 때문이다.

김 대감은 "어찌 그런 일이 어쩌지 이것 정말 안타깝네! 안타까워…"

"이 사화, 이 국문(鞫問)을 잘 아시나요?" 우성이 물었다.

"알다마다 아까 그 자리에 있었는데…"

"그래, 어떻게 되셨나요?"

"시산군 나리! 내 생전에 돌아가실 때 그렇게 고결(高潔)한 분은 처음 보았는데 그러나 하도 참혹하게 돌아가셔서…"

"그럼 시신이라도 찾을 수 있을까요?"

"남곤, 심정 대감 등이 뭐가 켕기는 게 있는지 기어이 화장하라고 해 한 줌의 재로 남은 것까지 흩치기에 내가 쓸어모으고 있는데, 시산군 나리가 평소에 잘 다니던 암자에 스님이라는 분이 나타나 모시고 갔네."

"네에."

우성은 슬퍼할 틈도 없이 행수의 안내로 그 암자로 가서 흙먼지 시산군을 뵙고 내려오는 내내 시산군의 유훈을 시산군의 고향 황해도 배천에 잘 전해주고 또 자신도 시산군처럼 부끄러움이 없는 사람이 되고 싶어서, 고모가 들려준 시산군의 선조들을 다시금 떠올려 보았다.

시산군의 조부 영해군은 세종대왕과 어머니 신빈(愼嬪) 청주김씨(淸州金氏) 사이 6남 중 5남으로 태어나니 세종의 17번째(君 9번째) 왕자이다. 그는 어렸을 때부터 너그러웠고 자라면서는 덕의와 절의가 있어 스승과 공부할 때는 화려함을 기뻐하지 않고, 관인대도(寬仁大度)와 검소질박(儉素質朴)의 본을 보여주었다.

영해군은 평산신씨를 부인으로 맞아 영춘군(永春郡), 길안도정(吉安都正) 2남과 딸 하나를 두었다. 43세에 별세하였으며 나라에서는 안도(安悼)라는 시호를 내렸다.

묘소는 서울 도봉산 무수동에 있고 전북 남원시 사매면 대신리 소덕사(昭德祠)에는 영해군의 위패를 모셨다. 소덕사에서는 음력 5월 5일 기신제를 지내고 있으며 사당명은 영해군께서 평소에 덕을 밝히시는 데 힘쓰셨고 후손들이 덕행을 본받아 덕을 밝히는 사람이 되게 하고자 하는 뜻에서 소덕사(昭德祠)라 했다.

영해군의 장남 영춘군은 완천군(完川君), 강녕군(江寧君), 순성부정(蓴城副正), 덕녕부정(德寧副正)의 4남과 딸 둘을 두었다. 품계는 승헌대부이고 시호는 화목을 이루었다는 뜻으로 '목성(穆城)'이다.

영해군의 차남 길안도정은 시산군(詩山郡), 청화수(淸化守), 송계군(松契君), 은계군(銀契君), 벽계도정(碧溪都正), 옥계군(玉溪君) 등 6남을 두었으나 옥계군은 외아들 운천군(雲川君)을 둔 뒤 후사가 없었다.

영해군파의 문관직으로 총 107명 중 정3품 이상이 29명, 무관직은 68명 중 정3품 이상이 21명이 된다. 특히 4대 종손인 덕일(德一)은 학덕이 뛰어난 숨은 선비로 인정받아 과거시험 없이 사헌부 장령(掌令)으로 발탁되어 공적을 쌓은 뒤 예조판서까지 이르렀다.

벼슬길에서 과거 출신만도 26명인데 영해군파에서 4대 때 또는 3형제 모두 내리 등과하였다. 그 선조는 8대손 정린(廷麟), 9대손 언경(彦經), 10대손 춘제(春濟), 11대손 창유(昌儒), 창급(昌伋), 창임(昌任)이고 친형제와 부자가 등과 한 선조는 11대손 창의(昌誼), 창수(昌壽), 12대손 병정(秉鼎) 등이다.

효행 한 선조는 32명인데 손가락을 베어 아버지에게 수혈해 드려 시호를 받은 선조는 영해군파 9대손 언강(彦綱)이다. 언강은 증강문과 을과 1등으로 과거급제 후 예조판서 형조판서를 역임하고 한성판윤을 11회(543대, 549대, 553대, 556대, 598대, 600대, 607대, 614대, 625대, 632대) 역임하였다. 손자는 좌의정 창의(昌誼), 이조판서 창수(昌壽), 증손자 이조판서 병정(秉鼎)이다.

영해군파 13대 손녀 빙허각 이씨(憑虛閣李氏)는 이조판서 이창수의 딸로 조선 시대 최고의 여성실학자이며, 우리나라 역사상 최초로 순수 우리말 한글로 된 규합총서라는 백과사전을 저술하였다.

3·1운동 때 공(독립유공자)을 세운 후손으로는 이석기(李奭器), 이형기(李炯器), 이성기(李成器), 이용기(李龍器), 이명수(李明壽), 이광수(李光壽) 6명이다.

이 카테고리를, 이 알뜰한 내용을, 그 삼단 논법, 그 일련의 경구를 대환법(代換法)에 부여하니, 오, 시산군적인 나의 독자들이여, 그 후손들이여, 그대들은 그대들의 마음을 이 선조에 투사시키는 것만으로도 시산군이 그토록 중시했던 중용과 명예를 지킬 수 있다.

19

발길

발길

온갖 상처들을 단숨에 덮어버리는 눈이 될래요. 내일이라는 말에 감사하며 절망의 품속에서 피는 동백꽃에 내 발길을 얹을래요. 지체하지 마세요, 나를 통과하는 당신의 발길을 보고 싶어요. 한시도 멈출 수 없는 나는 눈 쌓인 얼음장 밑에서도 당신이 나를 지켜보고 있다고 걷겠어요.

나는 아직도 꽃 뭉우리에요. 내 부족함을 인정해야 하는데 인정하지 않았어요. 당신도 가끔 날 외면한다는 걸 알아요. 이제는 내가 웃음을 드릴게요. 당신이 잘 가는 꽃집에 오래도록 갇혀 있을게요. 온 대지가 당신과 나의 사이처럼 꽁꽁 얼어 있어요. 그러나 저 눈도 언젠가 빅뱅 하겠죠? 그러니까 얼룩진 내 발길에 수북이 쌓인 눈! 꽃이라 불러야 해요. 그러니까 나는 당신 피우러 온 거예요. 나는 멈추지 않을 거예요.

아무도 막지 못해요. 나는 꽃망울을 앞장세운 발걸음이 니까요.

시산군 이정숙(李正叔)은 중종 1521년 16년 10월 16일에, 억울한 누명을 쓰고 처형을 당하고, 그 연좌제로 그의 하나뿐인 아들 족보에 기록된 이름 이위(李威)도 처형당했다.

그런데 그 이위(李威)가 조선왕조실록 중종 43권 16년 (1521년) 신사 10월 17일 을미 8번째 기사엔 이함(李䜑)으로 기록되기도 했다. 그분의 그때 나이 15세이고 장가간 지 석 달 만이었다.

그래, 시산군 바로 아래 동생 청화수의 둘째 용성정이 시산군께 입후(入後) 되었다.

용성정(1517~1593. 부인 청주한씨 1521~1588) 공(公)께서는 경건, 경하, 경용, 경여(후천공) 4형제를 두셨다.

그런데 용성정의 아우 구성수께서, 아들이 없어 용성정의 둘째 경하가 구성수께 입후(入後) 되었다.

그런데 시산군께 양자로 온 경여(1566~1638) 후천공(公)께서, 또 아들이 없어 용성정의 아우 구성수께 양자 간 용성정의 둘째 아들(경하)의 둘째 아들 훤 배천공이 후천공께 입후(入後) 되었다.

한우성은 암자에서, 시산군이 이 땅을 떠난 후 남긴 흙, 아주 자그마한 단지에 들어있는 '한 줌의 흙' 앞에서 금식하며 명복을 빈 지 이틀째였다. 대궐 안 추국장(推鞫場)에서 일어난 칼바람이 길을 잃고 세차게 불어댔다. 촛불은 이리저리 흔들려 촛농이 뜨거운 눈물처럼 흘러내려 상사화처럼 보였다.

구터, 만석꾼의 손자 한우성은 문득 시산군의 고향 황해도 배천이 떠올랐다. 따지자면 고모 명월의 마음속 '시댁'이다. 고모 명월은 시산군이 왕족이라는 걸 알고 난 후부터 사랑했지만, 시산군을 조선의 최고 유학자와 스승으로 대했기 때문이다. 고모 명월 또한 시산군의 유학과 중용과 명예를 열렬히 추종하는 신도와 여선비로 살다 시산군을 위해 죽었다. 손에 시산군이 임금과 후손들에게 남긴 상소와 글이 들려 있었다.

그런 일은 앞서 또 있었다. 고모 명월은 죽으면 화장해 고향, 매안리 앞동산 '느티나무' 아래에 묻어달라고 했다. 그리고 추신으로 만약에 시산군께서도 돌아가시면 그의 유품 한 점이라도 화장해 옆에 묻어달라고 했다. 머리맡에는 고모와 시산군이 나란히 놓여 있었다.

"고모와 시산군께서도 죽어서는 함께하실 줄 알았나요?"

혼잣말이 겨우 입에서 새 나왔다.

"아, 사랑은 이리도 질긴가?"

한우성은 모처럼 기운이 도는 느낌을 받았다. 불현듯 시산군의 큰아버지 영춘군의 전거지(奠居地) 양주(지금의 도봉동에서 의정부 일대)가 잡힐 듯 다가왔다. 그런데 영해군께서는 시산군의 아버지 길안도정의 전거지는 왜 '황해도 백천(예로부터 배천으로 부름)'으로 정했을까?

여하튼 가까운 형제자매일수록 자주 만나야 하는데 그 형제자매들은 얼마나 자주 만났을까? 그 사촌들과 그 조카들은 정과 사랑을 어떻게 나누고 키웠을까? 아무 대답이 없네! 그렇다면, 그들의 정과 사랑은 어쩌면 한 어린나무 아녔을까? 손을 내밀어 앞에 있는 어린나무를 만져 보았다. 아무 느낌도 없었다.

'그래, 한우성은 언젠가는 꼭 시산군의 사촌들이 사는 양주에도 찾아가 그 일가친척들이 어떻게 교류하며 사는지 알아보고 싶었다.'

우성은 그런저런 생각으로 뒤척이다가 노곤한 몸을 일으켜 벽에 기대고 앉았다. 한 이틀 곡기(穀氣)를 끊고 명월 고모와 시산군을 추모한 탓인지 온몸에 한기가 들었다. 탁자에 시산군께서 주신 상소와 후손들에게 남긴 글이 보였다. 인기척에 곤히 잠들었던 스승 우승호와 행수가 일어났다.

"스승님, 어린 저를 잘 이끌어 주셔서 여기까지 왔는데 또 한 가지 부탁을 드려야 할 것 같습니다."

"이제는 어엿한 조선의 개성 상단 중의 상단인 송상의 최고 어른이신 대방님이시고 저는 일개 주주일 뿐이니, 스승님이란 말은 빼고 그냥 우사장! 그렇게 불러주세요."

"아이고, 스승님도… 한번 스승은 영원한 스승입니다…. 그러니 스승님! 앞으로 그런 말씀은 하지 마시옵소서."

"아이고, 대방님…"

"저는 아무래도 한시바삐 시산군 나리의 고향 배천에 가서 그분의 문중(門中) 어른들께 이 소식도 전하고 또 그 후손들에게 남긴 글도 전해주어야 할 것 같으니, 스승님께서는 이 상소문을 이른 시일 내에 조정에 전해주시기를 부탁드립니다."

"네, 그렇게 하겠습니다."

"그리고 행수님은 제가 없는 동안 상단을 잘 챙겨주시고 또 이번에 변을 당하신 스승님 직원들의 집에도 다시 한번 찾아가 보시길 바랍니다. 우리는 후한 보상을 했다고 했지만, 혹시 적어 불평불만은 없는지 그리고 자녀들의 교육 문제 등등을 잘 살펴주시길 바랍니다. 그리고 저도 이른 시일 내에 찾아뵙겠다는 말씀도 꼭 전해주시고요."

"네, 대방님! 분부대로 잘 살피겠습니다."

한우성이 황해도 '배천'을 찾은 것은 그곳에 시산군의 형제들과 일가친척이 살고 있다고 고모가 가르쳐 주었기 때문이다.

그런데 안타까운 이 소식은 그곳 분들도 이미 알고 계실 텐데 굳이

거길 찾아가는 것은 시산군이 후손들에게 남긴 글 때문이었다. 그러나 누구에게 전해 주어야 할지 막막했다. 느닷없이 밀려오는 고모와 시산군의 애틋한 우정과 사랑 속으로 빠져드는 이 순간까지는, 이리하여 고모와 시산군의 주위에 하나의 유학(儒學)이 형성되고 있었다. 한우성이 배천을 찾은 것은 이 때문이다.

벼 이삭이 누렇게 익어 고개를 숙이고 있었다. 10월에 한없이 내리는 서리에는 소식 끊긴 자식의 얼굴이 서려 있었다. 꼬불꼬불한 길은 고개와 내리막을 반복하고 있었다. 길은 자원해서가고 억지로 가는가에 따라 어렵고 쉽기도 했다.

"가는 사람은 서운함 천 리, 오는 사람은 반가움. 만 리."

우성은 꼬박 하루를 달려온 탓인지 피곤도 하고 또 말도 지친 것 같아서 고개에서 쉬고 있는데, 갖바치가 다가와 가죽신을 사라고 졸라 예비로 한 켤레 산후 그에게 물었다.

"저 아래 보이는 마을 이름이 뭡니까?"

"배천이라오. 손님."

"저 마을이 정말 배천인가요?"

"그렇다오, 손님."

"그런데 왜 저렇게 조용해 보이죠?"

"저물녘 탓이오. 손님."

한우성은 멀리 내려다보이는 배천을 보니 문득 자신이 시산군의 망향의 화신이 되어 배천을 보고 있는 듯한 느낌이 들었다. 그런데 시산군은 왜 배천에 형제자매와 일가친척으로 피신하지 않고, 매안 명월 고모에게 피신했을까? 그 속이야 잘 모르겠지만 아무튼 '시산군은 명월 고모가 그의 고향보다 더 그립고 더 편해 명월 고모를 찾았다.' 그래 지금 시산군이 미처 찾지 못한 고향을 한우성이 찾아가고 있다. 그래 눈 앞에 펼쳐진 광경을 바라보는 눈이 시산군의 눈이어야 하는데 한우성의 눈이었다.

"이 고개를 넘으면 울긋불긋한 게 장관이죠. 아주 실하고 풍성한 사과가 주렁주렁 매달려 있죠. 거기에서는 영해군의 차남 길안정 나리의 집과 그 아들들의 집이 보이는데 황금들판 한가운데 있어 밤낮으로 환하게 빛나죠." 어느새 갖바치의 목소리는 혼잣말하듯이 조용히 사그라들고 있었다.

한우성은 다행히 갖바치가 그곳까지 안내해 줘 고생하지 않고 시산군의 부친 길안정 대감 집에 오니, 마침 한양 집에 계시던 길안정 대감이 내려와 자녀들과 일가친척들이 모여 있었다.

그런데 길안정 대감은 큰아들 시산군의 비통한 소식 탓인지 몸져누워 있었다.

"아버님, 형님을 잘 아시는 분이 형님 서찰을 가지고 왔어요." 시산군의 아래 동생 청화수가 말했다.

그 소식에 길안정은 후다닥 덮고 있는 솜이불을 발로 걷어찼다. 그런데 그것조차 쉽지 않았다. 히마리 하나도 없는 팔을 꺼냈다. 손가락을 움직여 겨우 이불자락을 제쳤다. 벽에 기대고 앉아 한우성을 맞았다.

"애야 누구 왔다고 했냐?"

"큰형님을 잘 아는 분이 큰형님 서찰을 가지고 왔어요."

막내아들 옥계군이 귀에 가까이 전했다.

"차… 차, 찬찬히 읽어보아라."

후손들에게

여러분은 매사에 중용(中庸)의 도(道)를 잊지 말기 바랍니다. 이것은, 인간(人間)의 처세(處世)를 바로 잡은 것이기 때문입니다. 그리기에 여러분은 매사에 '천하의 이치에 따르며, 어디에 기울거나 치우치지 않아서 지나치거나 모자람이 없기를 바랍니다. 그리고 모든 일에 몸소 실천하시기를 바랍니다. 또한, 사람다운 합당한 행동을 힘써서 인(仁)의 사람이 되시고, 학문하기를 즐거워하며 수신에 힘쓰는 지(智)혜로운 사람이 되시기를 바랍니다. 그리고 수치를 알고 부끄러워할 줄 아는 용(勇)기 있는 사람이 되시기를 바랍니다. 그리고 이들의 올바른 조화와 군자로서 꾸준한 자기성찰 및 학문수양을 통해 수신(修身)의 대도(大道)를 걷기 바랍니다. 이것을 실천하기 위해서…

첫째 늘 진실하고 늘 성실하고 늘 감사하는 자족(自足)의 사람이 되시기를 바랍니다.

둘째 진실한 마음으로 남을 용서하고 사랑하는 충서(忠恕)의 사람이 되시기를 바랍니다.

셋째 때에 따라서는 벼슬도 사양하고, 불의 앞에서는 서슴없이 저항할 줄 아는 정의로운 사람이 되시기를 바랍니다.

넷째 어떤 소득을 얻으면 그것이 정당하고 정의로운가를 되돌아보는 견리사의(見利思義) 사람이 되시기를 바랍니다.

다섯째 나라에 충성하고 부모님께 효도하며, 상하(上下) 구분 없이

소통하며, 특히 형제자매들과 늘 희로애락(喜怒哀樂)을 나누는 소통의 대가(大家)가 되시기를 바랍니다.

큰형님의 서찰을 읽어 내리는 내내 막내 옥계군의 얼굴은 눈물범벅이 되고 말았다. 나머지 동생들과 제수씨들과 조카들도 슬피 울었다.

"얘들아, 그만 울어라. 죽고 사는 일을 어디 우리 마음대로 되더냐! 그리고 만나면 헤어짐이 세상의 이치가 아니더냐?"

"예, 아버지."

"얘들아,"

"네, 아버님."

"네, 할아버지."

아들들과 며느리와 조카들이 차례로 답하였다.

"큰손자 위까지 하루아침에 잃었으니 비통한 마음 금할 길 없구나. 그러나 언제까지 울고만 있을 수는 없는 노릇 오늘 온 가족이 다 모였으니 결정을 하자꾸나."

"아버님, 무… 무, 무슨 결정을요?" 둘째 아들 청화수가 여쭈었다.

"네 큰형 대를 끊길 순 없지 않으냐?"

"아, 양자를 들이시려고요?"

"그렇다."

"누가 갔으면 좋을까요?"

"음, 음, 음, 네 둘째 용성정이 좋겠구나."

갑작스러운 결정에 일동 숨죽였다. 그리고 모든 눈초리가 일순 청화수와 용성정에 쏠렸다.

"네, 저는 아버님 결정에 따르겠습니다."

"용성정 조카는 어떻게 할 건가?" 송계군이 물었다.

“네, 할아버지 분부 잘 따르겠습니다.”

“용성정아! 이제부터 네가 우리 가문의 기둥이다. 이 할애비도 잘 부탁한다.”

“네, 할아버지께 효도하며 작은아버지들도 잘 섬기며 사촌들과 힘을 합쳐 우리 가문의 번성 번영 영광을 위해 최선을 다하겠습니다. 그리고 아버님 명예회복을 위해 분골쇄신하겠습니다.”

“오냐, 오냐, 그래야지, 고맙구나. 아, 그리고 네 부친이 이번 무고 옥사로 전 재산을 몰수당했으니, 내 이른 시일 내에 네 가족을 일으키는데 전혀 부족함 없이 채워주마.”

“네, 할아버지 감사합니다.”

이 모든 광경을 지켜본 한우성은, 시산군 가문에 조금이라도 일조한 것 같아서 마음이 한결 가벼워졌다. 더구나 용성정이 같은 또래로 보여 좋았는데, 마침 그가 아버님(시산군)에 대하여 최근에 겪은 얘기를 먼저 듣고 싶다고 했고, 그에게 시산군이 매안리로 피신 가게 된 얘기 등등을 어떻게 전할까 하는 마음의 짐을 덜게 된 것이다. 하늘마저 반기듯이 어제부터 줄 창 내렸던 비가 그쳤다.

하룻밤을 묵은 후 아침에, 용성정이 겸상하고 싶다고 찾아왔다.

한우성은 그와 대청으로 이동하니 상다리가 부러질 정도로 거한 음식이 차려져 있었다.

“차린 건 별로 없지만 많이 드십시오.”

“아이고, 이런 진수성찬을 대접받기는 처음입니다.”

“자… 자, 자 드시면서… 천천히… 아버님에 대해서…”

“아, 네. 아버님이 어떤 분이냐면, 한마디로 조선의 최고 유학자이셨으며 그 우두머리셨지요.”

“아, 네.”

그때 밖에서 으흠, 흠. 기침 소리가 나더니… 하인이… 길안정 대감 내방을 알렸다. 그래 그 둘은 밥을 먹다가 벌떡 일어나 문을 열고 길안정 대감을 맞아들였다.

“내가 한 대방님께 조반을 대접하려고 했는데 우리 정이가 나보다 먼저 선수를 쳤네! 그려….”

“아이고, 할아버지 제가 미쳐 그 생각을 못 해 죄송합니다.”

“아니다. 어차피 다 네 일 아니더냐! 자… 자, 들어라….” 하고 길안정 대감은 떠났다.

아침을 물린 후, 한우성은 시산군이 고모 명월을 만난 얘기와 무고 옥사, 그 피난 그 나흘 동안의 얘기를 간략하게 전하며 서울에 올라오면 꼭 상단에 들리라고 했다.

“네, 조만간에 한번 꼭 들려서 더 자세한 얘기 듣고 싶습니다.”

“네, 꼭 들리세요.”

“그런데 제가 한 대방님 고모를 어떻게 불러야 할지… 대방님으로 부를까요?”

“고모는 이미 작고하셨지만, 시산군 나리를 만나 시산군의 인품과 유학에 매료되어 시산군의 일이라면 무엇이든지 늘 앞장섰으니 혹시 우리 고모를 거명(擧名)할 일이 있으면 명 선비라고 불러주면 우리 고모도 아주 좋아하실 거예요.”

“그랬군요. 그럼 저도 앞으로는 명 선비님으로 부르겠습니다.”

“네, 그렇게 불러주면 고모도 아주 좋아하실 거예요.”

“그런데 명 선비님을 어디로 모실 건가요?”

“평소 유언대로 매안이 앞동산 ‘느티나무!’ 아래에 모실 거예요.”

“저희 아버님은?”

“아까 말씀드렸다시피 아버님은 심정과 남곤 그놈들의 수하들이 화장해 흩어버린 바람에… 그 마지막 자리 그 흙을 아버님이라 생각하고 모서왔는데, 용성정께 드려야 할지 아니면 고모 소원대로 매안이 고모 옆에 모셔도 될지 안 될지 결정하기 어려우니, 그 문제는 용성정께서 길안정 대감과 상의해 결정해 주시길 바랍니다."

"네."

한우성은 용성정과 서울서 다시 만나기로 하고 배천을 떠났다. 길안정 대감과 모든 식구가 다 나와 배웅해 줬다.

서울로 돌아온 한우성은 더욱더 내실을 다졌다. 그리고 동안 공이 많은 전주와 남원, 부산, 인천, 평양 상단은 독립시켰다. 한양 본점도 행수에게 모든 것을 맡기고 자신은 고모 명월의 유언대로 시산군의 유학과 중용의 도를 전파하는 재단을 만들어 앞으로 이 나라를 이끌어나갈 지덕체(智德體)를 겸비한 선비들을 길러내는 데 힘을 쏟았다.

11월 초하룻날에 그 재단 설립 잔치가 열렸다. 개성 송상 중의 송상 대방의 육영재단 출범이니 축하객들로 넘쳐났다. 벼슬아치들도 많았지만, 시산군과 명월 고모의 유지를 받드는 재단이어선지 유학들도 가세했다. 그 시끌벅적한 잔치가 끝난 저물녘에 조용히 시산군의 큰집 영춘군과 길안도정 집안 식구들이 대거 참여하여 축하했다. 용성정이 제일 먼저 사랑채로 들어왔다. 한우성과 맞절을 하였다.

"한 대방님, 축하드립니다."

"용성정공, 고맙소이다."

뒤따라 영춘군이 방으로 들어왔다. 용성정이 소개했다.

"제 큰할아버지 영춘군 대감이십니다."

백발이 성성한 영춘군을 맞이한 한우성은 큰절하였다.

"축하드립니다. 오늘이 내 생일날이라 더욱 그러합니다."

"아아, 그렇습니까. 생신 축하드립니다."

뒤이어 옥계군이 들었다.

"옥계군입니다. 축하드립니다. 저희 큰형님 시산군의 유지 널리 전파해 주십시오."

"고맙습니다. 오늘 시산군 나리의 온 가족이 이렇게 축하해 주시니 힘이 납니다."

한우성은 집사에게 용성정을 안채로 모시라고 일렀다. 한참 후 안채로 잘 모셨다고 기별이 왔다.

한우성은 틈을 내어 안방을 찾았다.

"실례지만 용성정공은 올해 춘추가 어떻게 되세요?"

"열넷입니다."

"아, 저와 동갑이군요. 더욱더 반갑습니다."

"결혼은?"

"아직인데, 좋은 분 있으면 중매하세요."

"네."

"아, 일전에 아버님 모시는 그 문제 상의해 보셨나요?"

"네, 할아버지와 아버지 그리고 가족들 모두 명 선비님과 애틋한 얘기를 들으시고 비록 정표지만, 명 선비님 옆에 모시는 데 모두 찬성하셨습니다."

"아마도 그 두 분이 우리 이 얘기를 듣고 계신다면 크게 기뻐하며 손뼉을 치고 계실 것 같아요."

"네, 비록 아버님 시신은 수습 못 했지만, 아버님이 이 세상을 떠난 그 땅 그 흙이라도 아버님이 좋아하셨던 분 옆에 계신다면 저도 감사하고 감사할 뿐입니다."

"네, 그럼 매안이 앞동산 느티나무 아래에 함께 모시겠습니다."

"네, 감사합니다."

"아, 그리고 배천을 떠날 때부터 생각했던 게 하나 있었는데, 그 생각이 자꾸 제 가슴에 맴돌다가 이젠 입술에까지 올라와 맴도는 게 있는데 이런 건 어떻게 해야지요?"

"그게 무엇인지는 잘 모르겠으나 아주 귀하고 아주 특별해 보입니다."

"제 고향 남원 매안이에 아주 참한 외동딸이 있는데 용성정공과 함께 한다면 아주 잘 어울릴 것 같기도 합니다만…"

"어떤 분인지 조금 더 구체적으로 말씀해 주세요."

"실은 제 친척 〈청주한씨 응태(벼슬 직장)의 외동딸〉이니 저와 아주 가까운 사이지요."

"그런 참한 분이 한 대방님의 친척이라 하니 얼른 뵙고 싶군요."

"그럼 이른 시일 내에 사주단자(四柱單子)를 보낼까요?"

"네, 집안 어른들께 먼저 말씀드리고 상의하는 게 도리겠지만 할아버지나 아버님께서도 한 대방님의 친척이라면 안 보고도 승낙하고도 남을 것입니다."

그 이후, 용성정은 한우성의 친척(청주한씨 매안이 응태) 외동 따님과 결혼해 경건, 경하, 경용, 경여(후천공) 4형제를 두고 천수를 누리시다가 별세하셨다.

20

매안이 전주이씨 영해군파 집성촌 유래

후천공 휘 경여는 관직이 선교랑이고 호는 후천이다. 후천공이 남원 매안(여의터)에 살게 된 것은, 신사년의 재앙, 바로 할아버님이신 시산군처럼 정사에 휘말려 화를 당할까 봐 새로운 둔거(遁居: 세상의 일에 관여하지 않고 숨어서 삶) 지(地)를 고르던 중에 남원 매안을 택했다. 그가 남원을 택한 또 하나의 이유는 매안이(여의터)에 한응태(韓應台) 외삼촌이 사셨는데, 후사(後嗣)가 없어, 외가 제사 봉향도 해야 했기 때문이다. 그래 선조 27년 1594년, 29세 때, 고려 말기부터 탐진최씨. 협계태씨. 청주한씨가 사는 외가 매안이(전북 남원시 사매면 대신리 상신부락-여의터)로 낙남(落南)했다.

후천공은 명종(明宗) 병인(丙寅) 1566년 9월 19일 生이다. 공은 어려서부터 용모와 자태가 아름다워 사람들의 사랑을 받았는데, 장성하여서는 학식과 문장으로 세상에 알려졌다. 또 생원시에 합격한 후 사옹원참봉에 천거되었으나 얼마 후 사직하고 시골에 은거한 학자, 활계(活溪) 이대유(李大有) 님과 도의교(道義交)를 맺고 서로 격려하며 선행을 함께하였다. 그 이후, 인조(仁祖) 무인(戊寅) 1638년 10월 25일 73세로 돌아가셨다.

그 이후 후천공이 또 아들이 없어, 용성정의 아우 구성수께 양자 간 용성정의 둘째 아들 경하의 둘째 아들 훤(배천공)이 후천공께 입후(入後) 되었다.

그 이후, 배천공(1589~1623)은 부인 평산신씨와 결혼해 아들(동영) 하나를 낳고 황해도)배천에서 살고 있었는데, 어느 날 안채에서 다급한 전갈에 배천공은 황급히 안채로 향했다. 부인이 위급하다는 것이었다. 부인과 결혼한 지는 10년 정도지만 부인은 그에게는 태산 같은 존재였다. 자식이 귀한 집안에 시집와 떡두꺼비 같은 아들을 떡 낳아준 것만도 고마운데 늘 가족을 위해 늘 헌신했기 때문이다. 아랫목에 누워있는 부인은 혼수상태였다.

"부인, 나요. 내가 왔소. 정신 좀 차리시오."

"아, 동… 동, 동영 아부지…?"

"여보… 힘, 힘을 내시오"

"동… 동, 동영 아부지 우리 동영이 잘 부탁합니다."

"동영이는 걱정하지 말고 어서 일어나시오."

시간이 흐르고 봄이 바뀌어 여름이 되었다. 부인은 조금 호전되었다가 나빠지기를 반복했다. 그래도 배천공은 낙심하지 않고 꾸준히 지극정성으로 보살피며 좋은 의원에 좋은 약제를 다 썼다. 그러나 애쓴 보람도 없이 배천공 부인 평산신씨는 가을을 턱 밑에 두고 동영 6세 때(1618년) 돌아가셨다.

당시 배천공의 아버지 후천공은 어느덧 62세였는데, 일찍이 남원 매안을 둔거지 삼아 33년을 살며 약간의 재산을 모았지만, 늘 고향 배천이 그립고 또 두고 온 아들과 손자가 그리웠다.

그런데 며느리 평산신씨가 세상을 떠났어도 가보지 못했다. 매안에 벌여놓은 농사도 농사지만 건강이 썩 좋지 못했기 때문이다. 그래 혼자 끙끙 앓다가 며느리가 세상 떠난 지 4년이 지난 봄에, 상심(傷心)이 큰, 아들 배천공을 매안이로 불렀다.

"아버님, 소자 인사 올립니다."

"오호, 우리 아들이구나, 며느리가 먼저 세상을 버렸다는 소식은 들었으나 가보지 못해 많이 미안하다."

"아닙니다, 아버님. 오히려 제가 자주 찾아뵙지 못해 죄송합니다."

"건강은 어떠냐?"

"꾸준히 운동해서인지 좋습니다."

"동영이는 잘 크는지? 몇 살인지?"

"네네, 건강하고 올해 10살입니다."

"한참 돌봐야 할 나이구나."

"네."

"으음, 으음, 동영이를 생각해서라도 새 며느리를 들여야겠구나."

"네, 하지만 마땅한 사람이…"

"그건 내게 맡겨라."

"네, 아버님."

배천공은 안채에 들려 어머님께 큰절하였다.

"어머니, 동안 강녕하셨는지요?"

"오냐, 너와 동영이 생각에 한동안 밤을 설치기도 했는데 오늘 너를 보니 꿈만 같구나."

"자주 찾아뵈어야 했는데 죄송합니다."

"하도 머니, 어쩌겠느냐."

"어머니 아버지 뵐 생각에 앞만 보고 달려왔습니다."

"고맙구나."

한참 후, 찬모가 점심을 내왔다.

"배고플 텐데 어서 들어라."

"네, 잘 먹겠습니다."

이른 봄의 한기(寒氣) 때문인지 점심은 대체로 조용한 분위기 속에서 이루어졌지만 아주 맛있었다. 어머니는 옆에서 아버지 두루마기 동정을 달다가 내려놓고 차를 드시면서 혼잣말로 좋은 색시를 다시 들여야 할 텐데 중얼거리고 있었다. 점심이 끝나자 어머니는 찬모에게 차 한잔을 더 내오라고 시켰다.

"이 차(茶)는 네 조부(용성정)의 오랜 지기지우(知己之友)이신 한우성 어른의 아드님이 주신 중국의 보이차인데 맛이 어떠냐?"

"마시는 내내 아주 깊은 산속에서 노루와 거니는 기분이었습니다."

"표현이 시적(詩的)이구나."

"죄송합니다."

"뭐가 죄송해 좋기만 한데."

"어머니, 한우성 어른의 자손들이 아직도 구터에 사시나요?"

"암, 살지."

"언제 인사라도 드리러 가야겠어요."

"그럼 아주 기뻐하실 게다. 한우성 어른의 친척이 네 할머니 되시니, 그 아드님은 너와 사돈 간이지만 아주 각별한 사돈이니…"

"네, 어머니."

"그 가문은 아직도 개성 송상을 하고 있나요?"

"아니, 다 접고 부친이 새운 육영재단에만 전념한다더라. 아, 그리고 네 부친이 그분께 네 얘기를 했더니 참한 처자가 있다며 곧 중매한다고 하더라."

어머니와 아버지는 그에게 아주 널따란 방 두 칸짜리 별채를 내주었다. 방은 그에게 책을 읽고. 사색하고, 새로운 가정을 꾸밀 수 있는 성역 같은 요새를 의미했다. 그러나 그는 열아홉이라는 나이에는 방 안에만 있는 것보다 세상 구경을 더 좋아하게 되리라는 것을 알고 있었다. 배천공의 판단은 정확했다. 방문을 닫는 순간 배천공은 시인들이 노래하고 산새들이 조화롭게 노래 부르는 매혹적인 곳으로 빠져드는 것이었다. 구터 사돈이 중매한다고 한 며칠 뒤, 배천공은 창가에서 시경(詩經)을 읽고 있었다. 봄비는 소리 없이 내렸고 개구리는 마룻바닥에 튀는 공이 되어 이리저리 튀다가 사라져 버렸다.

지겨운 듯한, 혹은 멍한 표정으로 그의 시선은 펼쳐진 시경에 매서울 정도로 고정되어 있었으며, 억누르듯 천천히 숨을 내쉬었는데 그것은 '새로 맞이할 아내에 대한' 생각 때문에 몸 전체가 뻣뻣한 것처럼 보였다. 마침내 그는 책을 덮어버리고 보료에 털썩 기대면서 상상의 세계에서 현실의 세계로 돌아올 때와 같은 그런 경이로움의 깊은숨을 내쉬었다.

합천이씨라고만 들은 그녀에게 "내가 알고 싶은 것이 뭐지?" 배천공이 큰 소리로 외쳤다. 어떤 분일까? 인연일까? 악연일까? 그는 지금 자기 자신에게, 방금 읽었던 시경의 여주인공에게 말을 하고 있었다. 아니다. 며칠 후 선보기로 한 그녀에게 한 말일 게다. 그 때문인지 평소에는 밖을 자세히 보지 않았는데, 지금 내다보는 밖에 경치는 놀랍도록 순수하고 맑게 느껴졌다. 언덕 위로는 물오른 목련이 잎보다 꽃 몽우리를 들어 올리고 있었다. 시경을 읽고 나면 그는 꼭 이런 상태에 빠지곤 했다.

만남

허무한 바람들이
주름 잡는 벌판에
기품 있고 고상한
목련처럼

이파리보다 꽃 먼저 들어 올리는
그렇게 당차고 그렇게 지고지순한
목련처럼

아, 바람 속에서
그대를 기다리다가
그 시간 바람에 날아가도
곱고 착하게
바람과 싸우다 꽃 피는
목련처럼

배천공은 무척 흥미롭게도 이런 상태는 때때로 며칠씩 가기도 했다. 그러다가 종묘 초헌관 차례로 돌아가 왕가의 후손처럼 행동했다. 배천공은 그것이 그저 시늉에 그치는 것이 아니라 내면 깊숙이 자리 잡은 세종대왕의 자손이라는 긍지와 자부심이며 그 선조에 대한 존경과 경외심 뜻한다는 것을 알고 있기에, 배천공은 때때로 창가에 서 있기가 힘들면 몸을 돌려, 보료 밑으로 미끄러져 내려와 가구 넘어 열린 창문을 통해

앞동산을 물끄러미 내다보았다.

(그는 타향의 외로움에서는 벗어났지만, 왕가 후손다움과 합천이씨에 관해서는 계속 생각하고 있었다.)

그는 7일 동안 시경(詩經)이 주장하는 대로 앞동산을 거닐며 중용(中庸)의 산책을 하고 부모님의 농사를 도우며 시간을 보냈다.

배천공은 자신을 중매한다던 구터에서 7일이 지났어도 아무 소식이 없자 동안 읽고 싶었으나 읽지 못한 전주이씨(全州李氏) 대관(大觀)을 읽었다. 읽으면서 아주 생소하고 부분적으로 아주 중요한, 바로 우리의 의자나 책상 같은 형태를 지닌 역사나 인물은, 자신의 욕심과 이기주의와 나태를 극복한 산물이었는데, 그것은 하루아침에 이루어지는 것이 아니고 일관된 신념 속에 부단히 정진하고 노력한 대가라는 것을 알았다.

그리고 연산군 말기 채홍사(採紅使)는 한마디로 임사홍의 권력 욕심이 부린 정신적인 타락에 대한 죄를 열거해 놓은 것이어서 그 부분을 읽는 내내 역겹고 불편해 배천공은 책을 내려놓고 창밖을 바라보다가 다시 책상으로 돌아갔다.

봄날 아침인데도 무척 쌀쌀했으며, 그의 마음은 책을 막 읽고 난 후라 까치가 날아왔다가 되돌아가는 것처럼 느껴졌다. 밖에 인기척이 노루 발자국처럼 들려왔지만 무슨 소리인지 정확히 구별하기 힘들었다.

잠시 후 그는 창문을 열고 그 인기척을 확인해야 한다는 사실에, 말로 표현할 수 없는 야릇한 기분을 느꼈다. 사람의 발길을 이곳에서 저곳으로 옮기고 있는 이는 누구일까? 꿈일까? 정일까? 사랑일까? 그리고 인생, 그것은 무엇이기에 정원에 목련은 활짝 피어 아름답지만 때가 되면 떨어져 사라져가는 것처럼 소멸하는 것들의 표면을 비추며 지나가는 빛과 같아야 하는가? 그는 오랫동안 이러한 실체들의 거대한 무량억겁(無

量億劫)을 의식하며 앉아있었고 시계는 그게 인생(人生)이라는 듯이 똑딱거리고 있었다.

"똑똑." 계속해서 문을 두드리는 소리가 의식을 깨트리자 그는 "들어오세요." 기계적으로 말을 했다. 문은 아주 천천히 열렸고, 뜻밖에 어머니가 합천이씨 그녀의 사주단자(四柱單子)를 내밀었다.

배천공은 믿기지 않은 듯 그 사주단자를 큰소리로 읽어보고는 배천공은 어머니께 깊이 머리 숙여 인사를 했다. "어머니 감사합니다." "인사는 구터 한 사장님께 해야지." "네 그분께도 감사하고 어머니 아버지께도 감사드립니다."

"사주단자 그 안에 무엇을 발견했기에 그리 놀라고 기뻐하는지 궁금하구나?"

배천공은 그 사주단자를 다시 한번 읽어보았다. 이번에는 그 글이 헛것처럼 보이는 게 아니라 글자 하나하나가 놀랍도록 명확하게 눈에 들어왔다.

후부인이 될 합천이씨는 홍문관 교리(弘文館教理) 유(逌)님의 4대손이며, 선비 정간(廷幹) 님의 따님으로 선조 36년 계묘(1603)년 생으로 나이는 20세이고 배천공 어언 34세인데 이렇게 어리고 참한 분을 아내로 맞을 생각을 하니 떨 듯이 기뻤다.

이 결혼은 얼마 전 아버지 후천공에서 구상된 것으로 이것은 배천공에는 아주 만족스럽게 오늘 구체적으로 행동에 옮겼으며, 자신에게도 이런 실질적인 능력이 있다는 사실에 몹시 기뻐하고 있었다.

그 이후 모든 일은 일사천리로 진행됐다. 그리고 그해 봄 배천공은 한번 혼례를 치른 경험 때문인지 별로 긴장하지 않았다. 태연스럽게 혼사를 치렀다.

후부인 합천이씨는 늘 시아버지 후천공과 지아비인 배천공을 하늘처럼 떠받치는 부덕(婦德)한 분이셨으며, 어려울 때나 기쁠 때나 늘 곧고 아름다운 지조를 지닌 절조(節操) 있는 분이었다.

그래 배천공도 어린 아내를 늘 알뜰살뜰 챙기며 매안에서 10달 넘게 신혼 생활을 했지만, 자녀가 없었다. 그래도 배천공은 저녁이면 따스운 물을 대야에 떠다가 부인의 발을 씻어 주었을 뿐만이 아니라 안채 부모님께 아침 문안드리러 갈 때도 혹여 넘어져 다칠까 봐 꼭 손을 잡고 갔다.

그러나 배천공은 늘 생가(生家)가 황해도 배천 천 리 먼 곳에 있어, 친아버지를 비롯한 형제자매와 친척들을 자주 찾아뵙지 못한 그것이 항상 안타까웠다. 그러던 중 이씨 부인과 재혼하자, 그 사실을 고향 조상님들께 알리기 위해 배천을 다녀오기로 했다.

배천으로 귀성하는 날이 밝아왔다. 배천공은 축시가 되자 부인 깨웠다. 그리고 어젯밤에 적은 짧은 서찰을 건네줬다.

猫头鹰 猫头鹰 猫头鹰 哭泣 부엉이 부엉부엉 곡위
花無一語紅開夜 화무일어홍개야
月有多情白照林 월유다정백조림

木末搖時天角客 목말요시천각객
銀光去處故鄉心 은광거처고향심

부엉이 부엉부엉 울던 자리…
꽃이 말없이 붉게 피어나는 밤…
달이 정이 많아 하얗게 비추는 숲…

나무 끝 흔들리는 때 하늘 모서리 나그네에게

달빛 가는 곳은 고향을 그리는 마음…

그리고

我是世宗大王的后裔 나는 세종대왕의 후예.

你的爱是对我的, 그대의 사랑은 나를 향한 것,

你是我的船, 灯塔 그대는 나의 배, 등대

为了你的幸福 그대의 행복을 위해

明辈子尽最大努力 내 일평생 최선을 다하리

"그러니까, 나 없는 동안 부모님 잘 모시고 잘 계시오. 내 후딱 다녀오리다."

"네, 서방님!"

"여… 여, 여보, 사랑하오."

둘을 꼭 껴안은 채 한참 떨어질 줄 모르다가 밖의 소란스러운 소리에 놀라 아쉬운 마음을 진정시키고, 부인과 손을 꼭 잡고 안채에 들어가 어머니 아버지께 귀향 인사를 올렸다. 머슴들이 불을 밝히니 온 동네 개들이 짖어대자 말들이 놀라 이리저리 뛰며 히힝 울었다.

배천공은 재혼한 그해 초겨울 어느 날 마두 칠복이와 함께 배천으로 떠났다. 간간이 비가 내렸다. 그래도 멈추지 않고 갔다. 저녁 늦게 한밭(대전) 골에 이르자 녹초가 되었다. 그런데 그날따라 찾아간 주막마다 만원이라 들지 못하고 이리저리 헤맨 끝에 아주 후미진 주막, 손님 둘이 있는 방에 겨우 여장을 풀었다. 늦은 저녁이라 밥도 없고 찬도 없어 누룽지를 끓여 허기를 달랜 후 먼저 잠이 든 두 사람 틈에 끼어 새우잠을 잤다. 어찌나 피곤했든지 해가 중천에 떴을 때 일어났는데, 머리가 지끈

지끈 아프고 온몸이 한기가 든 것처럼 오돌오돌 떨렸다. 그런데 배천공만 그런 줄 알았는데 칠복도 똑같은 증세로 끙끙 앓고 있었다. 그래도 어제 비를 좀 맞으며 달려왔으니 감기겠지 하고 한밭 골을 떠나 달리고 달려 나흘 만에 생가 배천에 도착했다.

열이 펄펄 끓는 몸을 이끌고 집에 들어서니 먼저 동영이 버선발로 나와 엎드려 절을 하며 “아버님, 잘 다녀오셨습니까?” 하니 “오… 냐… 잘 있었느… 냐…” 하며 푹 쓰러졌다. 온 집 안 식솔들이 놀라 빨리 안방으로 모셔 들이고 급히 의원을 불렀다. 그런데 의원이 진맥하더니 “돌림병(장티푸스)입니다. 그러니 어서 모두 이 방을 나가세요.” 했다. 그런데 마두 칠복인 차츰 회복되고 있었는데, 배천공은 동영이 밤낮으로 간호한 보람도 없이 인조 1년 계해(1623) 12월 8일 향년 서른다섯에 돌아가셨다.

남편이 돌아가셨다는 소식이 남원에 알려지자, 놀란 이씨 부인은 절망한 나머지 남편의 뒤를 따르려고 높은 곳에서 몸을 던졌다. 진나라의 부호 석숭이 조왕의 공격을 받아 패하자, 애첩인 녹주가 별장인 금곡원의 청량대에서 떨어져 자살한 것처럼. 그러나 이씨 부인은 다행히 죽음을 면했는데 몇 차례의 위험한 고비를 넘긴 끝에 목숨을 구할 수 있었다. 이후 몸을 추스른 부인은 곧 천 리 길 배천으로 달려가 남편의 장례를 치르고, 또 오 년을 시묘하면서 조석으로 올리는 제사음식을 거르지 않았다.

그리고 남편이 생전에 아꼈던 언치(말의 안장 밑에 깔아 등을 덮어주는 천)를 어루만지며 베게 삼아 잠을 잤다.

또 남편에겐 향주머니 사대(絲帶: 평상시에 입는 겉옷에 두르는 실로 짠 허리띠, 몸에서 나는 나쁜 냄새를 없애기 위한 향 주머니)를 열어놓고 주곡(晝哭)해 언제나 눈가에 축축한 눈물이 고였으며, 두 뺨에는 피눈물을 흘린 흔적이 길게 나 있었다.

그리고 남편과 사별한 후로 평생 화려한 옷을 입지 않았다. 고기도 먹지 않았다.

그 이후, 정묘년(1627년)에 호란(胡亂)이 일어나자, 배천공의 아들 동영(15)이 계모(繼母) 이 씨를 모시고, 할아버지의 제2의 고향 남원시 사매면 대산리 매안이(여의터)로 내려왔다.

21

충의위공(휘 동영) 행록

공의 휘는 동영(東英)이고, 자는 수부(秀夫)이며, 관직은 행 충의위(行忠義衛)이다. 후천공(後天公) 휘 경여(景輿)님의 맏손자이다.

아버지는 휜(배천공)이시고 어머니는 평산신씨(平山申氏) 판관(判官) 민중(敏中)님의 따님이시다. 계모는 합천이씨(陜川李氏) 선비 정간(廷幹)님의 따님이시다. 공은 광해 5년 계축(1613년) 12월 26일에 아버지의 본생가인 배천에서 태어났다.

6살에 친어머니의 상을 당하고, 11살에 아버지의 상을 당했는데 어린 나이에도 불구하고 성인처럼 장례를 잘 치렀다.

공은 항상 부모를 일찍 여읜 것을 한스러워했다. 그 때문에 계모를 모시는 일에 성심을 다하였고, 할아버지 후천공을 봉양하면서 공경과 사랑의 마음으로 정성을 다하였다.

남원 매안이(여의터)에 온 지 11년이 되던 인조 무인년(1638년)에 할아버지 후천공께서 돌아가셨다. 공은 고인이 된 아버지를 대신하여 예법에 따라 정성껏 장례를 치렀다.

공은 타고난 자질이 영리하고 남달랐다. 학문을 하는 데에 있어 배운 것을 마음으로 받아들이고 몸에 실천하니, 면수배앙(面粹背盎: 윤택한 기운이 얼굴에 나타나고 등에 넘쳐 흐른다.) 즉, 군자의 내면에 축적된 아름다움이 몸에 그대로 나타났다. 또 글솜씨는 애써 노력하지 않아도 빛이 났다. 공은 산업에도 관심을 두어 직접 경영하는데, 모든 일에 두루 밝아서 일처리를 했다(그러한 노력으로 살림이 윤택해졌으나 결코 이윤을 위해 도리(道理)에 어긋나는 일을 하지 않았다).

공은 인조 27년, 불행하게도 몹쓸 병이 들어 살날이 얼마 안 남은 것을 직감한 공은 아들 둘을 불렀다.

"큰애 도(燾)야 어서 오너라. 넌 요즘 어떻게 지내냐?"

"네, 아버님께서 한시바삐 몸을 추슬러 일어나시기를 천지신명님께 비는 것으로 하루를 시작합니다."

"그래, 고맙구나. 근데 올해 몇이냐?"

"11살입니다."

"후(煦), 너는 몇 살이냐?"

"소자 7살이옵니다."

"책은 어디까지 읽었느냐?"

"요즘 명심보감(明心寶鑑) 안의편(安義篇)을 읽고 있습니다." 장남 도(燾, 용산공)가 대답하였다.

"오래 기억에 남아 나누고 싶은 구절이 있으면 얘기해 봐라."

"네, '莊子曰. 兄弟爲手足 夫婦爲衣服. 衣服破時更得新手足斷處難可續.' 뜻은 이러합니다. '장자가 말하였다. 형제는 수족(手足)이 되고 부부는 의복이 된다. 의복이 떨어졌을 때는 새것으로 갈아입을 수 있거니와 수족이 잘라진 곳은 잇기가 어렵다.'"

"내가 너희들에게 부탁하고 싶은 말을 하고 있어 흐뭇하구나. 앞으로 너희 형제 서로의 수족이 되겠느냐?"

"네, 아버님. 꼭 그리하도록 하겠습니다."

"고맙구나."

"막내 너는 어디를 읽고 있느냐?"

"저는 명심보감(明心寶鑑) 계성편(戒性篇)을 읽고 있습니다." 차남 후(煦, 첨추공)이 대답하였다.

"너도 기억에 남은 구절이 있으면 얘기해 봐라."

"인일시지분(忍一時之忿)이면 면백일지우(免百日之憂)니라. 한때의 분함을 참으면 백일의 근심을 면하니라.

즉, 한때의 분을 참지 못해서 함부로 행동하다가 무슨 일을 저지른다면, 그것이 동기가 되어 큰 근심을 초래할 뿐만 아니라 일을 그르치는 무서운 결과를 가져올 수 있다. 한때의 분함을 참아 넘긴다면 다음 순간 안도감을 얻게 되고 무한한 기쁨을 느끼게 된다. 한마디로 '참는 것이 복이 된다'는 말이옵니다."

"음, 좋은 말이구나. 그런데 거기에 하나 덧붙인다면 의로운 일에는 의로는 분노와 의로운 행동을 해야 한다."

"네, 명심, 명심하겠습니다."

"청화수 할아버지 자손들은 우리의 골육(骨肉) 중의 골육이니 잘 챙겨 잘 지내라. 특히 일가들이 항렬이 낮아도 늘 예(禮)로 대해라."

"네, 아버님."

공은 점점 기력이 쇠하는지 눈을 감았다 떴다를 반복하면서,

"네… 네, 선조… 시산군 할아버지 유훈을 잊지 말아라…."

"네, 아버님."

"항상 중용(中庸)하라. 항상 명예(名譽)롭게 살아…라…." 하고 인조 27년 기축(1649년) 6월 9일 향년 서른일곱에 돌아가셨다.

1. 시조 이한

휘는 한이며 호는 견성이다. 덕망이 높고 문장이 뛰어나 신라 문성왕(839-857) 때 사공 벼슬을 하였으며, 무열왕 김춘추(604-661)의 10대손 군윤 벼슬을 한 김은희의 딸과 결혼하여 전주에 살면서 관향으로 삼았기에 본관이 전주(완산)이다. 묘소는 전주시 덕진구 덕진동 건지산 자락 조경단에 계신다.

2. 이성계 (1335-1392-1398) 22대손

시조 이한으로부터 22세손이며, 조선을 창건한 태조대왕이시다. 자 중결, 호 송현, 성 이, 휘 성계, 본관 전주, 시호(지은계운성문신무대왕)이며, 신의왕후(6남 2녀), 신덕황후(2남 1녀) 등 8남 5녀를 두었고다. 능은 경기도 구리시 동구릉 건원릉에 계시다.

3. 태종 (1367-1422) 23대손

출생 1367년(공민왕 16년) 사망 1422년(세종 4) 본명 이방원. 세자 양녕을 폐하고 충녕(세종)을 세자로 삼았다. 본관 전주이다.

4. 세종대왕(1397-1418-1450) 24대손

이름은 도이고, 자는 원정이며 시호(세종장헌영문예인성용효대왕)이고, 22살에 왕위에 오르시어 32년 동안 조선 재4대왕으로 계시었다. 부인은 청천부원군 심온의 딸 소헌왕후이다. 왕후는 8남 2녀. 영빈 김씨 1남. (신빈 김씨 6남) 혜빈 양씨 3남, 숙원 이씨 1녀, 상침 송씨 1녀를 두시었다.

소헌황후 1남이 문종이시고, 2남이 수양대군 세조이시다.

5. 신빈 김씨 (1406-1464)

청주 김씨로 첨지중추원사를 지낸 김원의 딸이다. 세종의 눈에 들어 소의를 거쳐 신빈으로 책봉되어 6남을 두셨는데, 5남이 영해군이다. 신빈은 천성이 부드럽고 매사에 조심스러워 원경왕후와 소헌왕후에게 사랑을 받았으며, 소헌왕후 막내아들 영응대군의 유모역할도 하였다. 세종이 죽고 나서 여승으로 살았으며, 단종이 머리를 기르도록 명을 하였으나 이를 거절하였다.

6. 영해군 (1435-1477) 25대손

시호 안도, 이름 당(별명 장), 1442년(세종 24년) 영해군, 소덕대부로 피봉되었다. 어렸을 때부터 너그러웠고 자라면서 절의가 있어 스승과 공부할 때는 화려함을 기뻐하지 아니하였고, 성격이 화목하여 남과 다투지 아니했다. 평산 신 씨를 부인으로 맞아 영춘군과 길안도정 2남과 딸 하나를 두었다.

7. 길안도정 의(義) (1461-1520) 26대손, 세종 3대

영해군의 차남이며, 배위는 여산송씨와 청주한씨로 상당 부원군 명회 明澮 딸이며, 6남 4녀를 두었다.

8. 시산군 이정숙 27세손, 세종 4대

길안도정 의(義) 장남이며, 휘 정숙, 호 삼사당, 시호 문민이다. 부인은 군수 숙의 따님 순흥 안 씨고 아들은 위(威)다. 출생은 중종 16년 (1521년) 10월 16일 갑오 5번째 기사를 보면, 신사무옥 억울한 누명을 쓰고 16일 처형되고, 17일에 아들(위, 15세, 장가간 지 3달)도 그 연좌제로 처형

된 것을 보면 출생은 1486년~1488년이고 사망은 1519년~1521년으로 나이는 33~35세로 추정된다. 어머니(여산송씨)를 일찍 여의고 외가 정읍 칠보에서 자랐으며 그곳 무성서원(武城書院) 사림(士林) 모임에서 조광조와 조우(遭遇)한 후 서울에서 도학으로 의리를 맺어 친히 사귀었으며, 중종반정 이후 조선 유학자의 우두머리가 되어 유교 부흥의 신진사류로 부각되었다. 그 이후 기묘사화 때 삭탈관직 되었고, 1521년 안처겸의 옥사(신사무옥)에 휘말려 억울하게 죽임을 당하였으나, 선조대왕 때 복원되고, 정조대왕 17년 정의대부 시산군 시산부정으로 증직되고 시호가 내려져 남원시 사매면 세동길 13-7 매계서원에 배향(配享)되었다.

9. 용성정 (1517-1593) 28세손, 세종 5대

시산군에게 아들 위(威)가 있었으나 신사무옥 때 별세하여 동생 청화수의 차남 용성정 열이 시산군의 양자로 입적하였다. 휘 열, 자 이화, 창선대부 명선대부로 추증받으셨다. 자녀는 1남 경건, 2남 경하, 3남 경용, 4남 경여(후천공)와 3녀를 두었다.

10. 후천공 (1566-1638) 30세손, 세종 6대

휘 경여, 호 후천, 관직은 선교랑이다. 할아버님이신 시산군처럼 정사에 휘말려 화를 당할까 봐 새로운 둔거지를 고르던 중에 한응태(韓應台) 외삼촌이 사시는 남원 사매 매안이(여의터)로 선조 27년 1594년 29세 때 낙남(落南)했다. 공은 학식과 문장이 뛰어나 생원시에 합격한 후 사옹원 참봉에 천거되었으나 얼마 후 사직하고 시골에 은거한 학자, 활계(活溪) 이대유(李大有) 님과 도의교(道義交)를 맺고 격려하며 선행을 함께하였다. 1638년 10월 25일 73세로 돌아가셨다.

11. 배천공 (1589-1623) 31세손, 세종 7대

후천공에게 아들이 없어, 용성정의 아우 구성수께 양자 간 용성정의 둘째 아들 경하의 둘째 아들 훤(배천공)이 후천공께 양자 되었다. 공은 황해도 배천에서 부인 평산신씨 사이에 아들(동영)을 낳고 살다가 평산신씨가 죽자 남원 매안이(여의터)로 내려와 합천이씨를 후부인으로 맞아드렸다. 그 이후 고향 배천에 들렀다가 병이 들어 1623년 12월 8일 향년 서른다섯에 돌아가셨다.

12. 동영 (1613-?) 32세손, 세종 8대

휘 동영, 자 수부, 관직은 행 충의위(忠義衛)이다. 11살 때 배천에서 계모 합천이씨를 모시고 할아버지 제2의 고향 남원 매안이(여의터)에 내려와 용산공 도(燾)와 첨추공 후(煦)를 두었다. 그 자손들이 남원시 사매면 대신리(여의터)에 전주이씨 영해군파 집성촌을 이루고 누대에 걸쳐 충·효·예의 고장으로 현재까지 화기애애하며 일치 단합하면서 풍요롭고 살기 좋은 마을로 자리 잡고 있다.

시산군 연보

세종대왕 아들 영해군의 차남 길안도정 의(義)의 6남 중 장남이다. 어머니는 여산송씨 부사 송자강(宋自剛)의 따님인데, 어머니(23세에 돌아가심)를 일찍 여의고 외가인 정읍 칠보 시산에서 어린 시절을 보내어 시산정이라고도 부른다.

출생은 1486년~1488년으로 추정된다. 중종 16년, 1521년, 10월 16일 갑오 5번째 기사에, 신사무옥의 억울한 누명을 쓰고 16일 처형되고 17일에 아들 위(威, 15세, 장가간 지 3달)도 연좌제로 처형됨.

유년에 시산부정(詩山副正)에 제수 되었고, 칠보에서 신라 최치원의 전설적인 학문을 모아서 나름대로 주자학과 성리학을 연구하였다.

서울에서 조광조, 조광좌, 긴식 등과 교우하며 교류하며 조선 유교 부흥의 신진사류(新進士類)로 부각됐다.

중종이 즉위하자 송나라 유교창시자 장이천을 자처하면서 장이천과 주희(朱熹)가 황제에게 올렸던 글을 중종대왕에게 전하면서 나라를 다스리는 길잡이로 삼을 것을 간청하였다.

중종 12년 10월 7일. 2번째 기사. 이정숙 등은 진신(搢紳) 사이에서 명예를 얻으려 하였으며, 조광조(趙光祖), 김식(金湜)의 무리가 혹 그들과 사귀어 정숙을 주계군(朱溪君)처럼 떠받드니, 이 때문에 정숙의 이름이 사림(士林)에서 중시되었다.

중종 13년 8월 7일 甲戌 1번째 기사. 임금이 경회루에서 음식을 대접하고 소회를 들었다.

중종 13년 8월 7일. 갑술 2번째 기사. 시산부정이 바친 책을 보고, 그가 얻기 어려운 책을 제급하게 정원에 하교하다.

중종 13년 8월 7일 갑술 4번째 기사. 주 문공이 효종에게 올린 봉사를 책으로 엮어 올린 사연을 상소하여 아뢰다.

중종 13년 9월 2일 을해 5번째 기사. 소격서 혁파를 상소하다.

중종 14년 7월 27일 무오 1번째 기사. 이희민, 김정, 권전이 시산정 이정숙을 한(漢)나라 유향(劉向)과 비교하며 종정관(宗政官)을 삼으라고 했고 안당도 또한 찬양하며 추천했다.

중종 14년 8월 15일 병자 3번째 기사. 심의가 남곤을 논박하고, 관제 개혁(시산군과 종척 4인이 주장한) 등 7가지를 상소하다.

중종 14년 12월 14일 갑술 2번째 기사. 대사헌 이항이 현량과의 혁파와 안당, 시산부정 이정숙 등 23인이 조광조와 붕비를 맺고 정사(政事)를 어지럽힌다고 죄주자 하다.

중종 16년 10월 11일 기축 2번째 기사. 송사련. 정상이 안처겸 등을 역적모의로 고변하다.

중종 16년 10월 11일 기축 4번째 기사. 안처겸의 역모에 연루된 시산정(詩山正)을 금부 낭관(郎官)이 잡으러 갔다가 잡지 못했다.

중종 16년 10월 15일 계사 10번째 기사. 유여겸, 임보가 이정숙을 잡아(자수하니)오니 논상케 하다.

중종 16년 10월 15일 계사 12번째 기사. 시산정의 공술.

중종 16년 10월 16일 갑오 5번째 기사. 이정숙을 처형하다.

중종 16년 10월 17일 을미 8번째 기사. 이정숙(李正叔)의 아들 위威(15세, 장가간 지 3달)를 교형(絞刑)에 처하였다.

선조대왕 26년 1593년 관작을 돌려받음.

영조 22년 정의대부(종2품)에 증직(贈職)되었다.

정조 17년 9월 5일 을미 1번째 기사.

남원에 사는 유학 이가춘이, 자기 방조인 시산정 이정숙에게 시호를 내리는 은전을 베풀어달라고 상언하여 시호를 내리다.

[교지]

증직 정의대부 시산군 행직 창선대부 시산부정 정숙에게
문민이라는 시호를 내린다.

학문을 힘써 묻기를 좋아함이 문이요,
사람을 부림에 불쌍하고 가엾게 생각함이 민이다.

시산군 이정숙(詩山君 李正淑) 신설(伸雪) 복원

선조 1년(1568년 무진) 왕께서 즉위하시어 특별히 조정과 재야의 공론을 받아들여 기묘사화의 일을 다시 논의하여 남곤과 심정에게 죄주고 조광조 선생을 포증하셨다. 그리고 시산군이 돌아가신 지 61년 되는 선조 15년(1582)에 신사무옥에 관한 공의 원한을 풀어주고 작위를 돌려주셨다.

영조 22년(1746)에 기묘명현들에게 두루 포증의 은혜를 베푸셨는데 시산군께도 증직과 시호를 내리라는 전교가 있어 정의대부(正義大夫) 시산군(詩山君)의 증직을 받으셨으나 시호는 시행되지 않았다.

시법(諡法)상 시호를 내리려면 품계가 종2품 이상이 되어야 하나 시산군은 당시의 품계가 정3품인 시산정(詩山正)이었으므로 종2품 품계인 정의대부 시산군을 증직한 것임.

정조 17년(1793년 계축) 시산군에게 시호가 내려지지 않은 것을 안타깝게 여긴 남원에 사는 공의 8대손 가춘(可春)이 법가(法駕: 왕이 행차할 때 타는 가마) 앞에 엎드려 절혜의 은전을 청하는 상언(上言)을 올렸다.

이상소가 받아들여져 9월 특별히 시호를 정하라는 명이 내려지고 다음 해 정조 18년(1794) 9월에 문민(文愍)이라는 시호를 받으셨다.

※ 이가춘(李可春): 영조 을유(1735)-순조기사(1809) 호 소검당(疎儉堂) 증좌승지겸경연참찬관(贈左承旨兼經筵參贊官) 시산군의 8대손으로 통정대부(通政大夫) 이후(李煦)님의 5형제 중 2남인 여백(如栢)님의 손자이다. 그는 시산군이 사면복직 되었으나, 시호가 내려지지 않자 남원에서 서울까지 올라가 임금님께서 행차하시는 가마 앞에 엎드려 시산군께 시호를 내려주실 것을 청하는 상소를 올렸다. 또 호남지방에 내려온 어사에게도 글을 올려 시호가 내려지도록 도와줄 것을 간청하였다. 그 뒤 시산군께서는 문민이라는 시호를 받으셨다. 또 시산군께서 시호를 받은 일을 기념하여 매계사(梅溪祠)를 세워 향사하는 일을 주도하셨다.

이후 호남의 선비들이 공에게 시호가 내려진 것을 기념하여 남원에 매계사를 세우고 해마다 제향을 지내오고 있다.

《왕조실록》 38권, 정조 17년(1793년 계축) 9월 5일 을미 1번째 기사

기묘명현 시산정(詩山正) 이정숙(李正叔)에게 시호를, 상주에 사는 효녀 김일의 딸에게 정려를 내리다.

"예조에서 아뢰기를 남원(南原)에 사는 유학 이가춘(李可春)이 자기 방조(傍祖)인 시산정 정숙에게 시호를 내리는 은전을 베풀어달라고 상언하였습니다.

정숙은 기묘명현으로 사화(士禍)를 입었는데 성조로부터 이미 벼슬을 추증받는 은전을 입었고 또 선왕(영조)께서도 시호를 내리라고 명하신바 있으나, 아직까지 시호 논의를 못하였던 것입니다. 숭선정 이총의 전례를 따라 내려주는 것이 옳을 듯합니다." 하니

비답하시기를

"시호 내리는 은전을 시산군에게 베풀지 않고 어디에다 베풀 것인가? 더구나 숭선정 등 어려 종신(宗臣)들에게는 벌써 다 내렸는데 어느 사람에게는 내리고 어느 사람에게는 안 내리면 되겠는가? 회계한 대로 시행하고 시호를 내릴 때는 예관을 보내 치제(致祭)하라."

○

《왕조실록》 41권, 정조 18년(1794년 갑인) 9월 7일 신묘 2번째 기사

봉조하 정존겸, 고 이조판서 이종백 등에게 시호를 추증하다.

봉조하(奉朝賀) 정존겸(鄭存謙)에게는 문안(文安)이라는 시호를, 고 이조판서(吏曹判書) 이종백(李宗白)에게는 정민(貞敏)이라는 시호를, 증 이조판서 김홍익(金弘翼)에게는 충민(忠愍)이라는 시호를, 증 시산군 이정숙에게는 문민(文愍)이라는 시호를, 고 강녕도정 이기(李祺)에게는 문경(文景)이라는 시호를, 공조판서 정운유(鄭運維)에게는 익정(翼靖)이라는 시호를, 고 돈령부 판사 정창성(鄭昌聖)에게는 정간(靖簡)이라는 시호를 추증하였다.

시산공의 배는 순흥 안 씨로 군수 숙 님의 따님이다. 공이 정의대부에 추증을 받으셨기에 증현부인(贈縣夫人)이 되셨다. 슬하에 아들 1명을 두었는데 위(威)이다. 위 님은 15살의 어린 나이에 신사년의 참화에 공과 함께 죽임을 당하셨다. 그 때문에 후손이 없어 동생 청화수 휘 창숙 님의 2남인 용성정 휘 열(悅) 님을 양자로 세웠다.

용성정 휘 열님은 贈증 參議참의 軸축님의 따님과 혼인하시어 선교랑 경건(景騫), 돈용교위 경하(景夏), 진사 경용(景容), 선교랑(宣教郎) 경여

(景輿) 님 등 4남을 두셨다. 시산군께서 신설 받으신 후 선조 27년(1594년 갑오)에 막내인 선교랑 경여 님이 외가가 있는 남원의 북쪽 매안이(현 남원시 사매면 대신리 상신부락)에 내려오시어 은거하시면서 이곳이 전주이씨 영해군파 시산군 자손의 집성촌이 되었다.

경술국치 후 1912년 15대 종손 중기님이 충남 공주로부터 영해군 신주를 모시고 이곳 매안으로 내려와 정착하였는데 이것이 여기에 영해군 사당을 모시게 된 연유이다.

※ 시산군께서는 학문에 조예가 깊으셨고 특히 조광조 김정 박상 등 당대의 거유들과 교유하면서 도학정치의 실현에 힘썼으나, 역모의 주모자로 신사무옥(1521)에 참형을 당하셨기 때문에 시산군과 아버지인 길안도정에 관련된 모든 자료(시, 문, 서산문, 상소문, 등)가 폐기되고 파묻혀 오늘날 전해지지 않고 있으니 정말로 원통하고 통분한 일이다. 그러나 지금 남아있는 이 행적마저도 영원히 묻혀버릴까 염려되어 '강녕군 9대손 세마 창현 님'이 찬하신 '문민공 행장'에 감히 독자들의 이해를 돕고자 왕조실록과 기타 참고자료의 내용을 증거자료로 더하였다. 문민공 사단 비문과 가춘(可春) 할아버지의 청시 상소문과 예조회계문과 왕의 비답과 증시 교지와 치제문 등도 함께 실었다.

시산군 이 선생은 불행하게 기묘년의 멸종지화(滅種之禍)를 만났다. 자기 몸을 바쳐 임금께 충성을 다하는 신하의 도리와 정론을 지켜 임금의 총애를 받고 권력을 잡고 있는 사람들에게 심한 미움을 받아 살신성인을 이루었으니(至) 진실로 성인의 학문을 저버리지(負) 않으셨다.

공의 휘는 정숙이요 호는 삼사당이며 영해군 휘 당의 손자이다. 영해군은 세종대왕의 왕자로 덕이 있으셨으나 일찍 돌아가셨는데 시호는 안도이다. 막내아들 길안도정 휘 의는 군수 여산 송자강과 상당부원군 한명회의 딸을 부인으로 맞아 6남 4녀를 두었는데 공은 그중 장남이며 송 씨가 낳았다. 공은 타고난 성품이 정직하였고 어려서부터 부유한 가정에 태어난 티를 버리고 자랐다. 사촌 동생 강녕부정 휘 기와 함께 정암 조 선생이 학문에 조예가 깊다는 말을 듣고 찾아가 도의의 교분을 맺고 정주학에 대하여 토론하며(聞) 날마다 학문과 덕을 쌓는 데(篤) 힘쓰니(進) 조 선생이 더욱 가까이했다(許).

연산 병인년에 소인배들의 미움을 받아 온 가족이 섬으로 유배를 갔는데 여러 차례 여러 종형제에게 연좌되었으나, 중종반정 이후에 임금님의 은혜를 입어 돌아왔다. 공은 강녕과 여러 종영들과 함께 정주봉사를 편집하여 임금님께 올려 덕으로 나라를 다스리시도록 도우시니 임금님께서 가납하시고 서책을 상으로 내렸다.

김충암 정과 박늘재 상이 신비의 복위를 청하는 상소를 올려 양사의 탄핵을 받아 국문을 당하고 유배자의 명단에 올라 있었는데(編配), 공이 또 상소를 올려 김정과 박상 두 사람을 죄주는 것은 옳지 않다고 강력하게 말하였고(極言), 여악을 혁파할 것을 청하여 일이 있을 때마다(隨事) 조 선생과 표리가 되어 바로잡으니(匡救), 간당의 질투가 특히 심하여 기묘년에 조정암이 멀리 귀양 갔는데 대사헌 이항과 대사헌 이빈 등이 연명으로 계를 올려(合啓) 죄를 더할(重辟) 것을 청하니 조정암은 마침내 귀양지에서 사약을 받았고 공 또한 마침내 관직을 삭탈당했다.

신사년에 안처겸의 억울한 옥사가 있었는데, 안처겸이 공술한 말에 공의 이름이 함께 있어 담당관리가 윗사람의 눈치를 보고(承風) 심하게 형을 가하여(鍛鍊) 형장에서(桁楊) 졸하시었는데, 아마도 평소의 지론이 매우 엄격하고 높아(最) 남곤 심정 무리들이 이를 갈고 칼을 담금질한 지가 오래되었던 까닭에 심한 독기에 의해 가혹한 화를 당한듯하다. 하서 김문정이 지은 '곧은 충절은 백일하에 드러났고 기개와 절의는 하늘에 닿았네'라는 이 뇌시(誄詩)가 공의 절의를 다 말하는데 족하지 않은가?

선조께서 공의를 받아들여 남곤과 심정을 추죄하여 조 선생에게 증직하고 또 신사년의 무고한 원한을 풀어주라 명하시어 공의 관직과 작위를 돌려받았고 정의대부 품계과 시산군의 작위를 증직 받으시고 정조조 계축년에 문민의 시호를 받으시니 호남의 유생들이 남원고을에 사당을 지어 제사를 지내고 있다.

부인은 순흥 안 씨다. 군수 숙의 따님인데 현부인을 증직 받으셨다. 한 아들 위는 결혼 전에 공과 함께 신사년에 화를 입으셨다. 양자인 용성정 열은 바로 동생 청화수 창숙의 아들이다. 손자 경건은 선교랑이고 경하는 돈용교위이고 경용은 진사이고 경여 또한 선교랑이다.

아, 자고로 이름있는 현인과 덕이 큰 군자는 후세에 풍습과 행적(躅)을 남겨 모두가 쇠퇴한 세상을 일으켜 세우는데 족하여 더러운 세상에 물들지 않게 하였다. 충의에 감화됨에 이르러서는 비록 길을 가는 불량배(盤夫)들도 듣고 감탄할 것이거늘 하물며 의리에 대해 조금이라도 알고 있는 사람이랴. 공의 죽음이 남곤과 심정에 의해 연유되었으나, 훌륭한 명성과 의리의 굳건함은 진실로(固) 여러 현인들과 우열을 가릴(軒輊) 수 없으니 오랜 세월이 지난 후에도 아득한 두우(斗牛: 북두칠성과 견우성) 사이를 비추는 빛이 되어 선비들의 추앙을 받을 것이다.

아! 성대하도다. 공의 후손들이 비(碑, 貞珉)를 세울 것을 상의하여 매계서원이 있던 자리의 동쪽(右)에 영원한 축리(祝釐)의 장소를 만들었다. 대개(盖) 원조(遠祧)에서 제사 지내는 대가 끝나면 설단(設壇)하여 제사 지내는 고례(古例)에 의한 것인데 이 일을 주관한 사람은 교항이고 서울에 와서 세상일에 관여하지 않고 있는 나에게 글을 요청한 사람은 교상이다.

내가 이에 글을 지으면서 탄식하기를 유덕한 선배의 한마디의 말과 한 글자도 주워 모아서 거두어 간직하며 중시하기를 마치 옥과 같이하였는데 하물며 여기에서 제사드리고 여기에 위탁하여 추모하면서 오래도록 끊이지 않게 하는 경우이겠는가?

의당 이 일은 영원토록 전하는 것을 절실하게 추구해야 할 것이지만 또한 가히 세상 사람들을 깨우칠 한 단서를 보겠도다. 이에 이어서 사에 이르기를 아! 저 패거리 지어 권세에 아부하고 비방함이여 좋은 옷 맛있는 음식에 무고한 죄를 날조하도다. 아! 공의 비통함을 산들이 슬퍼하고 물들이 오열함이여! 큰 비석이 문채(文彩)가 나고 이름이 천추에 전하여짐이여!

규장각 직제학 민병승 찬

○

청시상언(請謚上言: 시호를 청하는 상소)

삼가 아뢰옵니다. 기묘명신 시산군 정숙은 신의 8대조입니다.

시산군 정숙은 선정신 조광조와 더불어 도의로서 교분을 맺었고 또 재덕이 뛰어난 종친인 숭선정 총 강녕부정 기 장성수 엄과는 아주 가까운 일가입니다. 그들은 종묘사직을 받들어 사림을 돕고 보호하는 일에는 너와 나의 다름이 없었습니다. 그러나 시호를 받는 은혜와 관작을 증직 받는 은혜를 입는 데에는 간혹 미치지 못하는 사람이 있습니다. 이것은 자손이 흥하거나 침체하여 임금님께 말씀을 올리는 일이 이르고 늦은 까닭입니다.

시산군 정숙의 역사적 기록은 이미 기묘록에 나타나 있고 유현집에도 소상하게 기록되어 있으므로 지금 다시 자세하게 말씀드릴 필요는 없습니다. 다만 기묘록에 뚜렷하게 드러난 일을 말씀드리자면 앞선 조정(중종)의 신하인 김정 박상과 함께 신비의(폐위된 인조의 비 단경왕후) 왕후 복위를 청하였고 또 정호 정이 형제와 주희가 효종에게 올렸던 글을 인쇄하여 임금님께 올리며 '이와 같이 도의로써 나라를 다스리면 임금님께서 은혜를 베푸는데 지나침이 없을 것입니다.'라고 말씀드린 일입니다. 임금님께서 가납하시고 그(시산군)에게 서적을 하사하셨습니다. 상소를 올려 간사하고 흉악한 사람을 탄핵하여 물리치고 명류를 구하는 데 힘쓰시고 (임금님께서) 좌우 신하들과 좋은 계책을 도모하시어 하, 은, 주 삼대의 치세를 펼치시기를 바라니 그때의 사람들이 한나라의 유향을 보는 것 같다고 하였습니다. 이러한 일로 남곤과 심정 무리에게 강한 질투를 받아 마침내 신사(1521)년에 참화를 당하였습니다.

후에 선정신 김인후가 애도하는 시를 지어 '곧은 충절은 백일하에 드러났고 기개와 정절은 푸른 하늘에 닿았네'라고 말하였는데, 그의 곧은 충성심과 크나큰 절의가 오늘에 이르러서도 세상 사람들에게 이목을 끌어 밝게 빛나고 있으니, 이 시 한 구절이 모든 것을 다 말해주는 것입니다.

선조 임금님께서 왕위에 오르신 후에 지난 일을 살펴보시고 사화로 화를 입은 모든 신하들에게 벼슬을 추증하고 시호를 내리시는 은혜를 베푸셨습니다. 이에 시산정 정숙 역시 (선조 26년, 1593) 관작을 돌려받았습니다. 선대왕이신 영조조에 이르러 특별히 시산군 정숙을 가엾게 여기시어 정의대부(종2품) 품계와 시산군의 관작을 내리셨습니다.

그러나 함께 내리라는 시호의 은전을 아직도 받지 못하고 있는 것은 아마도 후손이 보잘것없게 되어(零替) 시호의 은전에 관한 사실을 미쳐 전하께 올리지(登聞) 못한 까닭인 듯합니다.

지금까지 저희 후손들은 조상의 덕은 앙모했으나 추모의 정에는 미치지 못했습니다(靡及). 다행스럽게도 남원부에 시산군의 5대손 학생 신 도의 향사(고을에서 세운 사당)가 있는데 온 고을의 많은 선비들이 어진 사람을 받들고 공경하는 마음으로 시산군 정숙을 수향으로 하자는 여론이 일어 제사하는 예절을 행하고 있습니다. 이는 수백 세대가 지나도 시산군 정숙의 충절에 대한 논의가 없어지지 않고 지어지기를 바라는 마음과 저승에 있는 영혼의 원통함을 조금이라도 씻겨주기 위한 것입니다.

엎드려 생각하옵건대 기묘명현인 선정신 조광조에게는 이미 시호를 내리시어 문묘의 향사를 받음에 이르렀고 종영의 여러 신하 역시 증직과 증시의 은전을 받았으나 오직 시산군 정숙만이 아직도 시호를 받지 못했습니다.

단지 남원부에 사우가 하나 있을 뿐이니 세상의 여론이 말할 수 없을 만큼 안타깝게 생각하고 있습니다. 나라에서 내리는 은전이 어찌 피차간에 차이가 있을 수 있습니까? 신이 선조를 위하는 마음은 구차하나 어리석은 정성은 점점 더 깊어져 이같이 감히 천 리 길을 걸어와 진심을 다해 임금님의 수레 앞에 엎드려 간절하게 우러러 비옵니다.

천지간의 어버이이신 전하께서 대의와 절의를 우러러 받들고 국가를 위하여 충성을 다한 시산군 정숙을 특히 가엾게 여기시고 선왕(英祖)께서 이미 내리신 명을 존중하여, 승선정 총에게 행하신 예에 의거하여 시호의 은전을 베풀어 주시옵소서. 그리하시면 쓰러져 가는 풍속이 떨쳐 일어나고 훌륭한 기풍이 영원히 수립되어 실로 국가 만대의 터전이 될 것입니다. 삼가 엎드려 바라옵건대 전하께서 (이 상소를) 채택하시어 살펴주시기 바라옵니다.

정조 계축년(정조 17년, 1793) 8세손 가춘

중종이 왕위에 오르기 전 사가에 계실 때에 혼인했던 부인인데 중종반정 당시 영의정이었던 신 씨의 아버지 신수근은 중종반정을 반대하다가 죽임을 당하였다. 중종이 왕위에 오르자 신 씨도 자연히 왕비의 자리에 올랐는데 중종반정을 주도하고 신수근을 죽인 박원종 성희안 유순정 등은 왕비를 그대로 두면 훗날 자기들이 왕비에게 보복당하지 않을까 하는 후환을 두려워하여 신비를 폐위시켰다. 신 씨가 왕비의 자리에 오른 지 7일 만에 사가로 쫓겨난 것이다. 중종 10년 3월에 계비인 장경왕후(인종의 어머니)가 죽자 그해 8월에 당시 순창군수 김정과 담양부사 박상이 연명으로 임금님의 물음에 대한 대답(應旨)을 올렸는데 이 상소에서 장경왕후가 죽은 뒤 비어있던 왕비의 자리에 폐위된 신 씨를 복위시키는 것이 옳다고 주장하였다가 귀양을 갔다. 그 뒤 이들을 구하려는 상소가 이어졌고 시산군께서도 김정과 박상을 구하는 상소를 올렸다. 폐비 신 씨는 영조 15년에 왕비에 복위되었는데 이분이 단경왕후이다.

예조회계(禮曹回啓)

시산군 정숙이 기묘명현으로서 사화에 연루되어 이전에 화를 입었습니다. 전하께서 관직을 증직하는 은전을 베푸셨고 또 선대왕(영조)께서 증시를 명하시었으나 아직 시호에 대한 논의가 없었습니다. 그러하오니 숭선정 총의 예에 의하여 시호를 내리는 일을 허락하시는 것이 마땅한 듯 하나 은전에 관한 일이라 감히 예조의 신하들이 마음대로 결정할 수가 없으니 전하께서 결정하시는 것이 어떠하겠습니까?

비답(批答)

시호를 내리는 은전을 시산군에게 베풀지 않고 누구에게 베풀겠는가? 더구나 숭선정 등 여러 종신들에게는 모두 이미 시호를 내렸는데 또 한 사람에게는 시호를 내리고 한 사람에게는 시호를 내리지 않은 것은 옳지 않으니 예조의 회계에 의해 시행하라. 교지를 자손에게 전달할 때는 예관을 보내 교서와 같이 제사를 지내주어라.

정부(政府)

시산군께 문민이라는 시호를 내렸다.

학문에 힘써 묻기를 좋아함이 (문)이요 백성을 부림에 있어 가엾게 여김이(민)이라

교지(教旨)

贈正義大夫詩山君 行彰善大夫詩山副正正叔

贈諡文愍公者 勤學好問曰文 使民悲傷曰愍

同治四年四月二十五日

증직 정의대부 시산군 행직 창선대부 시산부정 정숙에게
문민이라는 시호를 내린다.
학문에 힘써 묻기를 좋아함이 문이요,
사람을 부림에 불쌍하고 가엾게 생각함이 민이다.

동치 4년(고종 2년, 1865) 4월 25일 치제문(致祭文)

동치 4년 을축년 (고종 2년, 1865) 4월 25일 기축일에 국왕은 예조정랑 김릉을 보내 증직 시산군 문민공 정숙의 혼령에게 제사 지내노라.

세종 임금의 여러 왕자 중 영해군의 어질고 영특한 손자 시산군이 가정의 명성을 본받고 잘 다스렸다. 정이 정주 형제와 주자가 효종에게 올렸던 글(程朱封事)을 인쇄하여 (임금님께) 올리고 김정(호충암)과 박상(호 눌재)을 구하는 소를 올리니 중종 임금께서 가납하시고 서책을 내리셨다. 학문에 힘쓰고 조정암(조광조) 등 여러 현인들과 도의를 갈고닦아 목욕하는 것과 같이 나라를 다스리고 성현의 도리를 먼저 행하시도록 임금님을 도왔으니 벼슬은 송나라의 동정과 같고 사람됨은 한나라의 중루와 같아서 아무 거리낌 없이 바른말을 잘하였다. 곧은 절의는 역사의 기록에 비추어져 세상에 빛났더라.

이때 종제 강녕과 또 어진 종친 숭선, 장성과 뜻을 같이하여 선한 일을 행하도록 돕고 간사한 무리들을 물리치니 임보(林甫)나 노기(盧杞) 같은 간신배들에게 심한 미움을 받아 기묘년의 남은 화가 신사년까지 미쳤으니 '곧은 충절은 온 세상에 드러났고 높은 기개와 지조가 하늘에 닿았네'라고 한 하서 김문정이 만장에 남긴 글은 천년이 지나도 없어지지 않을 것이다.

정조 계축년(정조 17년, 1793)에 특별히 시호를 내렸으나 아직 이를 이어 받들지 못하고 있었구나! 자손들의 형편이 보잘것없는 때에 이르러 내가 임금의 자리를 이어받아 여기에 생각을 일으키니 文은 오직 배우고 묻는 것이요. 愍은 백성을 부림에 불쌍하게 여기는 것이라. 한결같은 마음으로 종친들이 친목을 두텁게 한지가 이미 오래되었도다. 예관을 보내 교서를 내려 시호 내리는 일을 알리니 혼령은 감응키를 바라노라.

선시관 이조정랑 김한정
치제관 예조정랑 김 릉
거함관 운봉현감 강우진
장수현감 이의도
찬알관 구례현감 민치로
오수찰방 강민규
도예차 동복현감 김연

자료제공 전 소덕사 봉향회장. 대동종약원 전북지부 이사 이선수
참고문헌 2003년 발간 소덕사지 발행인 이득수(李得壽)

불온한 시대에 역사의 거울을 통해서 미래의 청사진을 다시 그린다

-이석규 작가 소설 『후예 제1권: 시산군』에 붙여

이충재(문학평론가)

서론 – 문학의 의미를 생각하며

필자는 지금까지 출간된 이석규 작가의 시집 세 권을 집중해서 읽어 보았다. 그리고 세 가지 면에서 놀라지 않을 수 없었다. 하나는 문학을 신앙의 중심에 놓고 자신의 삶을 철저하게 리모델링 하려는 참된 성공적인 삶에 끊임없이 도전적인 태도를 견지하고 있다는 것이고 두 번째는 그 열정과 의지와 삶의 목적이 그 누구보다도 강하고 뚜렷하다는 것이다. 대부분의 사람들은 자신 능력의 많고 적음 혹은 주변 환경을 탓하며 이런저런 이유를 들어서 스스로가 자신의 삶에 제동을 걸고 나뒹굴며 한참을 굴러떨어지다가 후회와 억제하지 못하는 무거운 분노로 생을 망치는 일들을 적지 않게 경험하는데, 이석규 작가는 그런 사람들과는 뚜렷하게 구별되는 삶을 살고 있다. 삶을 직격으로 관통하는 에너지를 비축하고 있으며 동시에 그 에너지를 적재적소(適材適所)에 폭발시켜 자신의 더 나은 생애를 창조하는 저력을 지니고 있다는 점이다. 그리고 세 번째로는 그의 삶의 중심에 두 개의 중심축을 깊이 뿌리내리고 버티면서 살아가고 있다는 것이다. 그중 하나가 신앙 정신이고 두 번째가 바로 문학 정신인 셈이다. 이 둘은 엄연하게 따져 보면 하나인 셈이다. 그 이유는 문학은 순수성과 진정성을 바탕으로 한다는 것이고, 그 원류는 영혼적인 흐름과 깊이를 통해서만 표출이 가능하기 때문이다. 특히 시가 그 흐름에 가 닿아 있음을 볼 때, 이석규 작가는 이 세상에서 특히 문인으로서 지녀야 할 장점 중 장점을 모두 갖추고 있다고 할 수 있다. 그도 그럴 것이 이석규 작가는 2014년 첫 시집 『빈 잔의 시놉스』에 이어서 2022년에 두 번째 시집 『나는 눈이 오는 날은 붕어빵 집에 간다』와 세 번째 시집 『외할아버지의 기도』를 동시에 출간한 바 있어 동료 시인들과 독자들과 가족들에게 그 저력을 여실히 확인시켜 준 바 있다.

특히 두 번째 시집은 외손녀들을 향한 할아버지의 간절한 마음이 기도에 담겨 출간 된 바, 그 시집 역시 시인이 꿈꾸고 소망하는 미래의 또 다른 삶을 잇는 매개가 되었다고 보는 것이다. 그리고 세 번째 시집은 자신이 뒤돌아보고 싶지 않은 수년 동안의 삶을 반추하면서 고비고비를 경험하면서 길어 올린 시편들이 자리하고 있음을 볼 수 있었다. 놀라운 것은 두 번째 시집의 제목은 하나님이 붙여 주셨다고 고백할 만큼 그의 신앙심의 깊이는 참으로 깊고 놀랍다. 많은 시대의 사람들이 신앙의 확신이 부족한 채로, 시류의 기회와 곤혹과 대면하면서 힘겹게 살아가는데, 이석규 작가의 삶은 결코 그렇지가 않다는 것을 증명해주는 시집이라고 할 수 있다. 충분히 곤혹한 삶을 살아온 듯한데 그의 얼굴에 비치는 의미 깊음과 한마디 한마디 그의 삶의 속성을 풀어놓고 들려줄 때마다 언어에 묻어 나오는 메시지에서 곤혹스러운 여정은 하나도 찾아볼 수 없을 만큼 평안하다는 것을 곧 느끼게 된다. 이 모두가 신앙 안에서 믿음으로 극복한 하나님의 은혜였음을 하나 숨김없이 들려주고 있다고 할 수 있다. 그 믿음의 열매들이 문학 속에 맑게 녹아 청아한 영혼의 노래가 되고 있음을 발견하게 된다. 이어서 세 번째 시집의 제목은 어머니가 붙여 주셨다고 고백하고 있다. 그러니까 그의 문학, 삶의 모체는 하나님이며 동시에 어머니인 셈이다.

이 소설집이 집필될 수밖에 없는 단서를 그의 세 번째 시집에서 확인할 수 있었다. 그 시집에는 간혹 역사를 이야기하고 싶어 하는 시인의 심정과 각오가 분명하게 노출되고 있기 때문이다. 「수로부인」, 「광한루」, 「간월도」, 「베트남 후에 왕궁에서」, 「전주 한옥마을」, 「선운사에서」, 「나우시카 공주」, 「주산지의 왕버들나무」, 「계륵」 등이 그 예다. 그러니까 이석규 작가의 소설집이 갑자기 돌출된 충동에 의하여 탄생 된 것이 아닌, 그의 시작 활동 내내 꼭 하고 싶은 속 사연이며 동시에 언어였음을 확인시켜 주는 산물이라고 할 수 있다. 그런 그가 첫 소설집으로 『후예 제1권: 시산군』이라고 삼은 것은, 이 시대를 살면서 속 터지게 하는 면면들을 목격하면서 지난 역사 속의 인물을 통해서 시대를 질타 혹은 진단하고, 역사 속 인물의 사상과 삶을 보면서, 조금은 나아지는 시대를 소망하는 그 마음이 근원이 되어 이 소설을 쓰게 한 것이라고 보여진다. 그 바탕에 문학을 불쏘시개 역할이자 역사와 가치를 담아낼 질그릇 역할로 삼은 것이라고 본다.

앵거스 플레처는 그의 저서 『우리는 지금 문학이 필요하다』(Being)에서 그 이유를 확실하게 밝히고 있다. 곳곳에서 실용주의 학문이 주가 되고, 인문학의 정신을 담아낸 도서나 강좌가 천대시되는 이 시대에 꼭 귀 담아들어야 할 메시지를 담아낸 도서라고 할 수 있다. 위의 책을 일컬어 문학 발명품을 총체적으로 조사한 보고서라고 할 만큼 엥거스 플레처는 셰익스피어의 『햄릿』, 동화, 만화책, 노래, 시트콤, 성서에 나오는 비극, 곰돌이 푸, 고전 로맨스, 공상과학 영화, 범죄소설, 노예 이야기, 문학사에서 가장 강력하고 유익할 스물다섯 가지 발명품의 문학적 청사진을 제시하고 있다. 그리고 그 청사진이 어떻게 슬픔과 불안, 외로움과 비관

적 기분을 덜어주면서 창의성과 용기, 사랑과 공감과 치유를 안겨주는지, 그 숨은 신경 과학을 알기 쉽게 설명해 준다. 고백하고 있는 만큼 이 시대에 우리는 왜 문학을 읽어야 하고, 또 필요로 해야 하는가? 에 대한 그 목적성을 들려주고 있다.

이처럼 이석규 작가는 그 문학을 통하여 이 시대를 충분히 진단하고, 그 진단한 결과물을 문학과 신앙이라는 큰 그릇에 풀어 용해 시킨 다음 그 대안을 찾아가고자 애를 쓰고 있는 독자들의 영혼의 해갈을 위한 용수로 사용하고 있다고 할 수 있다.

천민자본주의는 돈과 인기 그리고 명예와 권력의 시종, 노예의 대상으로 인류를 불러세우고 부리고 폭력을 일삼고, 시기하고 살해하고, 서로를 원수지간 만들고 서로 헐뜯고 할퀴는 등 인간의 참된 가치와 의미를 드러내 보여주지 못하고 마치 동물처럼 생존하다가 마감할 그런 운명에 직면해 있음을 이석규 작가는 놓치고 있지 않다는 것이다. 그래서일까 이석규 작가는 영혼이 맑다. 동시에 그의 정신은 늘 번뜩이고 예리하다. 그 맑고 예리한 영혼이 창작한 소설의 이야기는 어렵거나 복잡한 플롯에 이끌려 떠돌지 않고, 자신이 하고 싶은 그리고 이미 수집된 역사적 인물인 시산군 외 동시대 인물들의 이야기를 서정적, 시문학적 그리고 서사적으로 기술하고 있음이 다른 작가들이 시도하지 못하는 서정적 기법의 문학적 중요성을 차용하고 있음 그 정점에 올라 있음을 보여 준다고 할 수 있다.

엥거스 플레처가 문학에 대하여 정의한바 손가락이 장밋빛으로 물드는 어슴푸레한 햇살 속에서 경이로운 발명품이 탄생했다. 그것은 마음의 상처를 치유하고 어둠 속에서 희망을 되살릴 수 있었다. 황홀감을 자아내고 믿기 어려운 나날로 이끌 수 있었다. 지루함을 몰아내고 하늘의 빗장을 벗길 수 있었다. 그 발명품은 바로 문학이었다.

이석규 작가는 누가 가르쳐 주지 않았어도, 이미 문학의 중요성을 알고 있는 바, 이 정신을 자신의 시 세계에 도입시켜 오고 있으며, 더 나아가 소설이란 영역으로 확장시켜, 자신이 이 땅에 존재하는 그 정확한 이유와 마지막 인생 불을 태우고 싶어 하는 것이 바로 『후예 제1권: 시산군』을 통해서 확실히 드러났다고 할 수 있다. 그 이야기가 우리 독자들을 어디로 이끌어 가고 있는지를 대강 살펴보고, 오늘의 어두운 현실을 밝히는 일에 동역자가 된다면 아마도 이석규 작가의 소설은 그 사명을 다했다고 할 수 있을 것이다. 그 세계로 나가보기로 하자.

본론 – 작품 속 의미를 찾아 오늘과 미래를 새롭게 창조할 청사진 그려자

필자는 이 소설의 역사적 이야기들을 따라가 보면서 내내 저자와 함께 호흡하고 있음을 느낄 수가 있었다. 그 이유는 간단하다. 동시대를 살아가고 있는 작가이며 동시에 같은 취지의 이야기 집을 집필 계획 중에 있기 때문에 그렇다.

배경도 유사하다. 필자는 경기도 광주 이씨 문중의 21대손으로서 이준경 대감의 평전을 준비 중이다. 그 배경의 기초가 되는 곳이 바로 전북 남원인 것이다. 또한 이 소설집에 등장하는 이들과도 그렇게 거리가 멀지 않은 동시대적 배경을 지니고 있다는 점에서도 마음이 통했다고 할 수 있다. 이석규 작가는 시간이 많지 않음에도 불구하고, 이 어려운 지적 작업을 하려는 이유도, 필자가 역시 계획 중에 있는 평전과도 유사한 맥락에 맞닿아 있는 배경과 목적을 이야기하자면 바로 '안타까움'이다. 시대를 향한 안타까움, 이조 조선 역사를 거슬러 대한민국의 오늘을 향한 안타까움과 분노가 일기 때문이고, 그 가운데서 나라의 주인 역할, 일꾼 역할을 해야 할, 정신사적 리더들의 경거망동(輕擧妄動)과 부재(不在)에 대한 슬픔과 아픔이 그 표면에 진하게 흐르고 있음을 확인할 수가 있다. 그 울분이 아마도 이석규 작가로 하여금 이 소설을 집필하게 한 직접적, 간접적 동기가 되었다고 본다.

대한민국의 오늘의 상황을 보면서 필자가 줄곧 외쳐오는 소리가 있다. 역사란 팩트 외 진정성, 현재란 사실 외 진리와 솔직함 그리고 미래의 청사진에 대하여 진지하게 진단하고 예측하고 창조하려는 이들의 '중심성', '초월성' 혹은 '포월성'에 대하여 강조해 오고 있다. 또한 이 시대에 인문 정신을 위하여 일생 필드에서 애쓰는 이들이나, 문학이란 철학적 사유와 여백의 복합적 시 공간성을 지닌 문학 예술인들의 중심 사관을 가감 없이 발휘하여 세상을 올바른 길로 인도해 주기를 간절히 바라고 있는 것이다. 그런데 끊임없이 안타까운 그 바람이 현실에서는 개선, 개혁되지 않고 부정적인 양상만이 지속적으로 연출되고 있다는 측면에서 순수 시인인 이석규 작가는 돈도 되지 않고, 어쩌면 독자들이 부담스러워할 수도 있는 이 작품에 천착하여 가족과 동떨어진 꽤 오랜 시기를 고향에서 홀로 머물면서 창작의 열을 올리고 있는 것이다. 그런 면에서 이석규 작가의 애타는 그 마음과 시인정신과 자신의 뿌리를 찾아 거룩한 행보를 거듭 솔선수범하면서 이내 영원한 멘토가 될 그 인물 시산군을 만나게 된 것에 깊은 위로와 큰 박수를 보내고 싶은 것이다.

이 소설의 배경이 되는 시대는 조선시대이다. 조선시대의 상황과 오늘날의 상황을 비추어 보아, 서로의 피드화하여 바로 잡아가야 할 사건을 본다면 당연히 '사화'와 '당쟁'이라고 할 수 있다. 그리고 그 사건이란 틈 속에서도 중심을 잡고 국민(소시민, 민초 …)과 조국(나라 …)을 생각하여 초개같이 목숨을 버려온 군인(병졸)과 학자, 선비들의 흔적을 보여주고, 우리도 역사 주변 인물들의 정신과 하나가 되어 가치 있는 의식과 청렴, 역사성을 근간으로 더욱더 부강하고 국민이 살아가는데 결코 어려움이

나 분란(불신)이 없는 절대적이며 궁극적 삶을 살아가자고 주장하는 바가 바로 이 소설의 중심 대안이라고 할 수 있다. 그리고 우리는 시대의 어떤 멘토가 되어 후손들에게 필요 이상의 형이상학적 유산으로 남겨야 할까에 대한 인문학적 채무를 지고 있는 것이다.

당시의 사화는 사림파의 자리에서 바라보면, 부패한 특권 보수층에 대한 상대적 진보 세력의 도전의 역사이자 수난의 역사이며 승리의 역사이다. 훈구파가 아닌 사림파의 자리에서 바라보는 것이 역사적 정당성을 갖는 것은 당시 사림파의 노선이 시대정신에 합당했기 때문이다. 즉 훈구파의 전횡에 맞서 싸워야 할 시대적 과제를 수행한 정치 세력이 사림파였기 때문이다. 다만, 사림파의 한계는 한계대로 지적되어야 할 객관성을 가지고 있다. 그만큼 사화에는 오늘날 우리 사회가 당면한 거의 모든 문제들이 담겨 있다. 예를 들면 정권 유지와 정권 교체, 보수와 진보, 혁명과 개혁, 특권층과 소외된 계층, 부유한 자와 가난한 자, 그리고 시대정신 등….

이스라엘 사람들은 아브라함이나 모세가 마치 엊그제까지 살아 있던 인물인 것처럼 이야기한다. 아브라함과 모세의 고뇌가 오늘날 살아 숨 쉬는 것이다. 우리에게는 누가 살아 숨 쉬는가? 단군은커녕 백범 김구도 이미 죽은 화석이 아닌가? 이덕일 작가도 그의 저서들을 통해서 이와 같이 가슴 아프게 역사를 바라보고 있다. 그렇다면 오늘날은 어떤가? 역시 그 역사의 반복적인 현상들이 비일비재하게 연출되고 있음이 슬픈 현실이 아닐 수 없다.

이덕일은 그의 저서에서 역시 가슴 아파하는 고백을 독백조로 읊조리고 있음을 본다. 그 고백은 여전히 아프기만 하다. 조선의 당쟁은 일본인들이 조선 망국의 원인으로 워낙 많이 공격했던 부분이다. 그래서 망설여지는 마음도 있었지만 나는 조선의 당쟁을 체계적으로 정리해 보기로 마음먹었다고 들려주고 있다. 그만큼 집안의 싸움은 또 다른 이웃이나 민족들에게 공격의 빌미를 제공해 준다는 점에서 충분히 위험 요소를 안고 있다. 지금 전세계적으로 어려움을 겪고 있는 시대에 대한민국의 이 같은 분열 즉 반대를 위한 반대, 찬성을 위한 무작정 찬성의 원리로 국민들이 분열되는 현상과 반목 현상은 일제 식민지를 경험한 우리나라가 보여주어서는 결코 안 되는 현상임을 간과하고 있는 듯하여 가슴이 아프다. 이 우려를 이석규 작가는 시산군을 통하여 오늘날의 정치인들은 물론, 지성인들과 지식인들 그리고 독자들에게 깊이 있게 깨닫도록 경종을 울리고 있다.

조선 당쟁의 경험들은 현재의 왜곡된 정치 구조에 어떤 실마리들을 던져 줄 것이다. 하지만 과거의 사실을 현재의 정치 상황에 직접적으로 적용해 해석하는 것은 바람직한 일은 아니다. 살아 움직이는 생물인 역사를 주변 조건이 무시된 진공 속에서 비교할 수는 없기 때문이다.

과거는 이미 흘러갔다. 과거의 경험들은 찬란하면 찬란한 대로, 어두우면 어두운 대로 우리에게 유익하게 작용할 수 있다. 다만 그 유익함은 과거를 정확히 인식하여, 거기에 비추어 내일을 읽어 낼 줄 아는 개인이나 사회만이 누릴 수 있다.

이러한 메시지를 가슴에 담고 이석규 작가의 소설집을 읽어간다면, 시산군 외 동시대의 동료 정치, 문인, 시대의 사상가들의 행동 하나하나, 말 한마디 한마디가 가슴에 흔들리지 않는 뿌리를 깊게 내려 견고한 또 다른 역사를 쓰게 할 것이다. 그렇게 깨달음과 지혜를 얻는다면, 21세기 한반도에서 일어나는 당리당락(黨利當落)만을 주장하여 국가와 국민을 외면한 채 자신들만의 안위를 위해서 권력을 남용하는 저들을 향한 편 갈이에 맹목적으로는 합류하지 않고 20세기 미국의 중심 사상가 랄프 왈도 에머슨과 같은 중심론자가 되어 국가의 미래를 향한 올바른 진단과 행보에 동행인이 되자고 간절하게 청함을 보내올 것이다. 이것이 바로 이 소설에 등장하는 시산군의 사상이요, 행보요, 일생임을 보여준다고 할 수 있다. 그 사실을 올바르게 인식하고 오늘날 사회의 변이를 향한 통찰력을 기른다면, 그 어느 민족보다도 훌륭한 제2의 이스라엘을 대체할 민족이 우리 한반도에서 출현 가능하다는 사실을 인류에 선포하는 충분한 계기가 될 수 있다는 그 확신과 소망의 원리를 저자는 독자들의 가슴에 깊고도 널리 파종하고 있다고 할 수 있다. 그 절대적 동기가 되는 저자의 한마디 신음에 귀 기울여 보기로 하자.

"시는 내게 그 암시뿐이었지만, 나의 뿌리 찾기! 그리고 선조에서 오늘의 나를 돌아보려는 이 노력에, 우리는 말이 통하지 않았지만 늘 신기하게 통했기 때문에, 시의 충고는 그보다 깊은 뜻이 함축되어 있다는 것을 나는 알았다. 그러나 이로부터 불과 사흘 뒤에 그 사료의 홍수(洪水)를 만났다. 나는 신고만난(辛苦萬難) 끝에 헐벗은 어린 시절을 넘어 매안이로 갔고, 거기에서 다시 돈도 안 되는 역사소설을 쓴다는 핀잔으로 올라가 거기서 기다리고 있던 시산군을 만난 다음, 그의 유학(儒學)과 중용(中庸)의 강을 오르는 배를 탔다. 일종의 신의(信義) 상태에서 중종 3년에서 정조 18년까지의 이 엄청난 이야기를 독파한 나는 실로 〈단숨에〉 꾀어 버렸다. 내가 이 사료를 꾀는 동안 배는 내 사촌 집에 이르렀다. 수십 년에 걸쳐 쌓고 쟁인 쌀을 쥐만 축내고 있었다. 나는 내 족보에서 한글을 창제한 세종대왕이 나의 선조라는 것이 〈새삼〉 자랑스러웠다. 눈치 빠른 독자는 벌써 알아차렸을 테지만 나는 사촌들을 찾았지만 시집간 사촌 누나 둘을 빼놓고는 아무도 찾아내지 못했다."

우리가 여기서 기억해야 할 것은 저자가 그의 뿌리 중 하나인 '시산군'을 만났다는 것이고. 이어서 그는 유학과 중용(과하거나 부족함이 없이 떳떳하며 한쪽으로 치우침이 없는 상태나 정도)의 강변을 거슬러 오르게 되었다는 것이다. 이것이 바로 이 시대의 대다수 국민이나 정치인 혹은 교육자, 종교인들과 문화종사자들이 놓치고 있는 현실적인 문제이며 동시에 하루빨리 검증되지 않고 불손한 철학이나 사상을 가지고 어느 특정한 변이나 변혁을 꾀하려는 불온한 사상을 지닌 족속 일부 인사들의 정신에 깊은 깨달음과 그들의 그릇된 사상과 언어의 유희가 남긴 사회성을 극복하고 건강한 중심 지대로 전진해야 한다는 중용의 중요성을 알려준다고 할 수 있다. 이것이 바로 저자의 뿌리인 시산군의 삶에서 배우고자 하는 핵심 사상이라고 할 수 있다.

우리는 많은 만남을 통하여 관계성이라는 삶의 울타리를 엮기 마련이다. 그런데, 오늘날은 그 만남을 통한 희열이나 다행보다는 반대의 슬픔과 아픔 그리고 배반의 쓰라린 경험을 통하여 관계성이 파괴되거나 단절되는 현상들을 너무나도 많이 경험하고 있다. 그래서 우리는 역사를 바로 알아야 하고, 그 역사 어느 지점에서 불일 듯 일어난 숱한 사건들을 외면하지 말고 주도면밀하게 살피고 목도하여 우리의 것으로 여겨 질좋은 그리고 다양한 변화를 구축해야만 한다는 것이다. 이 지침이 바로 설 때, 그 한 사람의 사관은 건강성을 찾게 되고, 그의 사관이 큰 물결을 일으킨다면 그 사회, 그 나라는 부강할 수밖에 없게 된다. 그런데 앞에서 말한 바와 같이 조선시대의 당쟁이나 사화는 이웃 나라가 침을 흘릴만한 원인을 낳게 되었다는 점에서 몹시도 부끄러울 뿐이다. 우리 조선은 오랫동안 일본 나라의 식민지화 되어 국권을 잃고, 언어를 잃고 부모 가족을 잃고 온갖 것들의 문화와 양식을 잃은 아프고도 부끄러운 역사의 한 페이지를 영원히 남기게 되는 쓰라림을 경험하게 되었다. 그 중심에 누가 있었는가? 그리고 어떤 일이 있었으며, 그들을 극복하기 위한 중용의 정신이나 사상을 가지고 몸 버려 희생한 선조들의 수효를 헤아리지 않는 이 불온한 시대에 직면해 있음을 인정할 의지는 있기는 한가,

묻지 않을 수 없다.

실학의 대가 정약용이 강진으로 유배 가게 될 때, 강진 인근의 주막에서 동네 청년들을 모아 놓고 잠시 학문의 중요성을 가르쳤던 일이 기억에 삼삼하다. 그 여정에서 만난 청년 중 황상이란 더벅머리 청년이 다산의 영향을 받아 깊이 있는 학문을 경험하게 되고, 그 학문을 빌미로 정치계로 등극하지 않고, 초야에 묻혀 학문에 열중하다가 결국 다산 임종 시 유일하게 그 자리를 지켰던 일화가 『삶을 바꾼 만남』(정민, 문학동네)에 소개되고 있다. 이 한 사람의 제자가 학문을 통하여 자신의 이웃과 주변인들의 무지를 깨닫게 하고 인본의 가치를 학습하게 한 결과만을 놓고 볼 때 황상이 다산 정약용 선생을 만났기에 가능했으며 또한 그의 운명이 바뀐 것이다.

저자 이석규 작가 역시 시산군과의 만남을 통해서 그의 삶의 관이 재정립되는 그리고 시대와 문화를 관통하는 중용의 사상을 접하게 되는 계기가 되었다는 점에서 이 소설은 단순 역사를 차용하여 자신을 드러내기 위한 일에 초점을 맞추기보다는 만남과 만남 그리고 이 나라의 정신 지주 역할을 해야 할 리더의 부재를 한탄하고 있음을 읽어내게 하는 통로의 위력을 지녔다고 할 수 있다. 또한 독자들도 이와 같은 사관이나 가치관의 정립을 통해야만 공의가 올바르게 서게 되고, 그 올바른 토대가 마련되어야만 정치와 교육, 종교 그리고 홍익인간(弘益人間)의 사상이 바르게 정립될 수 있게 된다는 것을 교훈으로 얻게 되는 것이다.

오늘날은 정치, 문화, 종교, 교육 그리고 소시민들의 생활문화까지 혼돈과 반목, 불신이 침투하여 또 다른 익명적 부정 의식이 연출되고 있다. 이를 바라보는 저자의 문학관 내지 종교관 그리고 시대관이 재정립되는 계기가 바로 시산군과의 소중한 이 하나의 만남으로부터 시작되었다는 사실에 놀라움을 금치 못하겠다.

저자는 이 점을 잊지 않고 있음을 본다. 그래서 시산군을 통하여 중용의 중용을 터득하여 올바른 분별력과 시대를 향한 혜안을 잃지 말자고 권하고 있는 것이다. 우리는 시산군에 대한 구체적인 삶이나 사상에 대해서는 이 소설에서 저자가 이야기화시키는 것 말고는 별도의 연구를 통해서만 구체적인 역사적 사실을 접하게 되겠지만, 이 소설에서의 이석규 저자의 말과 이 소설을 창작하게 된 배경 하나만을 놓고 볼 때, 그가 독자들에게 그리고 같은 문중의 선조와 후손들을 향하여 무엇을 들려주고자 하는가의 그 간절함만큼은 충분히 느낄 수가 있게 되어 감사하다.

다시 한번 시산군을 향한 저자의 애정을 확인해 보기로 하자. 이는 저자의 뜻이기도 하지만 독자들이 이 책에서 무엇을 교훈 받을 수 있을까? 그 사안과 직결되기 때문이다.

"내가 시산군을 만난 때는, 자신의 잇속만 챙기려고 혈안이 된 연산군 말기, 바로 대부분 신하의 변덕이 죽 끓던 그때였다. 그때, 내 핏줄(뿌리)에 고정된, 그 긴 역사에 매달린 등불은, 엄정한 광휘(光輝)의 위엄을 보이며 앞뒤로 흔들리고 있었다. 나는 그때, 흔들리는 그 등불에서, 가문(家門)에 반복되는 고난과 영광은, 그 후손들이 얼마나 제 뿌리에 대한 긍지와 자부심을 느끼고, 자신에게 주어진 소명 완주에 결정된다는 것을 알았다. 그리고 그 소명의 등불의 기름과 심지는, 나의 피와 땀이라는 것을 알았다. (…) 그러니까 나의 소명은 나의 선조(先祖)들의 실존(實存)을 실증하고 있는 것이었다. 따라서 나의 소명은 나의 뿌리와의 마찰도 없고 저항도 없는 그 역사의 공간, 바로 무게도 없을 뿐만 아니라 보이지도 않는 소명(召命)에 매달린 채로, 내 발걸음을 주시하고 있다."

이 글을 읽을 때마다, 이 시대 중심에서 이석규 작가와 같은 정확하고도 올바른 역사관과 가치관을 지닌 리더들의 부재가 횡행하는 그 부정적인 시대적 현상 앞에서 숨죽여 고백하며 아파하는 미래의 일꾼들과 오늘날의 인문학을 그리워하는 이들의 애환이자 통한을 바로 느낄 수 있어서 인문학의 종사자로서의 정신이 번뜩 든다.

"행수에게 듣기로는 몸이 불편해서 요양차 이곳으로 내려갔다고 하던데…. 그러나 명월은 잠시 멈칫하며 시산군의 똑바른 시선을 한동안 마주 보다가 슬쩍 말머리를 돌렸다. …차차 말씀드리겠습니다. 그건 그렇고 별고 없으시지요? 명월이가, 마치 친근한 사이처럼 말하였다. 시산군도 빙그레 웃으며 받았다. 말이 자꾸 수렁에 빠지는구려, 지나가던 새들이 들었으면 건져오겠소. 그리고 그 새들도 수렁에 빠지면 그 말은 죽소. 시산군으로서는 드문 재담이었다. 그만큼 그는 이 방문(房門)이 가져올 결과에 대해서 걱정하고 있었다. 아이고 나리, 이 집엔 수렁은 없으니 그런 걱정은 하지 마시고 제 방으로 가시지요, 했다."

이 대화법에서는 시산군과 시산군을 중심으로 한 명월 외 관계자들과의 사관과 이상이 그리고 앞으로 일어날 사건들이 복선적 효과를 드러내고 있는 대사 장면이다.

이미 시산군과의 사상과 맥을 같이 해 온 이들의 수난사가 이 소설 곳곳에서 소개되고 있는 바와 같이 이후의 관계성이나 수난 그리고 예측 못 할 일들에 대해서 간파할 수 있을 법한 사건들을 통하여 21세기 현재를 살아가는 이 세상을 향한 변화, 예측 그리고 그 중심에서 우리가 어떤 사관으로 버팀목 역할을 해야 할 것인가에 대한 온갖 교훈을 나름 생각하는 기회로 삼을 수도 있겠다. 이미 저자가 시산군을 통해서 무엇을 들려주고 싶어 하는가에 대한 그 주제 설정이 독자들에게 충분히 읽히고 있다고 본다. 다만 이 시대를 살아가는 중신론자들이 현격히 부족한 터에, 조국의 미래를 향한 발전 지향성을 지닌 많은 새로운 청지기들의 출현이 시급한 때에, 더 깊고 넓은 사관의 정립을 기대해야 함에는 추호의 의심이나 안일함으로 일관해서는 아니 될 일이다.

대학에서 강의를 하다가 인도 전역을 여행하며 명상 기법을 가르치고 특권 계급의 위선을 비판하였던 1931년생 인도 자이나교 직물상인의 장남으로 태어난 오소(1931~1990)는 인생에서 소중한 가르침을 준 스승과의 위대한 만남을 소개하면서 역시 만남의 중요성을 설명해 주고 있다. 이와 같은 맥락에서 볼 때 이석규 작가가 만난 시산군과 시산군을 배경으로 한 주변의 개혁적 인물들과의 만남은 분명 그의 사상과 삶에 지대한 영향력을 미쳤음이 분명한 사실이라는 것을 이 소설을 따라가다 보면 금방 알아차릴 수 있다.

오쇼는 이 책의 결론에서 "이제는 누구도 인간을 짓밟은 정복자를 영웅이라 하지 않는다. 인류에 대한 뜨거운 사랑을 가슴에 품고 산 이만이 진실로 위대한 영웅이다."라고 말하고 있다. 그렇다면 시산군은 그렇게 화려한 역사적 행보는 하지 않았을지라도 분명히 말하건대, 숨은 영웅이 틀림없다. 그를 중심으로 한 수많은 역사적 배경이 된 인물들의 삶과 사상을 반추해 볼 때 그런 필요충분조건을 모두 갖추고 있다고 할 수 있다. 그런 입장에서 보면 이석규 작가의 삶에 감동과 도전 의식을 불러일으킬 충분한 요소가 되었다고 할 수 있다.

결론 – 감동은 영원한 돛이 되어 시대인들의 영혼의 항해를 돕는다.

많은 사람들은 조선의 의인들을 이야기하고, 노래 부르고 싶어 한다. 박석무 교수는 『조선의 의인들』(한길사)에서 "현실의 삶이 괴롭고 고달프거나 가야 할 방향이 어두울 때, 과거의 역사적 경험이 아니면 어디서 지혜를 얻어 현재의 난관을 극복하겠는가. 나라의 정치가 혼란해 근심이 깊어지면, 난세에 어떤 역량을 발휘해 그 어려움을 극복했는가를 알아볼 수 있는 선현들의 경륜과 삶의 발자취를 살펴보아야 한다고 했다. 그리고 퇴계 이황과 성리학의 본간 도산서원에 깃든 사상 외 23명의 조선의 의인들을 소개하고 지속적으로 말 걸기를 시도하고 있음을 본다. 그런데 우리가 여기서 관심 있게 보아야 할 것은 의인이나 영웅은 어느 특정한 사람만의 관점에서 결정될 수 없다는 것이다. 그리고 유사하게 혹은 같은 삶의 방법이나 사상으로 결정된다고 반드시 확언할 수 없음이 바로 유구한 역사 속에서 우리가 만나야 할 사람들을 특정할 수도 없으며 그들의 행보나 유적을 미처 발견할 수 없는 유한한 경험치만을 지니고 살아온 까닭이다. 그렇다면 이석규 작가의 삶을 송두리째 바꿔놓은 시산군 역시, 이석규 작가뿐 아니라 그들의 후손들에게는 분명 의인이며 영웅이며 또한 시대적 멘토가 틀림없는 것이다. 그 역사적 변증을 이 소설이 대리한다고 한다고 봐도 틀림없는 사실이다.

그렇다면 21세기에 왜 우리는 조선시대의 잊혀진, 혹은 누군가의 기억 속에서만 희미하게 남아있거나 역사서를 뒤적거리다가 문득 발견한, 유명하지도 않거나 검증이 되지 않은 이름 석자 드러내놓고 고백할 고증을 발견하지 못한 채 누군가의 말에 실낱같은 희망을 걸어보는 걸까? 그런 인물을 만나면, 우리는 가볍게 치부할 수 없다. 특히 어느 누가 자신의 일생을 걸어 봄직 하다고 장담하고 그의 역사적 사실을 세상에 드러내 알리고자 할 때면 더욱더 그의 고증에 관심을 조명시켜야 함이 맞다.

이석규 작가가 바로 그 예에 해당하는 것이다. 분명한 것은 21세기 이 시대는 인간이 길을 잃고 방황하는 인류의 황폐한 처지에 이르렀음을 부인할 사람이 없다. 문명의 이데올로기 앞에서와 그 유산이 인간의 정신세계를 잠입하여, 인간의 가치를 폄하시키고 동시에 인간관계에 불신이라는 치명적인 균열을 야기시키고 있다. 가정이 해체되고, 사람 하나하나의 가치나 존엄성이 상당 부분 사라진 이 시대를 향해서 과연 누가 애통하면서 가슴을 치면서 아파할 것인가? 또한 인간 문명의 산물은 지구 환경을 파괴하고, 그 파괴된 지구 안에서 심하게 굴절된 가치관의 소유자들이 자행하는 온갖 범죄 행위는 또 어떻게 판단 할 것인가? 그 현상들을 위해서 선택적 위치를 점유한 지성인들과 지식인들 그리고 교육자나 종교인들과 문화운동가들을 비롯한 정치인들의 역할에 과연 몇 점이란 점수를 줄 수 있겠는가? 서두에서 밝힌 바와 같이 뿌리 깊은 유서를 가진 대한민국이 왜 이렇게 분열되고, 이분법의 이데올로기에 맥을 놓치고 있으며, 중심을 잃고 심각하게 흔들리고 있는가? 그 질문들에 우리 스스로 정확하고 효율성 있는 답을 내야만 할 때가 되었다. 그에 말 걸기를 시도하고 있는 것이 바로 이석규 작가가 지적 노동을 시도하고 있는 이유이자 목적이라고 보면 맞는 것이다.

김영수 작가는 사기 130권을 관통하는 인간 통찰 15인『사마천, 인간의 길을 묻다』(왕의 서재)에서 사마천의 이야기를 통해서 인간의 가치와 역할과 그의 삶이 미치는 절대적인 영향력에 대해서 다음과 같이 소개하고 있다.

"사람은 누구나 한 번 죽지만, 어떤 죽음은 태산보다 무겁고, 어떤 죽음은 새털보다 가볍습니다. 이는 죽음을 사용하는 방향이 다르기 때문입니다(사마천 〈보임안서〉중에서)." 또한 사기의 중요성에 대해서도 다음과 같이 강조하고 있다. "우리가 사마천을 알고『사기』를 읽어야 하는 가장 큰 까닭은, 사마천과『사기』가 '참다운 인간성의 회복'과 '인간답게 살기' 위한 길로 우리를 이끌기 때문이다."

바로 이석규 작가가 이 소설을 집필하기 위하여 고향 땅으로 낙향하여 홀로 이 고된 작업을 시도하는 이유에 대한 가장 긍정적이고도 확실한 답이라는 것을, 그리고 독자들에게 시산군의 후예가 된 크고 작은 문중의 대상들을 위함이라는 것을 알게 하기 위해서란 것을 필자는 확신할 수 있었다.

김영수 작가의 또 다른 저서 인간 성찰의 5천 년간의 고증서인 『간신론, 인간의 부조리를 묻다』(왕의 서재)에서 다음과 같이 인간 세상의 부조리한 현상을 고발하고 어떻게 그를 정화하고 바로 잡아야 할 것인가? 에 대한 대안을 제시하고 있다.

"'간신'은 역사적 사회적 현상이다. 한마디로 표현하자면 이렇다. 사회적 역사적 현상으로서의 간신 문제를 바라보면 오늘날 우리 사회의 모습이 어떤지를 짐작할 수 있다 - 사회질서가 문란해지면 평소에는 뜻을 펴지 못하던 야심가와 음모가들이 우리를 뛰쳐나온다. 이들은 하늘이 내린 기회를 놓치지 않고 나라가 편안할 때는 실현할 수 없었던 자신의 야심과 목적을 실현해 나간다. 동시에 이런 때는 사상 도덕을 교육 시킬 겨를이 없고, 감독기관은 마비되고, 선악 간의 시비가 뒤바뀌고, 사람들의 도덕 수준은 떨어지기 일쑤다. 게다가 각종 파벌과 유언비어가 난무하며, 평소에는 고개를 쳐들지 못했던 이단 종교나 사이비 종교들의 사악한 교리와 설법들이 위선의 탈을 뒤집어쓰고 여기저기서 설쳐댄다. 행동이 바르지 못한 자들 생겨날 수밖에 없다."

"조직과 나라를 바로 세우고 발전시키기 위해서는 충직한 사람 열이 있어도 모자라지만 조직과 나라를 망치는 데는 간신 하나면 충분하다. 이런 현상은 예나 지금이나 별반 달라진 것이 없다. 간신이 초래하는 폐해는 재앙 수준이다. 지금 우리가 이를 국가적 차원에서 절감하고 있다. 이렇듯 끔찍한 '간신 현상'이 역사 속에서 끊임없이 반복되는 까닭은 무엇인가? 제도와 법이 번듯하게 정비된 현대 사회에서도 간신 현상이 수그러들기는커녕 더 기승을 부리는 이유는 무엇인가? 우리는 그것을 왜

막거나 근절하지 못하는가? 개인적으로 볼 때 그것은 다름 아닌 내 안의 '사욕(私慾)' 때문이다. 다른 말로 내 안의 '간성(奸性)' 때문이다. 사회와 조직이 건강할 때 이 '간성'은 겉으로 잘 표출되지 않는다. 법과 제도가 정상적으로 작동하고 있을 때도 마찬가지다. 하지만 사회 기강이 흩어지고 인성이 타락하면서 내 안의 '간성'이 꿈틀거리며 밖으로 튀어나온다. 이런 간성이 떼를 지으면 '집단 이기주의'니 '님비 현상' 등으로 표출된다. 학연이나 혈연이니 지연이니 교회연이니 하는 것들도 간성이 떼를 지었다는 점에서 같은 맥락이다. 하루빨리 청산해야 할 열악한 현상들이다."

위의 인용문들은 이 시대의 현상을 극명하게 표출할 뿐 아니라 사마천의 삶의 터전인 나라 아니 인류 곳곳에서 자행되는 문제였음이 분명하다. 그러니까 이러한 현상은 오늘날의 문제로만 치부할 것이 아닌 과거 역사 속에서 충분히 발견할 수 있는 현상이었다는 점이다. 그러니까 인류가 존재하는 한 어느 곳, 어느 나라, 누구든 이러한 현상의 주인공이 되지 말라는 장담을 할 수 없는 일이다.

아마도 이석규 작가의 삶이 그렇다. 이석규 작가의 지각력과 지혜와 통찰력이 바로 이 시대 중심을 직접적으로 바로 진단하고 있음의 반증이다. 많은 사람들이 기회주의적 삶을 살고 있지만, 작가는 그와는 거리를 두고 신앙 안에서 중심을 잡고, 문학예술이라는 도구로 정면 승부를 예고하고 있음을 본다.

문중의 많은 사람들이 이미 역사성을 저버리거나 이로부터 멀리 떠나 있다. 뿌리 보다는 현실적 성공 여부에 가장 영향력을 미치는 이들과 손을 잡고, 역사를 망각하며 살고 있다. 이러한 현상이 보편화된 시대에 이석규 작가는 과거의 거울을 앞에 두고 명백하게 자신의 과오(過誤)와 가족의 과오와 문중의 과오를 스스로 고백하고 그 문중의 어디쯤 가 닿아 있는 시산군과의 만남을 통하여 역사를 묻고, 오늘날의 변절한 혹은 간신론의 대부 역할을 하는 이들과 기회주의적 삶에 온통 침몰하여 참된 삶의 가치를 잊고 살아가는 이들의 손을 뿌리치고 그들의 후예와 우리 모두의 후예들이 역사성을 바로 알고 시대의 총체적 문제들을 해결할 답을 찾자고 호소하고 있는 듯하다.

역사소설은 결코 쉽지 않다. 그렇다고 이 이야기가 모두 사실적으로 읽혀야 할 이유도 없다. 다만 역사 속 어느 지점의 팩트를 소재, 주제로 이끌어내어 오늘의 현상을 바로 직시하고 진지한 태도로 말 걸기를 시도하기 위한 메신저 역할을 한다면, 저자의 소명은 완수되는 셈이다. 그 마중물 역할을 하는 시간으로 독자들을 초대하고, 겸손하게 자신을 감추는 일이 바로 저자의 역할이며 사명이고 아름다움이다.

시인이나 소설가나 그 밖의 문학 예술가들이 왜 이토록 쓰는 일에 목숨을 거는가? 분명히 돈도 명예도 되지 않는 글쓰기에 몰입하고, 타인들이 추구하는 영달이나 관념을 외면한 채, 고독한 작업에 일상적 시간을 무작정 투자하고 있는가? 그 이유를 한 문장으로 말하면, 시대의 앙금을 털어내고, 그들의 영혼 깊이 흐르는 거룩한 망명자의 운명 때문이라고 말할 수 있겠다. 세상이 신의 뜻과는 정반대의 방향으로 치닫고 있는 시대를 그냥 관망만 하고서는 넘어갈 수 없는 '인간성 회복의 산실', '최초 창조의 원리를 되찾고자 하는 계시적 정신' 때문인 것이다.

그 역할이 이석규 작가에게 운명처럼 내려졌기에 가족을 떠나 낙향의 고독한 운명주의자로 선택받았기에 쓰지 않으면 안 되는 숙명의 결과를 동시에 낳게 된 것이다. 이 소설이 출간돼 세상에 빛을 보게 될 날을 위한 작은 소형 엔지 하나 뒤에 달아 이석규 작가에게로 보내드린다. 같은 동시대에 공존하는 문인의 한 사람으로서 저자의 이같이 열정 넘치는 작업에 도움이 되어 인류애를 저버리고, 공의와 자비 그리고 간신 역할에도 불구하고 무한한 책임을 느끼지 못하고 시대를 병들게 하는 숱한 사람들을 향한 회초리 역할을 자청하는 이석규 작가의 영혼의 굳은 영역을 어루만지는 마음으로 이 글을 쓴다.

끝으로 이 소설을 위해 전심전력한 이석규 작가께 감사의 마음을 전하면서 소설에서 가장 감명 깊게 했던 구절을 소개함으로써 이 글을 마치려고 한다. 아무쪼록 이석규 작가의 소망과 의도하심이 이 도서를 통해서 문중은 물론 한반도의 슬픈 역사를 공유하면서 살아온 뭇영혼들에게 큰 울림을 주기를 간절히 바라 마지않는다.

그는 이를 악물고 허공을 한참을 바라보다가 쇠창살을 붙잡고 목이 타는 듯 마른침을 연신 삼키며 입을 열었다. 나리가 누구신지는 잘 모르겠지만, 제 스승이셨던 조광조 나리께서는 위정자들은 항상 백성을 위한 백성의 정치, 바로 민생(民生)에 최우선을 두어야 하는데, 지금의 집권세력 훈구파는 내 정파를 지키기와 내 밥그릇 지키기에 몰두하고 있으니, 우리 스승님은 지금 구천에서 이렇게 일부 짖고 있을 것입니다. '여러분 자신이 스스로 행동하는 양심이 되십시오. 그러면 이 고귀한 조선은 우리 이성계 태조대왕의 꿈인, 도덕적 삼성을 가진 민족체를 형성할 것입니다. 도덕이야말로 법의 근본이고 정치의 근본이고 인간공동체의 근본이니.'

참고문헌

『조선왕조실록』

『태백산사고본』

『소덕사(昭德祠)지』(2003년 발간)

증언과 자료를 주신 분

이현기(전 오수고등학교 교장)

이선수(전 소덕사 봉행회장·대동종약원 전북지부 이사

이석범(매계서원 봉행회장)

후원해 주신 분들

한국예술인복지재단 창작준비금

세종왕자 영해군파종회 회장 이주화

전주, 우성종합건설 회장 이우창

광복회 감사 이석문

오수(대한전업사) 이정수

한국방송공사 KBS 이사 이석래

남원시 부영1차아파트 이석관

남원시 사매면 대신리 이우식

남원시 사매매 대신리 여의터(매안이) 전주이씨 영해군파

후천공 종중, 용산공 종중, 대촌 종중

보절 신흥: 낙제공 종중

임실 지사: 화촌 종중